# Marqués

## L'auteur

**Alice Broadway** est née en 1980 près d'Oxford en Angleterre. Elle y vit aujourd'hui avec son mari et ses trois enfants. Elle aime le thé, faire des siestes et le rouge à lèvres. Pour écrire *Marqués*, elle s'est inspirée d'un documentaire sur l'Égypte ancienne et de l'art du tatouage qu'elle admire.

Alice Broadway

# Marqués

Traduit de l'anglais
par Emmanuel Chastellière

POCKET JEUNESSE
PKJ·

Directeur de collection :
Xavier d'Almeida

Titre original :
*Ink*
Publié pour la première fois en 2017
par Scholastic UK

Loi n° 49-956 du 16 juillet 1949 sur les publications
destinées à la jeunesse : juin 2018



ISBN : 978-2-266-27732-7
Dépôt légal : juin 2018

*Je dédie ce livre aux Inkwell.*
*Vous êtes les meilleurs amis auteurs*
*dont je pouvais rêver et je vous aime.*

# Prologue

Quand je me suis fait tatouer pour la première fois, j'étais plus âgée que tous mes amis.

Ma mère adore raconter cette histoire. Malheureusement. Nous sommes censés recevoir notre nom et notre premier tatouage deux jours après notre naissance mais, comme je suis tombée malade, ma mère a annulé la cérémonie en attendant que j'aille mieux, sans tenir compte des avertissements de ses amis au sujet des bébés qui mouraient sans avoir été tatoués. Je suis donc restée vingt jours ainsi, anonyme, jusqu'à ce que ma mère déclare : « Elle s'appellera Leora. »

On a inscrit ce nom dans ma chair avec de minuscules aiguilles. De minuscules lettres qui ont grandi avec moi pendant seize ans.

Nous n'avons pas peur de la mort. Nous lui survivons en intégrant nos tatouages dans un livre. L'histoire de notre vie, inscrite sur notre peau, y est conservée pour toujours – seulement si nous en sommes dignes. Notre histoire se poursuit ainsi pour l'éternité.

Les livres de peau de nos ancêtres remplissent nos étagères. Je peux respirer leur odeur, les toucher, lire leurs histoires.

Mais ce n'est qu'à la mort de mon père que j'ai vu le livre de quelqu'un que j'avais vraiment connu.

Nous avons eu de la chance de pouvoir nous préparer à son décès. Nous avions massé sa peau avec de l'huile ; il nous avait raconté les histoires de ses tatouages, notamment l'arbre qui arborait nos noms sur son dos. Il était prêt à quitter ce monde. J'ai vu ses bras puissants se dégonfler, sa peau se rider, son dos se plier comme s'il avait reçu un coup dans l'estomac. Très vite, ses yeux devenus aveugles n'ont plus vu que la douleur. C'était comme si la maladie l'aspirait, ne laissant qu'une coquille vide.

Les gens ont apporté des fleurs et de la nourriture pour adoucir ses derniers jours. Des petites marques d'affection ; qu'auraient-ils pu faire de plus ? Nous n'étions pas les seuls à avoir le cœur brisé : mon père était très apprécié.

Je n'étais pas prête quand la mort a frappé en ce beau jour d'automne. Ma mère m'a réveillée à l'aube.

— Debout, mon cœur, a-t-elle chuchoté d'un ton pressant. Je crois qu'il ne lui reste plus beaucoup de temps.

Je me suis précipitée aux côtés de mon père. Il respirait de plus en plus difficilement. Ma mère et moi lui avons pris les mains. Je guettais son dernier soupir. Tout à coup, il a ouvert les yeux et plongé son regard dans le mien. Il a serré ma main dans la sienne et saisi le pendentif qu'il portait toujours autour du cou : une mince feuille en bois ornée de nervures délicates, suspendue à une cordelette en cuir.

Ce bijou comptait autant pour lui que ses tatouages ; je ne l'avais jamais vu sans.

— Leora, a-t-il soufflé d'une voix rauque. C'est pour toi. S'il te plaît, ne m'oublie pas, ma fille. (Les larmes lui sont montées aux yeux.) Promets-moi de faire attention aux Immaculés, ma petite lumière.

J'ai hoché la tête et chuchoté entre deux sanglots :

— Je le promets.

J'ai regardé ma mère. Elle a tendu le bras et défait la cordelette autour de son cou, pour qu'il puisse me passer le pendentif. J'ai caressé le bois lisse et cligné des yeux pour chasser mes larmes. Mon père s'est tourné vers ma mère et a quitté le monde des vivants tandis qu'elle répétait : « Je t'aime, je t'aime, je t'aime », et embrassait sa main.

Et il est parti. Comme ça, dans la lumière déclinante du soleil. Une source de bonté avait quitté le monde ; ce dernier est devenu soudain plus froid et plus sombre.

Les embaumeurs sont venus très vite. Ils ont enduit son corps d'huile et frotté des épices sur sa peau. Ils l'ont ensuite enroulé dans du tissu bleu et l'ont emporté, comme un roi, ce qu'il avait toujours été à mes yeux. Pendant des jours, je me suis rendue dans sa chambre pour m'imprégner de cette odeur.

Quand je l'ai revu, sa vie s'était transformée en pages. Mon père se trouvait désormais au musée, dans un petit cercueil contenant son livre. Il reviendrait avec nous après la cérémonie de la pesée de l'âme. Nous allions le voir au crépuscule, après les heures d'ouverture normales, dans une pièce sentant le vieux mobilier en bois. Ma mère se tenait à côté de moi, les yeux écarquillés. Depuis la mort de mon père, elle était à fleur de peau, distraite et de mauvaise humeur. Parfois, j'entrais dans une pièce et la retrouvais le regard dans le vide, les mains si serrées que ses jointures avaient blanchi. Sa nervosité commençait à me peser. Je ne voulais pas m'inquiéter pour elle, pas maintenant.

Quand j'ai soulevé le couvercle, une odeur de cire et d'épice s'est répandue dans la pièce, comme pour porter un toast en l'honneur de mon père. Il était là, la peau tendue, légèrement rétrécie : nous le touchions de nouveau en nous rappelant la rugosité de ses avant-bras, la texture lisse de son dos. Chaque page raide racontait son histoire. Au début, ma mère paraissait nerveuse – ses épaules étaient crispées sous mon bras –, mais elle s'est apaisée peu à peu. La couverture du livre de mon père était faite de la peau de son dos et de ses épaules : une image de nous et le tatouage de sa naissance montrant son nom, Joel Flint. Une belle couverture. Un homme bon. Une bonne introduction. Nous avons tourné la page et vu l'arbre qui racontait l'histoire de notre famille : ma mère et moi ; les filles qui l'avaient comblé. J'ai suivi les contours de mon nom avec mon doigt. Certaines marques, que je n'avais pas vues depuis mon enfance, semblaient bien plus floues maintenant. Le temps avait fait son œuvre.

À la page suivante, ma mère a ri en fermant les yeux.

— Tu ne devrais peut-être pas regarder ça, Leora, a-t-elle dit en rougissant, faisant la moue pour dissimuler un sourire.

Elle avait raison, je ne voulais pas voir ça. Mais la fleur qu'il avait sur les fesses était délicate et complexe. S'étirant sur les pages de son livre, elle ressemblait à n'importe quelle autre partie de lui. C'était un secret cependant : leur tatouage de mariage, retouché chaque année, de plus en plus beau à mesure que grandissait leur amour. Le rire de ma mère s'est soudain mêlé à des larmes et elle s'est couvert la bouche comme pour oublier cette tristesse et se rappeler les baisers perdus.

On a tourné la page.

# Chapitre 1

Le lendemain matin, ma mère retourne travailler. Elle estime qu'il est temps ; nous devons reprendre le cours normal de notre vie, ou, du moins, chercher à définir quelle sera cette nouvelle vie. De mon côté, je me rends au marché ; je n'ai pas école aujourd'hui. Je vais pourtant devoir me mettre au travail pour les examens de fin d'année. Si je veux réaliser mon rêve de devenir tatoueuse, je dois absolument rattraper mon retard.

Je marche en me demandant quand se tiendra la cérémonie de pesée de l'âme de mon père. J'ai tellement hâte qu'il rentre à la maison. Après l'écorchement, le tannage, la transformation de sa peau en pages reliées, les employés du gouvernement doivent maintenant étudier son cas afin que nos dirigeants annoncent leur verdict final concernant la destinée de son âme.

Les morts dont la vie se révèle suffisamment méritante retournent dans leur famille et prennent place parmi leurs ancêtres, pour qu'on les lise et qu'on se souvienne d'eux à jamais. Ainsi, leur âme est sauve. Dans le cas contraire, l'âme est détruite par le feu, avec le livre du défunt. Je n'ai jamais assisté à une telle chose, mais on dit qu'on ne peut pas oublier l'odeur d'un livre de peau en train de brûler.

Heureusement, ce ne sera pas le cas de mon père ; personne n'a mené une vie plus vertueuse que lui.

Alors que j'arrive en ville, la route rétrécit, jusqu'à ce que la chaussée soit juste assez large pour une personne. J'observe les maisons qui l'encadrent, toutes peintes de couleurs différentes. Petite, j'avais l'habitude d'inventer des histoires au sujet de rues comme celle-ci ; j'imaginais qu'un géant avait pressé les bâtiments les uns contre les autres, créant des toits branlants de hauteurs différentes. Maintenant, ce sont d'autres histoires que je me raconte en jetant un coup d'œil aux fenêtres à petits carreaux. Qui sont les gens qui habitent ici ? Comment vivent-ils ? Je suis si absorbée que je manque d'entrer dans un homme qui ramasse des géraniums fanés au pied d'une jardinière.

Je continue à marcher tout en tournant dans mon esprit les pages du livre de mon père. Peu à peu, je me détends. C'était un vrai soulagement de le voir hier soir. Pour moi, et pour ma mère aussi : arrivée à la dernière page, j'ai remarqué qu'elle souriait. À raison ; la peau de mon père racontait une si belle histoire.

Je souris en pensant à la pureté de son âme. Je suis impatiente d'assister à la pesée.

Mon père était écorcheur, si bien que ses collègues ont découpé eux-mêmes sa peau afin de la préparer pour les tanneurs. Ma mère est lectrice, ce que tout le monde ne considère pas comme un vrai travail. Peut-être qu'ils ne comprennent pas ce talent. Certains d'entre nous sont capables de lire le sens caché des tatouages, qui va au-delà du message immédiat exprimé par l'encre. Ma mère peut regarder votre arbre familial et vous dire qui est votre enfant préféré. Elle peut observer les taches de vieillesse sur vos mains et deviner quelle année a failli vous briser. Elle peut étudier la liste de vos qualifications et savoir si vous avez menti. Les gens admirent les lecteurs autant qu'ils les craignent : tout le monde a ses secrets.

Mais nous ne devrions pas en avoir.

Je possède aussi ce don. Je suis capable de lire les gens depuis toute petite. Ma mère dit qu'elle l'a compris dès ma première semaine d'école ; j'avais demandé à un garçon pourquoi il ne vivait pas avec son vrai père. Quand sa mère en colère était venue chez nous pour qu'on lui fournisse des explications, ma mère a tout de suite deviné que j'avais dû lire entre les lignes les tatouages de mon camarade. Mais ce n'est pas pour autant que je veux en faire mon métier. Je ne crois pas que je pourrais supporter les visages anxieux des gens assis en face de moi, dont je connaîtrais toute la vie. Non, je rêve de devenir tatoueuse.

En centre-ville, les maisons cèdent la place aux commerces. Je passe devant une boulangerie, un fleuriste et la boutique du cordonnier chez qui nous faisons réparer nos chaussures et nos sacs. Le chemin poussiéreux se change en pavés et la rue étroite me conduit sur la place principale, entourée de verdure et au milieu de laquelle est érigée une statue de Saint, notre plus grand dirigeant. J'ai toujours aimé son histoire, qui rappelle la nécessité libératrice d'écorcher les morts et, bien sûr, nous met en garde contre les Immaculés.

Cette place est le reflet de la ville de Saintstone et de ce qui s'y passe. Toutes les communes alentour dépendent de nous : c'est ici que le gouvernement prend les décisions importantes. J'aime ce sentiment de vivre au cœur de l'action.

Selon le sens du vent, on peut généralement sentir la fumée du hall du jugement, un grand bâtiment circulaire en pierre doté de vitraux et surmonté d'une large cheminée. Un feu y est allumé en permanence et la fumée crée des nuages grisâtres au-dessus des toits. C'est là que se déroule la pesée des âmes et que l'on nous enseigne les principes de la foi ; notre éducation et notre formation spirituelle sont tout aussi importantes que notre réussite scolaire. Ma mère et moi nous y rendons également quand c'est à notre tour de prononcer le nom des morts.

De l'autre côté de la place, dans mon dos, se trouve mon endroit favori : le musée. Ce grand bâtiment entouré de marches de pierre se dresse de toute sa taille au-dessus de nous, tout en piliers et fenêtres arrondies. Mon père avait l'habitude de m'y emmener très souvent. Je déglutis péniblement quand, à l'ombre du bâtiment, un frisson me parcourt le dos. Je reprends ma route d'un pas pressé.

Devant moi, au-delà de l'herbe, des arbres et des bancs, une plateforme en L, surmontée d'enceintes, occupe deux côtés de la place. Des gens se sont rassemblés autour, curieux. Un murmure se propage. J'ai dû oublier qu'il y avait une réunion publique.

En voyant le bâtiment gouvernemental derrière, je me rends compte qu'on ne devrait pas tarder à m'appeler pour mon test de vérité. Nous sommes censés en passer un tous les deux ou trois ans. Je me rappelle encore mon premier, quand j'avais près de quatorze ans.

Mon père avait tout fait pour me rassurer, mais cela ne m'avait pas empêchée d'avoir peur. Nous avions tous entendu parler de la machine capable de lire le pouls et la température, et qui se mettait à sonner quand on mentait. Mon imagination m'avait poussée à croire que cet engin de torture découvrirait tous les petits mensonges que j'avais racontés à mes parents. J'avais même fait des cauchemars où je confessais accidentellement un crime que je n'avais pas commis.

Mais j'ai été déçue quand on m'a conduite dans une petite pièce aux murs blancs, meublée de deux chaises, d'une table en bois et d'une petite machine : un simple dôme de métal lumineux entouré de câbles. Un homme avec un calepin nous attendait. Mon père, voyant à quel point j'étais nerveuse, a demandé à passer en premier. Il s'est assis sur la chaise, a posé la main gauche sur le dôme et m'a lancé un regard rassurant.

J'ai été soulagée de constater que les questions n'étaient pas trop dures ; juste d'ordre général, ainsi qu'une liste de crimes que mon père avait dû confirmer n'avoir pas commis. La machine n'avait réagi à aucune de ses réponses.

— Vous n'avez rien à vous reprocher, monsieur Flint. Bien, bien. (L'homme a souri comme si c'était amusant et a tourné son regard vers moi.) À ton tour. Tu ne sentiras rien, promis.

Je me suis assise en inspirant profondément, mais à l'instant même où j'ai posé la main sur la machine, un bruit strident a retenti. J'ai retiré vivement ma main, horrifiée.

— Qu'est-ce qui s'est passé ? ai-je demandé.

Les larmes aux yeux, j'ai regardé mon père qui tentait de dissimuler son sourire.

— Pas de panique, ce n'est rien, je ne l'avais pas réinitialisée correctement, a expliqué l'homme en souriant.

Papa riait ouvertement, maintenant.

— Peut-être que tu as plus à cacher que je ne le pensais, Leora.

Je lui ai lancé un regard noir.

Au bout du compte, tout s'est passé comme prévu ; on m'a posé les mêmes questions qu'à lui, plus quelques autres liées à mon âge, comme savoir si je trichais à l'école. La machine est restée silencieuse et mon père m'a acheté un gâteau sur le chemin du retour pour se faire pardonner de s'être moqué de moi.

En coupant entre le hall du jugement et les bureaux du gouvernement pour rejoindre le marché, je me rends compte que je souris. J'aimerais que mon père soit là.

En ce début d'hiver, le temps s'est soudain rafraîchi. Tout le monde est bien couvert et je me sens un peu isolée en passant devant des gens dont je ne peux voir que le visage et les avant-bras. Mais c'est agréable ; je me sens moins nue, aujourd'hui, et pas simplement à cause du châle de lin qui entoure ma tête et mes épaules. Je ne l'admettrai jamais à haute voix, mais parfois j'apprécie de cacher mes tatouages.

Le marché se tient là quasiment tous les jours. Je m'engouffre entre les étals, et retiens ma respiration en passant devant celui du boucher dont la viande suspendue me donne la nausée. Je prends une grande inspiration une fois arrivée chez le marchand de tissu, savourant la fragrance terreuse du coton et l'odeur épicée des teintures. Je marche parmi la foule les yeux rivés au sol ; c'est plus facile ainsi. Juste pour aujourd'hui, je veux me déconnecter des bribes de conversation pour que les tatouages des gens deviennent un bruit de fond et laissent toute la place à ceux de mon père dans ma tête, alors que les souvenirs que j'ai de lui sont encore vifs.

Je repère à son odeur capiteuse et fruitée l'étal de l'épicier. Le vendeur sourit, son tablier vert légèrement poussiéreux. Il tient un sac en papier ouvert au-dessus des boîtes en bois qui contiennent sa marchandise et attend ma commande. Ses manches sont remontées (nous sommes toujours censés garder les avant-bras visibles) et je lis tellement de choses ainsi. Il a trente-six ans et semble heureux. Il a le sens des affaires, mais je lis aussi la mort, une jeunesse brisée net par le décès de son frère aîné. Je me demande si c'est pour ça qu'il est là au lieu d'occuper une fonction plus importante… et je me sens coupable de penser ça. Pourquoi n'aurait-il pas choisi ce métier ? Peut-être que cela ne lui rapporte pas énormément d'argent, mais il semble s'en satisfaire et ses tatouages m'indiquent qu'il a une famille.

Je lui demande des oignons et commence à remplir un sac brun avec des pommes de terre. Les carottes ont l'air bonnes et les tomates dégagent une odeur fraîche et douce.

— Vous savez ce qui se passe, sur la place ? On monte une scène. Beaucoup de gens se rassemblent.

— Vous n'êtes pas au courant ? Il va y avoir un tatouage public, dit-il alors que je lui tends le sac de pommes de terre pour qu'il les pèse, pendant que je choisis des poires. (J'entends une ardeur contenue dans sa voix, mais pas seulement.) Cela fait des années qu'il n'y en a pas eu.

Avec la mort de mon père, je n'ai pas beaucoup suivi l'actualité. Intriguée, je paie l'épicier, récupère mes sacs et me joins aux curieux qui se rendent sur la place en criant et en se bousculant.

La foule est si compacte autour de la scène que je ne fais que l'apercevoir sans pouvoir m'approcher. Une femme à côté de moi me fait un signe de tête et se penche vers moi. Ses yeux brillent d'excitation.

— On dit que le maire va venir aujourd'hui ! dit-elle, haletante.

Je n'ai jamais été passionnée par la politique, mais il y a quelque chose chez Dan Longsight qui semble pousser les gens à lui prêter attention, même dans ma classe. Le fait qu'il soit séduisant et plus jeune que ses prédécesseurs n'y est sans doute pas pour rien. Je me souviens de l'espoir que nous avons tous ressenti lors de son investiture, il y a six mois, quand nous avons récité les mots qui lui ont conféré nos attentes et notre confiance : « Il est bon, il est sage, c'est le meilleur d'entre nous. Il n'est pas cruel, il nous aime, nous n'aurons pas peur. Il agit toujours pour notre bien. » J'y croyais si fort !

Longsight a instauré des changements nécessaires, que nous avons étudiés en cours d'histoire avec Mme Oldham, afin de nous faire renouer avec nos racines, dans une société où nos tatouages comptent, où leur pouvoir est pris au sérieux. Le maire et ses soutiens s'habillent d'ailleurs toujours aussi légèrement que possible, pour montrer qu'ils n'ont rien à cacher. Mme Oldham semblait embarrassée quand elle nous a expliqué cela ; je suppose qu'elle est du genre à penser que nos marques doivent rester privées. Après l'avoir vu à l'écran et l'avoir étudié aussi attentivement à l'école, la perspective de le voir pour de vrai me fait frissonner d'excitation.

Certains disent qu'il est la réincarnation de Saint, venu purifier les cœurs de notre communauté. Tout ce que je sais, c'est que j'ai le sentiment que le changement est imminent : un changement positif.

La tension est à son comble et des disputes éclatent entre les gens intrigués qui se bousculent pour être au plus près de la scène. Le tissu noir qui l'entoure claque dans la brise. Les murmures s'intensifient quand un homme apparaît. Mais il est là simplement pour régler le micro. Quand le maire arrive un instant plus tard, il nous faut un moment pour réaliser que c'est bien lui, là, devant nous. Des acclamations s'élèvent, et nous applaudissons et poussons des cris alors qu'il s'approche du micro. Il lève les mains pour demander le silence. Un murmure agité se répand en attendant de le voir prendre la parole. Le maire est bien plus grand que je ne l'imaginais. Il a l'air si calme, si droit… sa confiance en lui est aussi rayonnante que le soleil d'été. Je n'arrive pas à croire qu'il soit là, juste en face de moi.

— Merci, dit-il. (La foule se tait aussitôt.) Merci d'être rassemblée en cette grande occasion. (Malgré la piètre qualité des haut-parleurs, sa voix est intense. Je me demande ce que cela ferait de l'entendre parler sans micro.) Quel honneur de voir notre communauté réunie contre le mal. Car je suis sûr que vous en avez conscience : nous vivons une sombre époque.

Il marque une pause pour observer la foule. Il ne porte qu'un pagne mais ne frissonne même pas dans l'air frais. Malgré cela, à cette distance, difficile de le lire ; j'aimerais pouvoir contempler de plus près les tatouages élégants qui couvrent sa peau noire.

— Les plus âgés d'entre vous se rappellent peut-être des tatouages publics comme celui-ci. Vous savez à quoi vous attendre. Vous vous souvenez de cette époque. Mais pour les plus jeunes, il s'agit d'événements que l'on connaît uniquement grâce aux livres d'école. Vous savez mon respect pour les dirigeants qui m'ont précédé. Dans leur… sagesse (Il marque une brève pause et nous comprenons tous le sous-entendu.), ils ont choisi de se débarrasser d'une partie de nos traditions. Il est aujourd'hui temps de renouer avec nos coutumes.

Une énorme acclamation l'interrompt. Il fait signe à la foule de se calmer mais affiche un large sourire. Même à cette distance, je peux voir ses dents blanches étinceler.

— Pendant trop longtemps, mes amis, des crimes abjects ont été considérés comme de simples écarts de conduite. Cela doit cesser. Ainsi, bien que ce jour soit historique, il deviendra bientôt plus commun d'assister à des tatouages sur cette place. Une telle punition ne peut être ordonnée à la légère, bien entendu, mais concernant les crimes les plus abominables, nous y avons recours sans hésiter. Nous ne pouvons pas continuer à passer sous silence les péchés au sein de notre société.

Les applaudissements reprennent et il attend un instant avant de poursuivre, l'air presque gêné.

— Nous ne pouvons pas nous permettre de relâcher notre vigilance. Car la menace est plus présente que jamais. Nous avons voulu croire qu'après le Grand Déplacement ils se seraient contentés de partir et de vivre paisiblement, sans représenter de risques pour nous. Mais nous avions tort et, aujourd'hui, nous nous apprêtons à payer le prix de notre apathie.

Un autre murmure, un autre grognement monte dans la foule. Mon cœur bat la chamade.

— Oui, les Immaculés conspirent contre nous, nous en avons la preuve. Ils ont tiré avantage de notre faiblesse. Ils veulent nous infiltrer et affaiblir nos cœurs et notre honnêteté. Vous avez sûrement déjà entendu l'un de vos amis dire que les Immaculés ne sont pas tous mauvais, qu'ils sont un peuple pacifique ou que le programme de déplacement était peut-être un peu excessif. Et vous admirez d'ailleurs ces amis modérés, optimistes, tolérants.

Il marque une pause pour laisser ses paroles nous pénétrer.

— La propagande des espions immaculés est subtile, mais insidieuse. Car, oui, ils ont des espions. Ils ne manquent pas de soutiens. Leurs belles paroles vous font baisser la garde. Vous vous asseyez près de leur feu, ils parlent de paix et de douceur. Vous pensez pouvoir enfin vous reposer. Mais pendant votre sommeil, les rebelles frapperont et leur petit feu insignifiant vous détruira, détruira *tout.*

Il nous observe depuis la scène, les yeux étincelants. Tout à coup, il rugit :

— Réveillez-vous ! Notre vulnérabilité nous a mis en danger. Les Immaculés ont profité de notre candeur. Mais c'est fini. Nous allons retrouver notre pureté et reprendre possession de notre histoire, pour en faire notre présent. Il est temps, vous ne croyez pas ?

Autour de moi, les visages sont abasourdis. Nous ne nous attendions pas à ça. C'est un cri de ralliement, un appel aux armes. Le maire fait signe à quelqu'un, caché derrière le rideau noir, et incline la tête comme s'il était en train de prier. Le silence s'éternise.

— L'heure est grave. Les informations que je vais vous révéler risquent de vous choquer, car l'homme puni aujourd'hui a marché parmi vous ; beaucoup le considéraient comme un ami. (Il prend une profonde inspiration avant de cracher les mots suivants.) La semaine passée, Connor Drew, l'un de nos estimés écorcheurs, à qui l'on confiait nos morts, a été reconnu coupable de vol de peau.

La foule accuse le coup. Je me mets à trembler. Je ne sais pas qui est ce Connor Drew, mais l'idée de voler de la peau me rend malade. Je repense à mon père sur la table de l'écorcheur, à sa peau si précieuse, sans laquelle il n'y a rien : ni histoire ni moyen de vivre dans le cœur et l'esprit des êtres aimés après leur mort. Qui oserait voler l'histoire de quelqu'un ?

Le maire fait signe à l'un de ses assistants et deux gardes imposants traînent un homme aux chevilles entravées. Ils sont de toute évidence ici pour nous protéger du criminel. *À moins qu'ils ne le protègent de nous ?* L'homme porte un pagne comme celui du maire, mais d'un blanc sale et en lambeaux, sur une peau noire comme celle du maire, mais d'une teinte rendue grisâtre par la fatigue.

Mel, la conteuse de la ville, fait ensuite son entrée sur scène. Elle n'est pas beaucoup plus âgée que moi, pourtant sa peau accueille toutes nos histoires ; elle incarne nos buts et nos idéaux. Si Mel est ici, alors la situation est encore plus grave que je ne l'imaginais.

— Vous connaissez notre histoire, mes amis. Vous savez comment les Immaculés ont cherché à briser notre esprit. Ils subtilisaient les tatouages des gens pour que leurs âmes demeurent à jamais incomplètes. Malgré les apparences, cet homme, Connor Drew, est un Immaculé de cœur. Il a prélevé de la peau. Logique, vous me direz, pour un écorcheur. Mais au lieu d'en faire un livre, il l'a gardée pour lui ! Il a donc volé l'histoire d'une personne, mis en péril son voyage vers l'autre monde, modifié ses souvenirs. De fait, nous ne pourrons pas juger son âme. (Il marque une longue pause. Plus personne n'applaudit ; la foule semble effrayée.) Le pire, mes amis, est que les actes de Connor Drew n'étaient pas dénués de motivation. Il agissait de mèche avec les Immaculés, pour chercher à faire naître une rébellion.

Les cris montent dans la foule. *Comment a-t-il pu ?*

— Nous devons nous battre. Les Immaculés sont de retour et emploient nos propres hommes pour voler notre peau, nos histoires, nos âmes. Ce n'est que le début. Ils ne vont pas s'arrêter là. Ce ne sont pas nos âmes qu'ils désirent vraiment, mais notre destruction. Ils ne seront pas satisfaits avant d'avoir récupéré nos villes, nos maisons et nos lits…

Une femme à côté de moi s'effondre. Je prends une profonde inspiration pour repousser les larmes et le vertige. Je ne veux pas pleurer, pas ici. Je dois garder la tête froide. Je n'arrive pas à croire ce que le maire vient de dire.

— Vous connaissez l'histoire, reprend M. Longsight. Vous avez vu les preuves dans le musée. Quand les Immaculés étaient parmi nous, ils mutilaient et démembraient leurs victimes afin de leur voler leurs tatouages. Connor Drew les soutient. Cet homme a tenté de modifier l'éternité d'un être humain, il perdra donc la sienne. Il va apprendre ce que c'est de voir son avenir anéanti.

Je regarde autour de moi la foule silencieuse. Ils vont le tuer. Ils vont le tuer devant nous tous – est-ce ce que tout le monde est venu voir ? Je cherche désespérément à me souvenir si j'ai appris quelque chose à ce sujet à l'école. Je ne veux pas être témoin d'une exécution.

Le maire nous dévisage, serein. Je me détends un peu. Je ferme les yeux et me représente ses tatouages en repensant aux mots prononcés quand il a été élu. Ils tournent en boucle dans ma tête. *Il est bon, il est sage, c'est le meilleur d'entre nous. Il n'est pas cruel, il nous aime, nous n'aurons pas peur. Il agit toujours pour notre bien.* Non, je ne suis pas inquiète. Je n'ai pas peur.

— Tenez-le, s'il vous plaît, dit le maire aux gardes.

Sa voix est douce et affable.

Ils forcent l'homme à se mettre à genoux, placent son front sur un tabouret en bois et le maintiennent en position. Je regarde mes pieds, mais je ne peux m'empêcher de lever de nouveau la tête quand une acclamation retentit dans la foule. Un autre homme est apparu, entièrement vêtu de noir. Je le vois poser soigneusement une valise par terre et l'ouvrir. Il en sort un petit couteau dont la lame accroche la lumière. Il se tient devant le criminel, un pied de chaque côté, et lui attrape le cou. Comme un agneau sur l'autel.

Il abaisse le couteau et une boucle de cheveux tombe.

Comme un mouton chez le tondeur.

Je suis si soulagée que je pleure et ris en même temps. Tout va bien. On ne va pas le tuer. La femme à côté de moi me lance un regard sévère.

— Il n'y a pas de quoi rire. Regarde plutôt. Regarde et souviens-toi.

L'homme pleure. Il n'a plus l'énergie de lutter contre les gardes et s'abandonne à son destin. L'homme en noir finit de lui couper les cheveux, puis nettoie et range son couteau. Il sort un rasoir et, très soigneusement, rase l'arrière du crâne du prisonnier. Ensuite, il saisit la machine en métal noir et s'agenouille derrière lui pour préparer sa peau ; il se met alors à travailler, enfonçant l'aiguille tour à tour dans un petit encrier et dans sa nuque. Le prisonnier gémit mais reste immobile, toujours maintenu par les gardes.

Le bourdonnement continu de la machine me berce et me plonge comme dans un rêve. Je suis à deux doigts de sombrer quand, enfin, la machine s'arrête avec un clic et que le tatoueur se relève. Il range ses outils dans la valise, la referme et s'éloigne. On relève le criminel et je le vois croiser le regard d'un jeune homme dans la foule – ce dernier essaie de monter sur l'estrade mais il est retenu par les gens autour de lui. Ses lunettes volent dans les airs. Nos regards se croisent l'espace d'un instant.

Le maire, resté en retrait pendant le tatouage, s'avance de nouveau vers le micro.

— Aujourd'hui, mes amis, justice a été rendue sous vos yeux. Grâce à notre générosité, cet homme continuera de vivre parmi nous. Ses cheveux repousseront et cacheront son tatouage. Mais il a reçu la marque des oubliés.

Quelque chose s'agite dans mon cerveau engourdi. *Les oubliés ?*

— Quand ce criminel mourra, son livre sera détruit dans les flammes du feu du hall du jugement.

*Comment peut-on vivre une fois marqué comme oublié ? Comment continuer, en sachant que plus rien ne compte, que notre vie se conclura par la mort et l'oubli ?* Comme tout le monde, j'espère faire partie des gens dont on se souviendra. Mais pour cet homme, cet espoir-là a été effacé à l'encre noire.

— Mes amis, que l'échec de cet homme vous encourage à mener une vie digne, dont chacun voudra se souvenir.

Un chuchotement parcourt la foule, avant de se changer en rugissement contenu. Les gens poussent des acclamations, des cris, encore et encore.

Un corbeau. Le tatouage représente un corbeau.

Le hurlement de l'homme se mélange au mien et je me rue vers la maison en courant, chargée de mes provisions achetées au marché.

*Oublié*. Je me souviens maintenant. Je me souviens de tout.

# Chapitre 2

Alors que je traverse la place en courant, en passant devant le hall du jugement et le musée, j'essaie de me représenter le livre de mon père, chaque page, chaque moment de sa vie. Je ne peux pas m'empêcher de lire les gens alors que je me faufile au milieu d'eux.

*Quatorze ans, aime la musique, déteste sa sœur.*

*Aime sa maîtresse, a piégé sa femme.*

*Son chien est davantage son ami que n'importe quel humain qu'elle connaît.*

*Cinquante-six ans mais a l'impression d'en avoir quatre-vingts – tant de maladies lui ont volé sa joie de vivre.*

Je passe devant la boulangerie sans ralentir. Je dois rentrer à la maison, loin du bruit, loin de cette cacophonie visuelle, loin de ces voix qui m'interpellent en croassant.

La machine du tatoueur bourdonne toujours dans ma tête. Un corbeau. J'avais oublié cette journée avant aujourd'hui. Cette fameuse journée…

J'étais petite, huit ans peut-être. Je jouais en haut quand on a frappé à la porte. J'ai entendu des éclats de voix et quelques instants plus tard la porte s'est refermée brusquement. Je me suis aventurée en bas pour demander à ma mère qui était passé nous voir, mais elle n'était plus là. Pour la première fois, j'étais seule à la maison. J'ai jeté un œil dans la rue. Au loin, j'ai vu le châle rouge de ma mère. Elle marchait d'un pas vif et l'homme à ses côtés peinait à la suivre. Je savais que je ne devais pas rester seule, alors j'ai couru les rejoindre, laissant la porte se refermer derrière moi. J'étais à deux doigts de les rattraper quand ils ont tourné au coin de la rue, en direction du lieu de travail de mon père. Je les suivais à distance, j'avais envie de crier : « Maman ! Je suis là ! Tu as oublié de me prendre avec toi ! » Mais mes lèvres ne voulaient pas bouger et ma voix ne fonctionnait pas.

Un groupe de gens s'était rassemblé devant l'entrepôt des écorcheurs. Ils se sont écartés pour laisser passer ma mère et un homme visiblement nerveux a pris la parole.

— C'était un accident. Ce n'est pas aussi grave que ça en a l'air. Un cercueil s'est ouvert et lui est tombé dessus pendant qu'on le déchargeait.

Mais ma mère ne l'écoutait pas. Mon père était assis sur le sol, un morceau de tissu replié sur le crâne. Le bandage improvisé était rouge sang et ses cheveux semblaient humides. Il a cligné des yeux et tendu la main en voyant ma mère.

— Tout va bien, ma chérie. J'ai seulement pris un mauvais coup. Ne dérange pas le médecin pour ça.

— Oh, Joel ! Qu'est-ce qui s'est passé ?

Elle semblait plus contrariée qu'inquiète et je me suis dit que mon père s'en remettrait.

— C'était juste un accident. Personne n'est responsable, a ajouté l'homme.

J'ai alors compris qu'ils seraient fâchés s'ils me voyaient, alors j'ai galopé jusqu'à la maison. La porte s'était refermée derrière moi, mais je suis rentrée par une fenêtre entrouverte.

Il faisait déjà nuit au retour de mes parents. Julia, la meilleure amie de ma mère, les accompagnait.

— Je vais dormir en bas ce soir, a dit mon père en bâillant.

Ma mère lui a donc improvisé un lit de coussins et de couvertures devant la cheminée, car mon père était trop grand pour le canapé. Je suis restée assise dans l'escalier à les écouter chuchoter.

— Je ne savais pas qui appeler d'autre, a murmuré ma mère. Il a besoin de points de suture.

— Tu n'aurais pas dû m'impliquer. Si Simon l'apprend... Je ne comprends pas pourquoi tu ne l'as pas conduit directement à l'hôpital...

La voix de Julia trahissait sa colère. Ou bien était-ce de la peur ?

— S'il te plaît, Julia. Je ne pouvais pas... Personne ne doit savoir. Personne ne doit le voir. Nous avons besoin de toi. Je ne te demanderai plus jamais rien.

Julia a soupiré.

— Tu sais à quel point c'est risqué ? Et je ne suis pas médecin.

— Personne n'a vu la marque, Julia. Il y avait tant de sang. De toute façon, tu recouds des femmes tout le temps. S'il te plaît. Tu es la seule à pouvoir m'aider.

Il y a eu une longue pause.

— Fais bouillir de l'eau. Tu as un rasoir ? Ça va piquer un peu, Joel, je te préviens.

Tout le monde était trop préoccupé pour penser à me chercher. Je me suis cachée dans ma chambre jusqu'à ce que le silence revienne. La nuit était déjà bien avancée quand je me suis faufilée hors de la pièce pour aller voir mon père. Je voulais m'assurer qu'il soit bien vivant, j'avais eu tellement peur qu'il ne meure. Sa poitrine se soulevait à un rythme régulier. Il ronflait doucement. Le pansement sur sa tête avait glissé ; peut-être que mon père l'avait retiré dans son sommeil. Ses cheveux avaient été rasés et une ligne noire courait sur sa nuque. J'ai vu les points nets sur sa peau et senti l'odeur des herbes médicinales mélangée à celle du sang et de la sueur. Ce n'était pas l'accident en lui-même qui inquiétait tant ma mère. C'était le risque de voir révélé le secret de mon père.

Car il avait un secret. Déchiré en deux mais recousu par les points. Un tatouage que je n'avais encore jamais vu.

Un corbeau.

# Chapitre 3

Je rentre à la maison, laisse tomber les légumes sur la table en bois et écoute ma respiration haletante, anxieuse. Ce criminel, Connor. Mon père. Le même tatouage de corbeau. Tous les deux sont des oubliés.

Je ne veux pas être là quand ma mère rentrera. J'attrape mon sac en cuir et rajuste mon châle pour rejoindre le seul endroit qui me vient à l'esprit.

Verity et moi sommes les meilleures amies du monde depuis aussi longtemps que je m'en souvienne. Nos mères se sont rencontrées à la maternité. Verity est née en bonne santé, contrairement à moi. La mère de Verity, Julia, est souvent revenue me rendre visite, pour réconforter ma mère. Elle est sage-femme. J'imagine que s'inquiéter pour nous était naturel pour elle.

Cette proximité dès les premiers jours de notre vie a créé un lien unique entre Verity et moi. Le courage de Julia et la force de ma mère ont forgé une amitié aussi forte qu'inédite. Ma mère dit toujours que Julia et Verity ont été nos sauveuses.

Et j'ai besoin de voir ma sauveuse.

La maison de Verity se trouve dans une partie de la ville plus jolie que la nôtre. Elle a beau être à seulement cinq minutes de marche, on dirait un monde différent. Les maisons sont beaucoup plus espacées, et protégées de la vue par des haies et de petits jardins. Des arbres bordent la rue et chacune de ces élégantes bâtisses en brique rouge semble parfaitement à sa place. J'aime bien la maison de Verity. Je peux me cacher, ici. Je frappe à la porte de devant et entre. L'immense cuisine est déserte, même si un feu brûle dans la cheminée. Quand je vois qu'il n'y a personne dans le salon non plus, je monte en direction de la chambre de Verity, lance un « bonjour » et entre. Elle est à son bureau et regarde par la fenêtre qui donne sur leur jardin. Les murs sont peints en rose vif, vestiges d'une époque où, plus jeunes, nous étions toutes les deux obsédées par cette couleur.

— Leora ! (Son visage s'illumine quand elle me voit.) Joli timing, ça fait des *heures* que je procrastine, j'ai besoin d'une pause.

Elle sourit et s'étire sans lâcher son crayon. Ses épais cheveux noirs vaguement coiffés en queue-de-cheval sont en désordre au niveau de ses oreilles. Elle a dû jouer avec ses boucles pendant qu'elle travaillait. Elle porte un châle d'un bleu vif qui met en valeur ses jolis yeux et sa peau très brune.

Je m'assois sur son grand lit et j'essaie de lui raconter ma matinée, mais les larmes jaillissent à la place des mots. Je me cache les yeux – j'en ai tellement marre de m'effondrer devant les gens, de sentir des larmes séchées sur ma peau, d'avoir les yeux rougis et gonflés… Mais je ne peux pas m'arrêter de pleurer.

Verity a lâché son stylo et vient s'asseoir à côté de moi. Elle me frotte le dos en prononçant de douces paroles de réconfort.

— Leora, ça va aller, tout va bien se passer.

Voilà le problème quand votre père meurt. Chaque fois que vous êtes triste, tout le monde pense que c'est à cause de ça. Et peut-être que c'est le cas, en partie. Je ne sais pas… mes pensées vont trop vite pour que j'aie le temps d'y réfléchir.

Ma respiration se calme et j'essaie de m'expliquer.

— Tu as entendu parler de la réunion publique, aujourd'hui ? Longsight, le maire, était là. (Verity pousse un cri perçant mais s'interrompt en voyant que je ne suis pas d'humeur.) Et il y avait un homme qui… Ils l'ont marqué d'un corbeau…

Je sais que si je regarde Verity, je vais recommencer à pleurer.

— On dirait que tu me racontes un rêve, Leora. Recommence, moins vite.

Je reprends donc tout depuis le début. Mais tout en parlant, je pense à mon père et au corbeau qui n'était pas là quand nous avons regardé son livre. Je m'en serais souvenue.

— Mais c'était mérité, hein, Verity ? dis-je d'une voix plaintive une fois mon récit terminé.

— Il fallait le faire. Il a volé la peau de quelqu'un. Il a mis en péril sa vie après la mort. Le maire a dit que le marquage des criminels était une vieille tradition…

Verity va chercher un livre sur son bureau. Elle le feuillette jusqu'à arriver au chapitre intitulé « Tatouages et Punitions ».

— Écoute, tu sais déjà tout ça. En fait, j'ai révisé ce cours la semaine dernière.

Elle se met à lire.

— « Les tatouages peuvent être utilisés pour consigner les transgressions. Les tatouages punitifs doivent être réalisés par un encreur officiel. Ces marques correspondent aux crimes et aux délits mineurs qui aideront à rendre un jugement final lors de la pesée de l'âme. »

— Mais c'était un corbeau, ça veut dire qu'il est un oublié…

— Je sais, j'y viens. (Verity me lance un regard faussement contrarié et reprend sa lecture.) « Dans les cas les plus sérieux, le criminel peut être marqué comme oublié. Cette pratique n'est plus à la mode ces dernières années et a toujours été rare du fait de sa nature irréversible, mais il existe des précédents historiques et légaux. »

— Il a dit qu'on y aurait recours plus souvent, à partir de maintenant.

Elle hausse les épaules et referme le livre. Mes larmes ont séché mais j'entends à ma voix qu'il ne m'en faudrait pas beaucoup pour pleurer de nouveau.

— Regarde-toi, Leora. Tu es épuisée. Repose-toi un peu, on en reparle tout à l'heure.

J'essaie de protester mais elle insiste. Impossible de résister au lit de Verity, à son dessus-de-lit en patchwork fait par sa mère avec des morceaux de ses vêtements de bébé. *Quoi de mieux qu'une sieste pour repartir du bon pied ?*

*Je rêve que je suis minuscule et cachée dans la tête de quelqu'un. Ses yeux, sa bouche sont mes fenêtres et ma porte. Quelqu'un tente d'entrer. J'entends une flûte et je vois un bec noir entre des lèvres.*

— Leora ? (Le père de Verity, Simon, se tient dans l'embrasure de la porte, un plateau dans les mains.) Je t'ai apporté quelque chose à manger. Je parie que tu as raté le déjeuner.

Il pose le plateau sur la petite table.

Depuis la mort de mon père, Simon se montre très gentil avec moi. Verity a hérité de sa grande taille ; ses cheveux sombres et sa barbe commencent à grisonner. Il porte sa tenue de travail : une blouse bleu pâle, comme tous les docteurs à l'hôpital. Il est chirurgien et, d'après sa fille, fait des recherches vraiment très pointues sur le processus de cicatrisation de la peau.

— Prends le temps de te réveiller.

Il est sur le point de partir mais s'arrête.

— Ta maman sait que tu es là ?

*Maman*. Mon cœur se serre. Elle n'a aucune idée de ce qui s'est passé. J'aimerais pouvoir rester là et ne pas l'affronter, mais mon rêve étrange et l'odeur du pain grillé me forcent à réagir.

Après avoir mangé un peu, je descends dans la cuisine, où Verity discute avec son père. Son frère Seb n'est pas encore rentré du travail. Même s'il a cinq ans de plus que nous, il a toujours participé à nos jeux d'enfants. Je n'ai jamais vraiment su ce qui fait que Seb est ce qu'il est. Verity dit qu'il a un « retard » et ses parents disent qu'il est « spécial ». Sa façon de parler n'est pas toujours claire et il a du mal à faire des choses que Verity et moi accomplissons facilement. Il a fini sa formation de boulanger et travaille depuis trois ans à la boulangerie du quartier. Tout le monde l'adore, là-bas. Les clients sont sous son charme et c'est un bosseur. Je n'ai jamais rien mangé d'aussi bon que ses pâtisseries à la crème anglaise.

Les tuiles rouges sur les murs au-dessus des placards en bois sombre donnent un caractère chaleureux à la cuisine. Ce n'est jamais vraiment en désordre, mais il y a tant de bricoles posées sur les étagères ou accrochées aux murs que la pièce possède un côté bazar qui me met toujours à l'aise. Verity s'approche et passe un bras autour de mes épaules.

— Oh, Papa, Leora a vu quelque chose aujourd'hui. Tu sais qu'il y a eu un tatouage public sur la place ?

Simon lève les yeux du tas de papiers qu'il était en train de ranger, les mains soudain immobiles.

— J'en ai entendu parler, oui.

— Le maire était là et un homme a été tatoué. (Elle dit ça dans un murmure excité, comme un mot grossier prononcé à haute voix pour la première fois.) Le tatouage représentait un corbeau, c'est bien ça, Leora ?

Je hoche la tête.

— Comme c'est archaïque, dit Simon d'un ton léger.

Il se tourne vers la cuisinière et allume le gaz sous une casserole. La conversation semble terminée, mais Verity insiste.

— Ça se passe toujours sur la place ? Comment ça se fait que je n'en ai jamais vu ?

Simon soupire et se retourne, appuyé contre le plan de travail en ardoise. Il garde le silence un moment en se frottant les tempes.

— Les oubliés ont toujours été tatoués en public, sur la place, mais le dernier remonte à si longtemps que je ne me souviens pas du protocole exact. Mais… tu n'es pas censée tout savoir là-dessus si tu veux bosser pour le gouvernement ?

Il adresse un clin d'œil à sa fille qui lève les yeux au ciel, avant de lui demander d'une voix plus calme :

— Tu as déjà connu un oublié, Papa ?

Il remue le contenu de sa casserole et le parfum chaud et apaisant du ragoût de poulet envahit la cuisine. Pendant longtemps, je pense qu'il ne va pas répondre. Mais finalement, sans jamais quitter la casserole des yeux, il lâche :

— Oui. Une fois. J'ai failli en avoir le cœur brisé, ma chérie. (Il lève la tête et, à ma grande surprise, je vois que ses yeux brillent.) Ne parlons plus de ça, les filles. Certaines choses sont trop dures. Leora, tu restes pour dîner ?

Je suis tentée d'accepter l'invitation et de rester dans leur jolie maison, mais je sais que je ne peux pas.

— Merci, mais je dois rentrer. Ma mère va se demander où je suis passée.

Verity me raccompagne à la porte.

— Ça va aller ?

— Ouais, t'inquiète pas.

— Très bien. Bon, je passe chez toi demain ? On pourrait réviser un peu ensemble ?

— Ouais, ce serait chouette – je suis tellement en retard, t'imagines pas. Oh ! et… désolée pour tout à l'heure. Je ne comprends pas pourquoi je me suis mise dans un tel état.

Elle m'embrasse et je rentre chez moi.

La nuit commence à tomber.

# Chapitre 4

Ma mère a déjà commencé à manger quand j'arrive à la maison. C'est mauvais signe ; elle accorde une grande importance au fait de dîner ensemble tous les soirs. C'est bon pour les relations, la digestion ou je ne sais quoi, je ne me souviens jamais. En me voyant, elle continue son repas comme si elle ne m'avait pas remarquée. C'est sa façon subtile de me faire savoir qu'elle m'en veut. J'aurais préféré des cris.

Sur le chemin, j'avais décidé de ne pas l'affronter tout de suite. Je n'ai pas les mots, pas encore. Et je veux voir si elle me dirait d'elle-même la vérité sur mon père.

— Désolée pour le retard, dis-je en suspendant mes affaires. Je suis passée voir Verity et je n'ai pas vu l'heure passer.

Elle pose sa fourchette et boit une gorgée d'eau.

— Tu sais que je m'inquiète facilement, ma chérie. (J'essaie de prendre l'air le plus contrit possible, mais je ne crois pas que ça marche.) Si tu m'avais seulement laissé un mot…

— Je sais, je suis désolée. Ça ne se reproduira plus, je te le promets.

Elle soupire et s'essuie la bouche avec sa serviette. Finalement, elle sourit et me caresse les cheveux. Je déteste ça, mais je la laisse faire.

— J'ai fait des saucisses, elles devraient être encore chaudes.

Elle se remet à manger et je me crois pardonnée. Je prends un torchon et je sors le plat du four. Je manque de me brûler en me servant avec les doigts. Il y a de la purée dans une casserole et je me sers. Ma mère ne fait pas vraiment attention quand je m'assois à table ; elle lit un livre maintenant qu'elle a fini de manger.

Je vais la tester.

J'attrape une feuille de papier sur le buffet. Avec ma fourchette dans la main gauche, je commence à dessiner de la droite.

— Tu es obligée de dessiner à table, ma chérie ?

Elle blague. C'est un vieux sujet de plaisanterie entre nous : elle passe son temps à lire et, moi, à dessiner. Mon père nous reprochait d'être asociales. Mais ses mots sonnent un peu creux ce soir.

— Je dois continuer à m'entraîner, Maman. J'ai des examens bientôt, tu te souviens ?

Elle regarde ce que je fais et je m'arrange pour que mes traits soient plus nets, m'occupant de l'ombrage d'une aile. Je sais que j'ai maintenant toute son attention.

— Il y a eu un tatouage en ville aujourd'hui, dis-je, tout en gardant les yeux sur mon dessin et en engouffrant une cuillerée de purée.

— Oh ! oui, j'en ai entendu parler. (Sa voix est calme, peut-être un peu plus aiguë que d'habitude, mais rien de remarquable.) Je n'en ai pas vu depuis mon enfance. Il y avait du monde ?

— Oui. (Je retourne ma feuille afin de pouvoir mieux travailler sur le bec. Je sais qu'elle ne me quitte pas des yeux.) L'homme a reçu un tatouage comme ça. (Je fais glisser la feuille vers elle. Est-ce que ses sourcils se haussent légèrement ?) Ça veut dire que c'est un *oublié*. Ça fait peur, non ?

*Allez, Maman, parle-moi*, je la supplie intérieurement. Elle passe du temps à examiner mon dessin tout en évitant mon regard. Peut-être que je ne l'ai pas assez bien dessiné ?

— Tu feras une excellente tatoueuse, ma chérie, dit-elle en me rendant le papier. Mais j'espère que tu n'auras jamais de marque comme celle-ci à faire. (Je m'oblige à continuer à dessiner, ajoutant de la texture aux plumes, espérant qu'elle en dise plus.) C'était qui ? Tu le connaissais ?

Elle se lève pour poser son assiette dans l'évier.

— Non, je n'avais jamais entendu parler de lui.

Je regarde son dos alors qu'elle s'affaire et je crois la voir se figer un instant. Je regarde de nouveau mon dessin. Le corbeau m'observe avec son regard mort et je froisse la feuille en une boule de papier avant de repousser ma chaise.

En me levant, je vois que le livre sur la table est le recueil de fables que mon père me lisait tout le temps. Il est ouvert à la page du conte de la sorcière blanche. Je le prends avec moi pour le relire pendant que ma mère est occupée à faire la vaisselle.

# Chapitre 5

## *Les deux sœurs*

*Il était une fois une fille dont la bonté n'avait d'égale que sa beauté. Elle avait des cheveux d'or et des lèvres rouges comme le rubis. Sa voix évoquait le rire de milliers d'anges et ses yeux brillaient comme les étoiles du firmament. Les gens de la ville lui rendaient visite dans les bois simplement pour apercevoir son joli visage. Elle était très célèbre et son nom, Moriah, était connu dans tout le pays.*

*Moriah avait une sœur jumelle. Mais celle-ci n'avait ni cheveux d'or ni lèvres rouges comme le rubis. Sa voix ne ressemblait en rien au rire de milliers d'anges et ses yeux ne brillaient pas comme les étoiles du firmament. Si vous posiez des questions sur elle en ville, les gens fronçaient les sourcils et disaient. « Ah oui, la sœur... », mais en réalité personne ne se souvenait d'elle, si ce n'est du sentiment de malaise qu'elle provoquait. Les gens savaient seulement qu'elle n'avait rien de commun avec la jeune fille aussi belle que bonne. Ils l'appelaient la fille fantôme, car personne ne parvenait à se rappeler son prénom.*

*Ces sœurs jumelles avaient un père bûcheron. Il avait lui-même coupé le bois qui avait servi à construire leur maison.*

*Ainsi que le bois qui avait servi au cercueil de sa femme, et celui du lit où il dormait et mourrait bientôt.*

*Mais il n'était pas un simple bûcheron. On lui avait offert deux cadeaux magiques à la naissance. Le premier était que sa dernière volonté lui serait accordée sur son lit de mort. Le second était le pouvoir de raconter des histoires qui captivaient son auditoire. Il tissait des histoires plus belles que n'importe quelle tapisserie, qui faisaient pleurer les hommes et tomber les femmes en amour, des histoires qui brisaient les cœurs et soignaient les âmes. Les gens allaient chez eux pour voir sa jolie fille mais restaient pour ses histoires.*

*Chaque jour il en racontait une nouvelle et chaque jour la fille fantôme l'immortalisait sur le papier. Mais vint un temps où les histoires se firent plus courtes et la voix du bûcheron plus tranquille. Jusqu'à ce que cela s'arrête et que le bûcheron se couche.*

*Il avait vécu une bonne vie. Il avait été un bon mari et un bon père. Mais il avait un regret ; il n'avait jamais raconté l'histoire de sa vie. Alité, dévoré par le silence, il regrettait ces aventures de rois et de coquins, de fées et de faons. Sa vie ne valait rien si son histoire à lui finissait au cimetière. Mais sa voix était trop faible et sa vie était sur le point de s'éteindre.*

*Au soir de sa mort, les filles du bûcheron étaient assises avec leur père.*

*— Oh, père, si seulement vous pouviez continuer de vivre !*

*Mais le bûcheron secoua la tête et les filles pleurèrent à chaudes larmes.*

*— Oh, père, si vous devez mourir, avez-vous assez de voix pour nous dire votre dernière volonté ?*

*Car elles savaient qu'elle serait accordée et espéraient qu'il choisirait avec sagesse.*

*Elles lui donnèrent de l'eau et il toussa en les observant de près. Il avait préservé quelques mots pour ce moment.*

*— Ma dernière volonté est que vos histoires vous accompagnent et que l'on se souvienne pour toujours de vous.*

*Puis, dans une ultime respiration rauque, le bûcheron mourut.*

*Les filles pleurèrent des larmes amères et leur père fut bientôt enterré et regretté. Mais rapidement, il fut oublié et son nom était rarement prononcé, comme il s'en était douté. Son histoire n'avait jamais été racontée.*

*Un jour, peu de temps après sa mort, un prince marchait dans les bois. Il s'approcha de la chaumière des deux sœurs et frappa à la porte, enchanté par la beauté de l'endroit. Quand Moriah, la jumelle aussi belle que bonne, ouvrit la porte, le prince en tomba immédiatement amoureux. Le jour suivant, il emmena Moriah à son palais pour en faire sa femme et elle devint l'héroïne de toute la ville. Le lendemain de leur mariage, la jeune femme se réveilla et sourit timidement à son mari. Il lui tint la main et poussa un cri de surprise : une image de leur mariage y était apparue. Elle nettoya sa main encore et encore, mais le dessin ne partit jamais. Moriah raconta au prince la dernière volonté de son père et ils tombèrent d'accord, ravis : ce devait être ce qu'il avait voulu. Bientôt, la fille et le prince s'habituèrent à l'image qui leur rappelait ce jour heureux.*

*À chaque nouvel événement de sa vie, Moriah découvrait une nouvelle marque sur sa jolie peau. Chaque moment était consigné ainsi, à la vue de tous (pour ceux qui savaient où regarder). Si, dans un premier temps, les habitants craignaient cette femme couverte d'images semblables à de l'encre, qu'ils prenaient pour une sorcière, ils furent rapidement rassurés par le prince. Celui-ci leur raconta l'histoire du bûcheron et de sa dernière volonté, qui avait été exaucée : sa fille apportait joie et prospérité dans tout le royaume. En effet, avec leur nouvelle princesse, les habitants connaissaient une paix à nulle autre pareille. Le royaume devenait de plus en plus riche et influent, et la fille du bûcheron fut bientôt l'héroïne du pays.*

*Quand elle découvrit qu'elle était enceinte, elle demanda à son mari s'il lui permettrait de rendre visite à sa sœur, qu'elle n'avait pas vue depuis le jour de son mariage. Le prince lui accorda chevaux et gardes et elle se mit en route en direction de la chaumière construite par leur père.*

*En atteignant la maison, elle remarqua le lierre qui recouvrait ses murs, et le jardin envahi par les épines et les mauvaises herbes. Elle toqua à la porte et fut choquée quand sa sœur ouvrit. L'année écoulée l'avait rendue encore plus pâle et quelconque. Elle avait maigri et était devenue plus laide que jamais. Ses cheveux en bataille rappelaient les ronciers du jardin et ses yeux étaient aussi sombres qu'un ciel d'orage.*

*Malgré tout, les deux sœurs s'enlacèrent et se racontèrent ce qui leur était arrivé pendant tout ce temps. La princesse alluma un feu dans la cheminée et ôta son manteau. Sa sœur poussa un cri en découvrant la peau couverte de dessins de la princesse aux cheveux d'or. Moriah lui montra chaque marque, lui raconta chaque histoire. Elle soupira en constatant que la peau de sa sœur était vierge.*

*— Je pensais que tu serais marquée, toi aussi. Après tout, la dernière volonté de Papa était que l'on se souvienne de nos vies à toutes les deux. Comme c'est étrange.*

*— Je mène une vie tranquille, sans richesse ni mari. Peut-être que ma peau est vierge car ma vie l'est aussi, répondit calmement la sœur fantôme.*

*La princesse resta jusqu'au crépuscule puis repartit dans la nuit jusqu'au palais, inquiète et perplexe. Mais bientôt son esprit fut distrait par les premiers mouvements de son enfant à naître et elle oublia sa sœur et le vœu de son père qui ne s'était pas réalisé pour elle.*

*Alors que l'accouchement approchait, la joie du prince et de la princesse se retrouva entachée par d'étranges nouvelles venues d'une région bien précise. Alors que le reste du royaume prospérait dans l'allégresse, la chance de la princesse ne semblait pas atteindre cette contrée. Avec tristesse, Moriah s'aperçut qu'il s'agissait de sa ville natale.*

*Des messagers rapportèrent des histoires au sujet de récoltes perdues, de bétail malade, de femmes stériles, de gens terrifiés… La ville était maudite.*

*Le prince et la princesse découvrirent la cause de cette malédiction à la naissance de l'héritier royal.*

*La famille, les amis et les notables se réunirent pour célébrer la naissance de la petite fille. Les invités s'extasièrent devant le bébé et admirèrent la nouvelle marque de Moriah. Ils applaudirent en découvrant la propre marque du nourrisson, né avec son nom dessiné à même la peau. La bénédiction de la dernière volonté de son père s'était transmise à la propre fille de la princesse.*

*Mais ils avaient oublié quelqu'un. Plus tard dans la journée, avant le coucher du soleil, le palais s'assombrit. Le vent se mit à souffler dans la grande salle et éteignit les bougies. Les invités tremblants se serrèrent les uns contre les autres. Ils entendirent tous la porte s'ouvrir et sentirent l'air glacé pénétrer dans la salle. Ils respirèrent l'odeur du brouillard et de la mousse, de la moisissure et du lierre. Les restes de vin sur leurs lèvres leur parurent soudain amers, rappelant le goût du sang. Ils virent alors une silhouette fantomatique se frayer un chemin vers eux, caressant leurs visages apeurés de ses doigts squelettiques, riant devant leur impuissance.*

*Moriah n'avait pas invité sa sœur, et pourtant, elle était là. Elle apporta son cadeau jusqu'au berceau où dormait le bébé : la promesse d'une vie de misère et d'angoisse, d'une lutte acharnée contre le destin qui la verrait perdre à chaque fois. Elle assura à sa sœur que sa fille trouverait la mort avant l'âge adulte.*

*Et puis elle disparut, laissant juste une plume de corbeau dans le berceau de la petite fille.*

*Seuls les cris fous du prince purent couvrir les hurlements de Moriah.*

*— Emparez-vous d'elle ! Emparez-vous de cette sorcière !*

*Les jours, les semaines, les mois s'écoulèrent sans que l'on retrouve sa trace. Mais les rumeurs couraient toujours dans le royaume, et finirent par envahir le palais de toute leur horreur. Cela faisait des années que la sœur empoisonnait la région ; elle maudissait les vaches et leur lait tournait ; elle volait des secrets et brisait des familles ; elle effrayait les enfants et leur racontait des mensonges au sujet de leurs parents, qui leur provoquaient des cauchemars la nuit. Ses manières insidieuses avaient pris l'ascendant sur cette région du royaume et le verdict était évident : la sœur de Moriah, à la peau immaculée, était sans aucun doute une sorcière. C'était pour cette raison que la dernière volonté de leur père était restée sans effet ; elle s'était déjà abandonnée à une magie bien plus sombre et puissante.*

*Un décret royal fut alors proclamé. La ville ravagée par la malédiction serait exclue du royaume. On construisit de grands murs et bientôt un sentiment de sécurité revint. La femme immaculée – la sorcière blanche – fut bannie et, même si personne ne la revit ensuite, les rumeurs sur sa présence dans la forêt ne tarirent pas.*

*Enfin, le royaume prospéra de nouveau, ses terres furent bénies et les gens retrouvèrent leur joie de vivre. Le prince et sa belle épouse gouvernaient avec sagesse et justice.*

*La princesse Moriah vécut une longue et heureuse vie. Sa peau était là pour en témoigner. Et depuis, pour maintenir la paix née de son règne, les habitants du royaume décidèrent d'écrire leur histoire sur leur peau. Car, tout comme le bûcheron, ils savaient que leur vie ne valait rien si leur histoire disparaissait avec eux dans la tombe.*

# Chapitre 6

Alors que je suis assise sur mon lit, cette vieille histoire résonne dans mon esprit. Ma chambre ne ressemble pas du tout à celle de Verity. Je n'ai pas eu le droit de laisser parler ma passion pour le rose, si bien que les murs sont d'un blanc anonyme. Autrefois j'étais vraiment jalouse de ma meilleure amie mais maintenant j'aime bien. J'ouvre le grand tiroir et prends le carnet caché sous mes tee-shirts. Comme tout le monde, je passe beaucoup de temps à imaginer mes futurs tatouages. Bien sûr, nous n'avons pas voix au chapitre concernant nos marques officielles, qui sont les mêmes pour tous : une marque de naissance avec notre nom, un point de plus à chaque anniversaire, et une indication pour les vaccins que nous avons reçus. Sur l'avant-bras droit, des lignes de longueurs et de couleurs différentes immortalisent nos réussites. Notre bras gauche est réservé à nos échecs. Pour le moment, le mien est toujours vierge. Mais nous parlons sans fin de nos futurs tatouages personnels, ceux qui expliquent qui nous sommes vraiment.

J'aurais pu en avoir un pour mes seize ans mais j'ai préféré renoncer. Maintenant, je me demande si je me déciderai un jour. Je veux qu'il soit parfait, j'attends encore de trouver le motif idéal ; quelque chose de beau, d'intemporel et qui *me* représente parfaitement.

Je m'assois à mon bureau et commence à nous dessiner, Verity et moi. Elle affiche un grand sourire, les cheveux en bataille. Moi, j'ai raté mes sourcils et j'ai l'air en colère, mais j'aime bien le résultat quand même. Un papillon voltige autour de ma lampe de chevet. Il n'est pas assez gros pour me faire peur mais il donne un côté inquiétant à la lumière en projetant des ombres déformées. Je n'ose plus éteindre ma lampe. Les derniers mots de mon père avant sa mort, me disant de faire attention aux Immaculés (comme si j'avais besoin qu'on me le dise), ont fait ressurgir certaines de mes peurs enfantines.

Les Immaculés vivaient avec nous autrefois, longtemps avant ma naissance, avant la loi du Grand Déplacement. Je n'imagine pas comment pouvait être la vie à cette époque. Tous ces gens qui refusaient d'être tatoués, pas même un tatouage de naissance ou une marque d'âge, et préféraient finir en prison plutôt que de respecter nos lois. Pourquoi choisissaient-ils de rejeter le salut, de mener une vie qui les condamnerait ? C'était incompréhensible.

Mais la raison a fini par se savoir. Les Immaculés n'ont pas d'âme. Leurs secrets sont si terribles qu'ils n'osent pas les afficher. Tout a commencé par de petites choses ; des vêtements mal coupés par un tailleur immaculé, du courrier perdu par une postière immaculée, du pain rassis servi par un boulanger immaculé… Et puis un instituteur a commencé à raconter des mensonges à ses élèves, un médecin à prescrire de mauvais médicaments. Ils prétendaient ne pas avoir besoin de tatouages ou de livres de peau pour purifier leur âme, ils étaient soi-disant trop vertueux pour ça. Mais leurs actes ont révélé leur véritable nature : ils ont brûlé les maisons, arraché la vie des vivants, la peau des morts. Après une telle violence, les Tatoués sont passés à l'offensive et les ont chassés au-delà du mur, très loin, pour qu'ils ne puissent plus nous affecter.

Pendant un temps, tout est rentré dans l'ordre. Mais des rumeurs ont commencé à se propager. Tous les enfants à l'école avaient une histoire à raconter sur leur père ou leur cousin qui avait vu un Immaculé traîner en ville la nuit.

« On aurait dit un fantôme, disaient-ils. Sa peau brillait et il errait autour de la maison des voisins. »

Tout ça ressemblait à un super sujet de plaisanterie à la récré, mais il hantait mes nuits.

« Tu te rappelles ces enfants qui, un beau jour, ne sont pas revenus à l'école, et dont on n'a plus jamais entendu parler ? C'est comme ça qu'on sait qu'un Immaculé les a pris. » En entendant ça, on poussait un cri d'horreur ravi, mais le soir venu, tout semblait différent. Je m'enfouissais sous les couvertures et remontais mes jambes contre ma poitrine, de peur qu'un Immaculé ne m'attrape les pieds. Et les mots de ce garçon me hantaient. *Les Immaculés viennent la nuit pour voler les âmes. Tout ce qui reste au matin, c'est une plume.*

Quand j'avais dix ans, ma chienne, Amity, a disparu. Ça ne lui ressemblait pas. Nous l'avons cherchée partout, pendant des semaines. Un mois plus tard, dans les bois près de l'école, j'ai glissé le long d'une pente boueuse. Et là, au milieu des feuilles mortes, j'ai retrouvé son collier en cuir rouge. Il était entouré de plumes brillantes. Mon père m'avait dit que mon imagination me jouait des tours, mais je savais qu'ils l'avaient prise. Elle me manque encore aujourd'hui.

Ce soir, alors que le vent souffle et que les branches frappent contre ma fenêtre, tout ça me revient beaucoup trop facilement en tête. Mais je tente de me raisonner, je suis trop vieille pour ces histoires. J'attrape le papillon et je le sens battre des ailes un instant contre mes paumes avant de s'immobiliser. Quand je le libère par la fenêtre, au lieu de s'envoler, il tombe comme une pierre. Sa captivité l'a tué avant qu'il ne puisse être libéré. Il est tard, j'enfile mon pyjama, je grimpe dans mon lit et je ferme les yeux en essayant d'oublier toutes les ailes que j'ai vues aujourd'hui.

Je n'éteins pas la lumière. Finalement, je m'endors.

*Je rêve que je suis dans un lit d'hôpital. J'ai une aiguille dans le bras, avec un tube attaché au bout. Je regarde la poche qui se remplit lentement d'un liquide noir et je me demande pourquoi ils me prennent mon sang. Tout en observant mon bras, je vois mes tatouages s'effriter. Chaque marque, chaque mot, chaque image se défait sous mes yeux.*

*Ce n'est pas mon sang qu'ils prennent, c'est mon encre. Je baisse les yeux sur ma peau vierge. Je suis nue, perdue. J'arrache l'aiguille de mon bras.*

Je me réveille, le souffle coupé. Je me rue vers le miroir pour m'assurer que mes marques sont toutes là. Je me retourne et j'essaie de distinguer les noms sur l'arbre qui pousse dans mon dos. Je suis frappée par le vide. J'ai vécu seize ans, et si je mourais ce soir, mon livre serait le même que celui de n'importe quel adolescent de mon âge.

Ma vie vaut certainement plus que ce que montrent mes tatouages, non ? J'ai plus à dire que ça. Ma peau raconte l'histoire que le gouvernement a choisie pour moi.

J'éprouve un soudain désir d'encrer chaque centimètre de ma peau afin que rien ne soit perdu – la beauté du monde, le nom de mes amis, de mon premier amour. Cette pensée me fait éclater de rire. Je n'ai jamais eu de petit copain. Qui voudrait de moi ?

Non pas que les garçons de ma classe méritent vraiment mon attention. Il y en a bien eu un, un peu bizarre, qui ne me laissait pas indifférente, mais aucun ne m'a jamais fait vraiment tourner la tête. Et je sais très bien que je n'ai jamais fait tourner la tête de personne. Je dois être la seule fille de seize ans sur cette planète à n'avoir jamais embrassé un garçon.

Je regarde les vergetures sur mes hanches et la pâleur de ma peau. Je ne comprends pas pourquoi tout le monde m'envie ce teint gris terne. Et si ce n'était que ma couleur de peau ! Mes seins sont trop petits, mes fesses trop grosses, mon visage est trop original pour être joli et trop quelconque pour être vraiment saisissant. Mes cheveux, d'un banal châtain clair, sont trop droits pour être bouclés et trop ondulés pour être lisses. Non, vraiment, en dehors de mes yeux bleus, je n'ai rien pour moi.

Les lignes pourpres se frayent un chemin le long de ma poitrine et je me sens honteuse. J'en remarque une nouvelle et tente de la faire disparaître en frottant. Ce n'est pas juste d'avoir des vergetures sur des seins si petits.

Je n'ai rien à espérer de mon corps, il est à mon image : pas à la hauteur. Mais peu importe. Je couvrirai bientôt cette peau de nouvelles ombres de gris et de noir, je deviendrai quelqu'un d'autre. Je renaîtrai dans le sang, la douleur et l'encre.

Je soupire en constatant qu'il fait déjà jour ; Verity sera bientôt là pour m'aider à réviser. J'enfile un pantalon marron, ma paire de bottes en cuir favorite et le haut turquoise qu'elle m'a offert ; tout simple en dehors des boutons au niveau du cou, et suffisamment long pour couvrir mes fesses. L'un des avantages d'avoir une amie plus grande. Je fais deux fois le tour de ma taille avec ma large ceinture orange. J'aime bien me dissimuler, être impossible à lire. Je me dis que si les gens ne voient pas à quel point ma peau est nue, ils s'imagineront que mon histoire est intéressante.

Je descends l'escalier et constate avec surprise que mon amie est déjà là, assise avec ma mère à la table de la cuisine. De là où je me tiens, je vois le plan de travail en bois éraflé par ces années passées à découper sans prendre la peine d'utiliser une planche. Je souris à ma mère qui remplit une tasse de thé supplémentaire en me voyant. Je salue mes ancêtres par leur nom et j'allume une bougie devant leur étagère. J'aimerais que ceux de mon père soient avec nous, mais il a grandi à Riverton et n'avait pas de livre de peau avec lui en arrivant ici. Il n'a jamais vraiment évoqué sa famille.

Je vois que ma mère examine le bras droit de Verity ; elle ne peut pas s'empêcher de lire les gens. Pour elle, l'après-midi idéal consiste à observer les passants en essayant de deviner leurs secrets. Non pas que Verity ait quoi que ce soit de sordide à cacher, elle est aussi parfaite que ses tatouages.

— Ça avance, les révisions ?

Ma mère relâche le bras de Verity pour boire une gorgée de thé.

— Pas mal, je crois, répond cette dernière en tirant un peu sur sa manche. Mais j'en fais des cauchemars toutes les nuits, vivement que les examens soient passés !

Je ne m'inquiète pas pour elle, c'est une bonne élève. Je remarque soudain que le dessin que j'ai fait la nuit dernière a été défroissé et posé sur la table. *Est-ce que Verity l'a vu ?* Sans réfléchir, je lui prends la main pour l'entraîner ailleurs.

— Viens, il faut qu'on s'y mette. Mon cerveau est H.S. !

Verity attrape son sac et nous montons dans ma chambre avec nos tasses.

Ces examens sont très importants ; si je n'obtiens pas de bons résultats, adieu le tatouage ! Je finirai ma vie derrière un bureau à faire un boulot ennuyeux à mourir. Je rêve de devenir tatoueuse depuis que je suis toute petite, quand mon père m'a appris à dessiner, et la formation en apprentissage que j'ai suivie l'été dernier n'a fait que renforcer mes certitudes. Je n'ai encore jamais tatoué personne (les apprentis n'en ont pas le droit), mais j'ai appris à nettoyer et stériliser les outils et je me suis aussi entraînée sur du papier et de la peau de cochon.

Verity espère travailler pour le gouvernement, l'administration, la police, des choses comme ça. Elle doit connaître toutes les lois sur le bout des doigts. Elle n'a pas droit à l'erreur : dans les plus hautes sphères du gouvernement, ils ne prennent que les meilleurs. C'est l'une des raisons pour lesquelles je n'ai jamais songé à suivre cette voie. En plus de cette histoire de bureau. Verity rêve d'intégrer les équipes qui préparent la cérémonie de la pesée en étudiant les livres de peau des morts. C'est l'un des départements les plus importants du gouvernement et le plus mystérieux. Dire qu'un jour ma meilleure amie décidera du sort des gens, assise derrière un immense bureau !

Les choses changent, et vite.

Verity et moi passons le reste de la matinée à travailler ; elle à mon bureau bancal, passant en revue ses notes et ses livres, moi, étendue par terre, ajoutant des dessins à mon portfolio et ramassant des morceaux de peinture sèche sur le tapis. J'ai tellement de retard à rattraper. C'est étrange de lutter, pour moi qui n'ai jamais eu besoin de vraiment travailler avant. Heureusement, mon esprit semble avoir décidé de fonctionner de nouveau. Pendant la maladie de mon père, réfléchir à mon avenir ne faisait pas partie de mes priorités, car cela sous-entendait de penser à sa mort, à l'après, à la vie sans lui, ce qui me semblait être un gouffre sans fond. Maintenant, l'avenir est là, et la vie a repris ses droits. Mon père me manque terriblement, mais je dois continuer à vivre, il le faut.

Je me rends compte que j'ai les yeux dans le vide et que Verity me regarde.

— Ça va, Leora ? Mon père s'inquiétait pour toi hier. (Elle se balance sur son fauteuil.) En fait, moi aussi. Ce tatouage public t'a vraiment remuée, non ?

L'image de cet homme sur l'estrade me revient à l'esprit, de même que le bourdonnement de la machine.

— Je préférerais oublier ce moment, pour être honnête, je lui dis. Comment peut-il continuer à vivre, maintenant qu'il sait qu'il est un oublié ?

— Je ne sais pas. D'un autre côté, il a fait quelque chose d'horrible.

Je hoche la tête. Je sais qu'elle essaie de me réconforter.

— Seb y était aussi. Il m'a raconté qu'à la fin de la cérémonie, Mel, la conteuse, a pris la parole pour raconter l'histoire de Saint, afin de rappeler à tout le monde la valeur de nos tatoutages et comment l'écorchage doit être traité avec honneur.

Lasse, je hausse les épaules. Si je ne m'étais pas enfuie aussitôt, peut-être que ses paroles m'auraient réconfortée.

— Tu penses que ton père le connaissait, en tant qu'écorcheur ?

Je déglutis et secoue la tête.

— Je ne crois pas. Je n'aime pas du tout l'idée que quelqu'un comme lui ait pu travailler avec Papa. Il prenait son travail au sérieux. Il aurait été furieux d'apprendre qu'un de ses collègues ait pu se montrer aussi malhonnête. Aussi *mauvais*.

Je pousse un soupir tremblant.

— Oh ! Leora, ton père te manque toujours autant, hein ?

Je hoche la tête et des larmes prévisibles me montent aux yeux.

— Je n'en peux plus d'attendre cette cérémonie. J'aimerais que tout soit fini et qu'il soit de retour à la maison avec nous.

— Je comprends. Mais souviens-toi des livres de tes ancêtres. Ils peuvent te réconforter. Ils prennent soin de toi.

Verity a raison : nos ancêtres sont avec nous tout le temps, ils influencent le cours des choses, ils nous guident et nous aident. Je devrais être capable de leur faire confiance. Mais certains jours, je ne sens pas leur présence et j'ai tendance à les oublier. Enfin, j'imagine que tout le monde ressent ça à un moment ou à un autre.

Je me rends compte que j'ai gardé le silence un peu trop longtemps et je regarde Verity avant de lui répondre en souriant.

— En parlant de nos ancêtres, c'est à notre tour de prononcer leurs noms, ce soir.

Verity grogne. Elle déteste cette cérémonie. C'est un peu trop guindé et officiel pour elle. Je suis presque certaine qu'elle n'a accepté d'y participer que pour me tenir compagnie.

Nous passons le reste de la journée à réviser. Je repousse toutes mes idées noires et me concentre sur mon travail. Plusieurs fois, j'hésite à aborder le sujet de la marque de mon père, mais on dirait que ce n'est jamais le bon moment.

Quand il est temps pour Verity de partir, je la serre dans mes bras sur le pas de la porte. Elle fait tellement d'efforts pour me remonter le moral. La culpabilité me serre le ventre. Je ne devrais pas avoir de secrets pour elle.

# Chapitre 7

Personne n'est complètement oublié tant que son nom est prononcé. C'est pourquoi nous saluons nos ancêtres chaque matin et, tous les jours, les gens de la communauté donnent de leur temps pour dire le nom des ancêtres méritants de la ville, dont certains n'ont plus de famille.

Ce soir, ma mère m'accompagne. Nous nous changeons après le dîner (on nous encourage à porter de l'orange, du jaune et du rouge quand on doit assister à un rituel, des couleurs censées évoquer le feu du jugement). Je porte une robe safran bien trop grande qui traîne par terre. Ma mère enfile un lourd manteau doré par-dessus sa tenue. Nous marchons au milieu des feuilles mortes en direction de la grand-place, telles deux flammes géantes. Je tiens le bras de ma mère, en partie car j'ai froid, mais aussi car j'ai besoin de sentir sa présence. Je voudrais tout oublier, juste pour ce soir. C'est ma première cérémonie depuis la mort de mon père et j'ai peur que ma voix ne trahisse mon cœur brisé.

Verity nous attend devant le hall, comme convenu. Elle m'adresse un petit signe de la main et nous marchons ensemble jusqu'à la petite porte sur le côté du bâtiment. La cérémonie se déroule dans une pièce modeste appelée la salle du souvenir ; il y fait toujours très chaud, impossible d'oublier qu'un feu perpétuellement déchaîné brûle juste à côté. Nous franchissons une lourde porte en bois. Une fois à l'intérieur, l'étroitesse des fenêtres donne l'impression que nous sommes cachées. Le froid du dehors est balayé par l'encens brumeux et les murs lambrissés. L'acoustique de la pièce semble donner vie aux noms quand nous les lisons. Les murs contiennent les souvenirs que les esprits ne voient plus.

Quelques blocs en bois sont mis à disposition des éventuels auditeurs pour faire office de chaises ou de tables. Je préfère quand il y a des spectateurs ; cela m'aide à me concentrer sur l'importance et la beauté de ma tâche, à prononcer avec amour chacun des noms, faisant revivre les morts le temps d'une soirée.

La fatigue me pique les yeux. J'espère réussir à ne pas bâiller pendant la cérémonie, ce serait assez malvenu. En montant les marches de l'estrade, mes pieds se prennent dans ma robe et je trébuche légèrement. Ma mère se retourne avec un regard réprobateur et Verity réprime un gloussement. Nous allumons de nouvelles bougies blanches grâce à celles déjà allumées ; la lumière ne doit jamais s'éteindre.

Nous prononçons les premiers mots du rituel et nous commençons à lire.

*Nos ancêtres, sages et aimés. Nous nous souvenons de vous. Ceux dont les pensées ont apporté la justice et la paix, dont les mots ont apporté la connaissance et la pitié, et dont les actes ont apporté la sécurité et la richesse. Nous vous honorons. Nous nous souvenons de vous. Respirez de nouveau alors que nous prononçons vos noms, montrez-nous votre sagesse et guidez notre communauté comme il se doit.*

*James Peace,*
*Henry Chalice,*
*Peter Morgan.*
*Jane Hendle.*

Tous les cinquante noms, l'orateur déclare : « Nous nous souvenons de vous », et quelqu'un d'autre le remplace pour les cinquante suivants. Nous énumérons ainsi mille noms.

Mais pas celui de mon père. Pas encore.

Cette nuit-là, je rêve. *Quelqu'un se tient dans la salle du souvenir et je me demande pourquoi on lit mon nom alors que je suis bien vivante. Soudain, cette lectrice prend un crayon et barre mon nom. Elle lève alors les yeux, croise mon regard et referme violemment le livre des morts.*

## Chapitre 8

Aucun événement ne vient troubler les deux semaines suivantes. Je dors, j'étudie, je fais des courses et je révise avec Verity. Les jours s'écoulent ensuite dans le silence des examens. Je me rends compte que cette routine m'apaise. Le jour où je présente mon portfolio, le professeur est particulièrement critique. Il m'interroge sur mon style « féminin » et se demande à haute voix si les hommes accepteront d'être tatoués par une fille. Je me tais, pourtant je doute qu'il pose ce genre de questions à mes camarades masculins.

Mes nuits sont toujours aussi agitées et je termine la semaine sur les rotules. J'ai du mal à réfléchir de façon efficace. Pendant le contrôle d'histoire, les yeux dans le vague, mon esprit se met à vagabonder. Si mon père était encore en vie, il serait venu me chercher pour fêter la fin des examens. Mais je vais rentrer à la maison et attendre le retour de ma mère. Peut-être que je cuisinerai quelque chose pour le dîner. Sans lui, c'est comme si nous avions perdu la capacité de nous réjouir.

Je me force à me reconcentrer sur la dernière question. Je la relis une fois, deux fois, et m'arrête. Je regarde autour de moi pour voir si d'autres élèves ont l'air perplexes, mais ils ont tous la tête baissée sur leur copie.

*En quoi Saintstone serait différente si la loi du Grand Déplacement n'avait pas été promulguée ? Donnez trois exemples.*

Je ne m'attendais pas à une question de ce genre. Nous n'en avons jamais discuté en classe. La simple idée d'imaginer ce que serait la vie avec des Immaculés parmi nous me met mal à l'aise. Je tapote mes lèvres avec mon crayon et tente de réfléchir.

*1/ Notre façon de vivre serait menacée si nous vivions encore avec les Immaculés. Les Tatoués défendraient la vérité et la justice, alors que les pensées et actions des Immaculés seraient dissimulées aux yeux de tous. Les Immaculés utilisent la violence contre les Tatoués, aussi est-il logique d'imaginer que ces persécutions auraient augmenté. Avec ces assassins dans l'âme, non seulement notre culture et notre foi auraient été en péril, mais nos vies elles-mêmes.*

C'est logique. Je ne supporterais pas de vivre parmi des gens qu'on ne peut jamais vraiment connaître.

*2/ La société serait divisée. Ce serait difficile pour de tels groupes de cohabiter sans conflit. Les Immaculés pourraient tirer avantage de la transparence des Tatoués tout en dissimulant leurs secrets. L'union est indispensable pour garantir le maintien de nos traditions et honorer nos ancêtres. Sans transparence, il est impossible d'être intègre.*

Avant le Grand Déplacement, Saintstone n'était que divisions et combats. Les Immaculés profitaient vraiment de notre vulnérabilité.

*3/ Les statistiques nous montrent que les crimes ont diminué de façon significative depuis le Grand Déplacement ; si les Immaculés vivaient encore ici à Saintstone, nous ne connaîtrions sans doute pas la paix et la sécurité dont nous bénéficions aujourd'hui. La violence n'existe quasiment plus et les autres crimes comme le vol, la corruption ou le vandalisme sont évités en tatouant les criminels.*

Je ne vois pas comment l'examinateur pourrait contrer cet argument-là.

Le surveillant nous prévient que c'est terminé. Je referme ma copie, pose mon stylo et ramasse mon sac. C'est fini. Mon avenir est prêt à être tatoué.

Tout comme moi, donc.

Verity m'attend à la sortie. Elle est si enthousiaste qu'elle a du mal à reprendre son souffle.

— C'est génial, c'était exactement les questions que je voulais !

— Quoi, même celle sur les Immaculés ?

Elle fronce les sourcils et secoue la tête, apparemment aussi perplexe que moi.

— Quoi ? Je… (Elle écarquille les yeux en regardant sa montre.) Je vais être en retard. Tu es certaine de ne pas vouloir venir avec nous ?

Les parents de Verity les emmènent, Seb et elle, manger une glace. J'ai peur que ma mère n'apprécie pas que je partage la vie de famille de Verity au lieu de passer du temps avec elle, alors je refuse.

— Je vais rentrer. Ma mère va vouloir que je lui raconte comment ça s'est passé.

Je regarde mon amie s'éloigner pour retrouver ses parents. Elle salue deux ou trois personnes et remonte la bretelle de son sac quand celle-ci glisse de son épaule. Je ressens une pointe de tristesse en me disant qu'après la publication de nos résultats, je ne la verrai plus tous les jours. Je ferme les yeux et adresse une prière silencieuse à mes ancêtres. *S'il vous plaît, faites que nos vies restent étroitement liées. S'il vous plaît.* Les feuilles sur un arbre tout proche bruissent et deux d'entre elles tombent sur le sol. Je le prends comme un signe. Je les ramasse et les mets dans ma poche avant de glisser le pendentif de mon père sous mes vêtements, de serrer davantage mon châle sur mes épaules et de prendre la direction de la maison.

## Chapitre 9

En rentrant à la maison, je n'arrête pas de penser à la dernière question de l'examen. Comment serait la vie si les Immaculés vivaient toujours parmi nous ? Je les imagine dans cette rue, anonymes, et je frissonne.

Enfant, tout paraît n'être que contes et légendes. Des fables à la place des faits, des contes au lieu de l'histoire. Mais ensuite, on grandit. Je me souviens nettement du jour où nous avons appris la vérité à leur sujet pour la première fois. Quand nous avons compris que ces histoires folkloriques qu'on pensait inventées pour faire peur aux enfants étaient vraies.

Aucun d'entre nous n'oubliera jamais cette porte verte.

Je ne suis même pas sûre de l'avoir remarquée avant de l'avoir franchie pour la première fois.

Nous connaissions tous les histoires. L'histoire de la sorcière blanche et de sa magnifique sœur. Nous l'avions entendue si souvent. Je me souviens de m'être disputée avec Verity pour savoir laquelle de nous deux jouerait la jolie fille. Autrefois, je rêvais de vivre dans la forêt, en attendant qu'un prince me retrouve. Nous étions au courant de l'existence des Immaculés, bien sûr, mais on parlait d'eux comme des gobelins ou des fées. Ils n'étaient pas réels.

Et puis un jour, à l'âge de neuf ou dix ans, il y a eu cette sortie scolaire au musée. Le professeur nous avait prévenus de ne pas en parler aux enfants plus jeunes.

Je n'ai pas lâché la main de Verity pendant tout le trajet.

Je m'en souviens si bien. Je me rappelle que nous avons essuyé nos pieds et suspendu nos manteaux, que les dalles de pierre étaient humides et que le froid de l'extérieur était entré avec nous. Je me rappelle que Verity et moi nous tenions encore la main après nous être débarrassées de nos manteaux. Même si nous étions à l'intérieur et en sécurité.

Mes camarades de classe et moi nous sommes approchés de la porte fermée. Le secret avait été si bien gardé qu'il n'avait même jamais été nécessaire de le dissimuler. La surveillante a fait un pas de côté et souri alors que nous passions devant elle dans la pièce mal éclairée.

La vérité nue. Si nue que nous pouvions voir chaque centimètre carré de sa peau immaculée. Un homme inconnu. Les paumes ouvertes, levées. Un coude, toujours râpeux, collé au verre. Une poitrine immobile, à la peau légèrement bleuie à cause du liquide. Son sexe, que je ne pouvais m'empêcher de regarder. Les yeux fermés, la bouche légèrement entrouverte, prêt à respirer, à parler, à hurler. Une personne préservée non pas comme un livre, mais comme une pièce à conviction : un avertissement, un trophée. Nous nous tenions suffisamment près pour suivre les torsades de ses empreintes digitales, pour compter les poils sur ses jambes.

J'étais suffisamment proche pour tout voir mais je ne voyais rien. Pas d'encre, pas de mots, pas de dessins, pas de tatouages. Son corps à la dérive était silencieux. Muet. Cet Immaculé était conservé à titre d'avertissement. Notre professeur nous a raconté que seules les personnes qui avaient quelque chose à cacher gardaient leurs histoires pour elles. J'imaginais ses secrets comme des vers sous sa peau, le dévorant de l'intérieur.

Paniquée, j'ai baissé les yeux sur ma main et compté mes marques. Je regardais Verity et mes autres camarades. Je les lisais, soulagée. Je connaissais leur histoire. Rien n'était caché. La vérité nue.

J'étais abasourdie par les pièces à conviction contenues dans cette petite salle. Des vitrines illuminées nous racontaient la terrible vérité. Des dessins, des témoignages, et même des notes écrites par les Immaculés eux-mêmes, qui dévoilaient leurs plans maléfiques. Un groupe de garçons excités nous a appelées.

— Venez voir !

Verity et moi avons suivi leurs voix jusqu'à une vitrine bien éclairée.

*Couteau utilisé par Tobias Clement pour trancher les mains de ses victimes.*

La lame avait l'air rouillée.

— C'est du sang, a murmuré le garçon à côté de moi, ravi.

Le manche était usé et me rappelait le couteau de cuisine de mes parents.

*Clement ne fut pas le seul Immaculé à s'attaquer aux membres innocents de notre communauté pour voler leurs tatouages et faire taire leurs âmes, mais il fut sans doute le plus prolifique. Comme tous les Immaculés, il œuvrait sans scrupule et sans remords, s'en prenant aussi bien aux hommes qu'aux femmes et aux enfants. Il fut finalement capturé et condamné à mort deux ans avant la loi du Grand Déplacement.*

Nous connaissions tous leurs motivations. Si les conséquences n'étaient pas aussi horribles, j'aurais pu trouver ça malin. Il suffit d'un tatouage manquant pour que la cérémonie de la pesée de l'âme ne puisse avoir lieu. Il ne peut rien arriver de pire.

Je ne pouvais plus détacher les yeux de la vitrine. À côté du couteau, il y avait des plumes noires et un bout de tissu. Mes camarades s'étaient éloignés et j'ai décidé de m'approcher. Ce n'était pas du tissu. On aurait dit du cuir usé. Non, c'était de la peau. Une minuscule main tranchée. J'ai compté les marques indiquant son âge. Une, deux, trois… quatre.

J'étais sous le choc. Verity a froncé les sourcils et hoché la tête. *Alors, c'est ça, le monde dans lequel nous vivons.* Il était soudain devenu plus grand et plus effrayant qu'avant. J'ai fermé les yeux et planifié mes futurs tatouages ; j'avais hâte de grandir, d'avoir une armure à revêtir, morceau par morceau.

Quand nous sommes rentrés à l'école, nous avons raconté cette journée dans nos cahiers. Depuis ce jour, nous n'avons plus jamais joué à la sorcière blanche. Et on ne nous a plus jamais lu de contes non plus ; il était maintenant question d'histoire.

# Chapitre 10

C'est le jour des résultats. Le temps est clair et frais. Je suis trop nerveuse pour avaler quoi que ce soit, alors je prends plus de temps pour me préparer. J'enfile ma robe portefeuille favorite que j'agrémente d'un châle pourpre, gris et orange. Je l'enroule autour de mon cou pour garder les mains libres et le ferme avec la broche en forme de feuille que mes parents m'ont offerte pour mon dernier anniversaire. Le pendentif de mon père est caché sous ma robe ; j'espère qu'il va me porter chance. J'attache mes cheveux courts en arrière, me nettoie le visage et applique une toute petite touche d'huile sur ma peau – juste assez pour mettre mes tatouages en valeur. Mes mains tremblent un petit peu en ramassant mon sac.

Ma mère me serre dans ses bras et m'encourage avant que je quitte la maison.

— Je sais à quel point tu as travaillé dur, Leora. Quoi qu'il arrive aujourd'hui, sache que je suis fière de toi. Tes ancêtres ont dû tout régler en coulisses, ne t'en fais pas. (Elle caresse leurs livres et me souffle un baiser avant de franchir la porte.) Interdiction d'aller faire la fête avant de m'avoir prévenue, d'accord ? Je serai de retour à cinq heures.

Quand je vais prendre mes clés, je trouve une carte sur la table de la cuisine.

*Ton père serait tellement fier. Sa lumière brille en toi, ma jolie Leora.*

Je ravale mes larmes.

— Bon, j'y vais, dis-je à mes ancêtres blottis les uns contre les autres sur leur étagère. Souhaitez-moi bonne chance. J'espère vous faire honneur avec de bons résultats.

Je leur lance un baiser comme ma mère l'a fait un peu plus tôt, puis passe mon sac en bandoulière et ferme la porte derrière moi en partant. Ce sont nos mentors qui nous donnent nos résultats. Le mien est Mel, la conteuse de la ville. Je me demande pourquoi, elle a sûrement mieux à faire ! Elle n'a pas de nom de famille ; elle incarne toutes les histoires et légendes de notre ville sur sa peau, pas les siennes. Depuis la petite pièce en sous-sol où elle travaille au musée, elle a la garde de tous ces récits précieux. C'est là-bas qu'elle m'a donné rendez-vous.

Je monte les marches en pierre lisse et passe la grille près de l'entrée avant de pousser l'une des grandes portes de ce lieu que j'imagine parfois comme un asile pour les artefacts qu'il contient, examinés et étudiés sous tous les angles dans leurs cellules de verre. Le vent froid lutte avec l'air chaud pendant que je la referme doucement derrière moi. Mes cheveux sont projetés devant mon visage malgré mes barrettes et je cherche un mouchoir dans ma poche pour cesser de renifler. Il va probablement faire froid mais je sens déjà la sueur irriter mes aisselles. Je détache ma broche et enlève mon châle.

La femme à la réception, Béatrice, sourit en me voyant.

— C'est un grand jour, hein, Leora ? Ton mentor sera prêt dans un instant.

Je range mon châle dans mon sac et patiente nerveusement sur une chaise. Les minutes s'écoulent lentement. Alors que je m'apprête à passer aux toilettes, on m'appelle enfin. Un jeune homme bien coiffé aux cheveux courts et au visage sérieux me fait signe de le suivre. Nous empruntons un couloir et une série de marches pour atteindre le sous-sol froid et humide, où se trouvent les bureaux et les réserves. Il frappe à l'une des portes et m'adresse un signe de tête avant de s'éloigner quand une voix grave répond :

— Entrez !

Mel est assise à une table et porte sa tenue officielle de conteuse, toute dorée. Elle a l'air plus jeune que je n'imaginais. Ses longs cheveux roux cavalent dans son dos. Ses jambes sont cachées par la table mais j'aperçois tout de même des bouts d'histoires sur ses chevilles croisées. Je crois que je distingue *Les amants*, les mains liées. L'histoire préférée de mon père. J'ai seulement entendu parler de son tatouage des *Deux sœurs* sur son dos, censé faire écho à notre arbre familial. Moriah se tient comme l'arbre, incarnant le printemps et l'été. La sorcière blanche se trouve en dessous, à l'envers, comme un reflet en sous-sol, incarnant l'automne et l'hiver. J'aimerais voir ce tatouage et toutes les autres histoires qui la recouvrent. Même si nous avons ces histoires chez nous, sur papier, c'est la peau qui compte, sa peau. Chaque conteur accepte la douleur, le sang versé, pour préserver l'histoire de notre communauté.

Son bureau est petit et, malgré les apparences, plutôt accueillant. Des illustrations similaires au style de ses tatouages tapissent les murs. Derrière elle, les mots de Saint sont gravés dans le bois :

*Les histoires sont notre passé. À travers le passé, nous vivons notre présent.*

Je remarque un tas de gros coussins colorés au pied d'une bibliothèque qui déborde de livres. Une grande lampe au verre jaunâtre donne à la lumière une teinte dorée.

Son ventre rebondi et sa poitrine sont pressés contre le cuir de son uniforme. On ne la nourrit que des meilleurs mets, en quantité, afin que sa peau soit douce et que son corps généreux ait la place d'accueillir tous ses tatouages.

Elle sourit et la malice dans ses yeux bruns apaise un peu ma nervosité.

— Leora Flint ? demande-t-elle. Assieds-toi.

Au début, nous discutons de tout et de rien et elle me présente ses condoléances ; elle a entendu parler de mon père. Je me sens tellement intimidée. Mel possède le calme de la personne qui sait qui elle est, qui connaît son but. Elle vit pour notre société et aime ça, à l'évidence. Sa voix est grave et forte ; même quand elle s'adresse seulement à moi, on dirait que sa bouche a réchauffé chaque mot.

— Alors, dis-moi, comment se sont passés les examens ? me demande-t-elle avec un sourire espiègle.

Je la regarde sans répondre. J'ai peur de paraître prétentieuse si je dis que je pense avoir bien travaillé. D'un autre côté, si je lui dis à quel point la mort de mon père m'a chamboulée, je vais passer pour la fille qui se cherche des excuses.

— Hum, je n'en ai aucune idée. (Ma voix tremble.) J'ai réussi ?

Mel prend tout son temps pour feuilleter les papiers sur son bureau. Finalement, elle lève les yeux sur moi.

— Plus que ça. Tu as beaucoup travaillé, Leora, ça se voit. Toutes tes notes sont excellentes. On dirait que tu as réalisé ton rêve : tu vas devenir tatoueuse ! Si c'est toujours ce que tu veux…

Les mains sur les joues, je me sens tellement soulagée que je crois que je vais pleurer. Mel fait le tour du bureau et pose une main sur mon épaule.

— Tu en doutais vraiment, Leora ? dit-elle avant d'ajouter en retirant sa main : Je ne pensais pas que tu serais aussi nerveuse.

— Je… J'ai raté tellement de cours. Je n'étais pas sûre d'avoir pu rattraper mon retard après…

— Tu as eu beaucoup de choses à gérer dernièrement. Mais tout ça, c'est derrière toi. Tu vas pouvoir te concentrer sur ce qui t'intéresse et oublier le reste. (Elle m'adresse un petit clin d'œil en notant ma surprise ; j'ai l'habitude que les adultes me disent à quel point tout est important, à l'école.) Tu as fait ce que tu devais faire. Tu peux avancer et profiter de ta formation, maintenant.

Mel se rassoit et je me reprends, laissant mes épaules se détendre légèrement.

— Il y a juste une chose. (Mon cœur se serre en la voyant sortir une feuille de son tas.) L'examinateur a émis une recommandation supplémentaire. Une autre possibilité que le tatouage. Tu es la première personne que je guide, mais pour ce que j'en sais, c'est fort inhabituel.

— Je ne veux pas devenir lectrice.

Mel rit. Sa légèreté et son calme sont réconfortants. Je suis soulagée qu'elle ne soit pas vexée.

— Non, ce n'est pas ça. Ils disent que tu as tous les talents pour devenir écorcheuse. Ils te feraient passer la formation en accéléré, tu n'aurais même pas besoin de faire un apprentissage.

Je fronce les sourcils.

— Écorcheuse ? Comme mon père ?

Mel hoche la tête et me passe la feuille de papier que je lis à haute voix.

— « La candidate a fait preuve d'une impressionnante dextérité, de souci du détail et d'une tolérance admirable pour le sang. Ses talents évidents de lectrice, même si utiles en tant que tatoueuse, seraient également un grand atout pour une écorcheuse, métier pour lequel nous manquons de volontaires. »

— Je pense que tu es face à un choix, Leora. (Elle se penche vers moi.) Qu'est-ce que tu préfères ? Planter des aiguilles dans les vivants ou des scalpels dans les morts ?

# Chapitre 11

Je la regarde pendant un long moment. Sentant ma confusion, elle pose une main chaude sur mon bras.

— Laisse-moi te raconter une histoire, Leora. Tu la connais, je l'ai racontée récemment à un tatouage public, mais peut-être que ça t'aidera à te décider.

Mel se lève et me montre le dessin de Saint sur sa cuisse. Je hoche la tête et elle s'éclaircit la gorge, prête à commencer.

***Le saint***

*Il était une fois un homme qui ne faisait que le bien. Il aimait les pauvres et se souciait des malades. Il vivait simplement, donnait généreusement et transmettait partout un message de bonté et de partage. Les habitants de la ville l'appelaient Saint.*

*Un jour, Saint s'aventura aux frontières du royaume et arriva devant un mur sinistre et couvert de mousse. Il fit appel à Dieu pour le guider et trouva une section du mur plus basse que les autres, lui permettant d'escalader et de pénétrer sur une terre aride, sauvage, bien différente de ce qu'il connaissait. Il se mit en quête de nouvelles âmes à sauver et arriva finalement dans une ville inconnue. Son cœur fut aussitôt assailli par les ténèbres et l'oppression qui y régnaient. Malgré la peur, Saint ordonna à son esprit craintif de se taire : s'il y avait bien un endroit qui avait besoin de lui, c'était celui-ci.*

*Pendant un moment, il crut que les lieux étaient abandonnés. Peut-être que Dieu avait déjà rendu son jugement et détruit le mal qui habitait cet endroit ? Il déboucha sur une place déserte dotée d'un puits, mais celui-ci était dépourvu de seau. Il s'assit à côté, la bouche de plus en plus sèche. Ses lèvres craquelées le piquaient et chaque fois qu'il déglutissait, il sentait un désir ardent d'apaiser sa soif. Au moment même où il pensait ne pas pouvoir attendre plus longtemps et préférait encore mourir plutôt que de souffrir, une femme arriva, un seau à la main.*

*— Aidez-moi, s'il vous plaît, supplia Saint d'une voix fêlée. Donnez-moi à boire ou je vais mourir.*

*La femme le regarda, observant ses tatouages, et sourit.*

*— Ça va vous coûter cher.*

*Saint tomba à ses pieds et lui offrit toutes ses richesses en échange d'un peu d'eau. Lentement, la femme secoua la tête. Elle donna à Saint ses conditions. S'il avait eu des larmes à faire couler, il aurait pleuré, mais il se contenta de hocher la tête et regarda la femme attacher son seau à la corde et remonter une eau claire et brillante.*

*Sa soif étanchée, il la remercia de sa voix retrouvée. Elle le regarda avec mépris et lui dit de la suivre, car Saint avait promis de lui donner son âme.*

*Bien entendu, la femme était une sorcière. Elle gouvernait la ville grâce à ses pouvoirs maléfiques. Chaque personne que*

*Saint croisait était vide de corps et d'esprit. Sans marque, sans amour, impossible à reconnaître. Ah ! il mourait d'envie de partager sa connaissance avec eux. Il aurait tant aimé soigner leurs blessures et les conduire à la vertu. Mais après les longues heures passées chaque jour à gratter les sols, nettoyer les latrines et nourrir les animaux, il avait tout juste l'énergie de vivre sa propre vie et donc certainement pas de quoi apporter la vie aux autres.*

*Un matin, après des années de servitude, Saint fut envoyé dans la forêt à la recherche de nourriture. Un enfant de la ville était venu l'aider. Saint lui raconta des histoires et il l'écouta les yeux brillants, la bouche entrouverte. Rapidement, le garçon en parla à ses amis. Les petits étaient fascinés par les histoires de Saint et le suppliaient de leur en raconter toujours plus. Saint les traitait avec gentillesse ; il ne les faisait pas marcher plus que le leur permettaient leurs petites jambes et leur montrait quelles herbes pourraient apaiser leurs maladies et quelle nourriture leur donnerait de la force. Bientôt, Saint se retrouva avec une troupe de jeunes suiveurs, tous charmés par sa gentillesse et sa sagesse.*

*Jusqu'au jour où le plus jeune du groupe raconta à son père toutes ces aventures. L'homme comprit que bientôt, les enfants aimeraient plus Saint que leurs propres parents : Saint n'était plus leur esclave mais était en train de faire des enfants ses propres esclaves. Car depuis que la sorcière blanche régnait, les histoires étaient interdites.*

*En punition, Saint fut attaché et défila devant les habitants qui le déshabillèrent et se moquèrent de ses tatouages et de son âme pleine de bonté. La masse des Immaculés rugit quand la sorcière s'approcha de lui avec son couteau. Elle l'enfonça dans sa belle peau et le dépeça, centimètre par centimètre, sans cesser de ricaner, lui intimant de se détourner de ses croyances et de se soumettre à sa volonté. Mais à chaque coup, chaque coupure, Saint poussait un soupir de douleur extatique.*

*— Mon âme est libre ! cria-t-il alors qu'on l'écorchait vif. Enfin, enfin, mon âme est libre !*

*La légende raconte que c'est ainsi que Saint retourna dans sa ville. Ses muscles, ses tendons et ses os étaient visibles de tous. Sa peau écorchée, pareille à un majestueux manteau, ne recouvrait plus cette âme pure. Il n'y eut jamais un homme aussi bon que lui. Depuis ce soir-là, les hommes et les femmes ont libéré leurs âmes en imitant Saint, retirant leurs habits de chair à leur mort afin de pouvoir vivre dans l'au-delà.*

— Tu comprends maintenant en quoi les deux rôles sont essentiels, conclut doucement Mel. Le tatoueur marque la peau et soulage l'âme, mais l'écorcheur est celui qui la libère de sa prison. Quel que soit ton métier, tu honoreras notre société. Mais fais un choix éclairé.

# Chapitre 12

Je passe devant la statue de Saint en quittant le musée. Mon esprit bouillonne. Je pense avoir pris la bonne décision, mais je suppose que je vais passer ma vie à me demander comment les choses auraient pu être différentes. Mel garde le silence après avoir écouté mon choix. Est-elle déçue ? Mon père aurait-il été déçu ?

Je frotte mon bras à l'endroit où va être fait mon nouveau tatouage. Bientôt, je ne pourrai plus revenir en arrière. De l'encre pour montrer que je suis tatoueuse.

C'est ce que j'ai toujours voulu.

Je retrouve Verity et bien entendu, elle aussi a réussi ses examens haut la main. Elle est fin prête pour prendre son poste au gouvernement dès lundi prochain.

— Je n'arrive pas à croire que Mel soit ton mentor, tu as tellement de chance !

Nous discutons avec excitation avant que je ne remarque l'heure et que je me lève d'un bond.

— Je dois y aller ! Ma mère va me tuer si elle découvre que je t'ai vue avant elle. Si jamais tu la croises, fais celle qui ne sait rien. Encore bravo, je suis tellement contente pour toi.

Je me précipite chez moi et j'ai juste le temps de reprendre mon souffle avant l'arrivée de ma mère.

— Alors ? dit-elle en posant son châle et son sac. Comment ça s'est passé ? J'ai pensé à toi toute la journée !

Je lui raconte tout et elle me serre très fort dans ses bras. Je l'entends rire.

— Oh, Leora, une tatoueuse ! Tu seras géniale. Tu ne pouvais pas me faire plus plaisir !

Je ne lui parle pas de l'alternative que m'a proposée Mel. C'est mon secret et je veux le garder pour moi.

Le lendemain, Verity et moi allons voir le tatoueur du gouvernement ensemble. Nous tendons toutes les deux notre certificat, le document le plus officiel que j'aie jamais eu entre les mains, avec plein d'armoiries, de signatures et de calligraphies sophistiquées. Nous sommes envoyées dans des pièces différentes pour être tatouées.

Je ne crois pas qu'on finisse par mieux supporter cette douleur avec le temps. L'encre se fraie un chemin en mordant dans mon poignet. Cette marque sera plus grande que celles pour indiquer mon âge et représentera un crayon et une épée croisés au-dessus d'une flaque d'encre. La marque des tatoueurs. Ce sera magnifique, mais pour le moment, j'ai trop mal pour y penser.

J'essaie d'engager la conversation pour me changer les idées. Moi qui avais espéré que mon choix de métier intéresserait le tatoueur… Il s'est contenté de grogner en lisant mon dossier. Il semble s'ennuyer. Une seconde, la panique me fait oublier la douleur ; je ne veux pas m'ennuyer, moi ! Mais contrairement à lui, je pourrai travailler sur les tatouages choisis par les gens, sans avoir à pondre les mêmes marques officielles jour après jour. Je remercie alors mes ancêtres car ma formation se déroulera dans un studio et non au sein du gouvernement.

Une fois nos tatouages terminés, Verity et moi les admirons à travers le film protecteur. Son tatoueur a fait du super boulot. Son tatouage représente une roue avec une balance en dessous. Nos poignets sont rouges et gonflés mais nous aurons bientôt quelque chose à montrer, de quoi être fières. Les gens verront qui nous sommes au premier coup d'œil.

# Chapitre 13

La fête de fin d'études est un passage obligatoire. Tout le monde est invité et tout le monde y va, même moi. J'ai un peu peur ; c'est la même chose que l'école, sans doute avec de l'alcool en prime. Nous n'avons pas encore vraiment la permission de boire mais quelqu'un aura bien convaincu ses parents d'acheter quelques bouteilles… ou en aura emprunté sans se faire remarquer. Je préférerais rester chez moi ; je n'ai jamais eu beaucoup d'amis à l'école, à part Verity, qui m'a fait promettre de l'accompagner.

Nous nous rendons donc à la fête ensemble. Tout le monde porte la même tenue traditionnelle, avec les jambes, les bras et le ventre à découvert. J'aimerais vraiment avoir deux mots avec la personne qui a eu cette idée ridicule.

— Je vais mourir de froid, dis-je à Verity alors qu'elle m'ouvre la porte.

Elle me regarde avec un désarroi évident.

— Je ne vois pas comment… On dirait que tu as quatre-vingt-dix ans.

Elle secoue la tête et fait un pas de côté pour me laisser entrer.

— J'aimerais bien, au moins je serais tranquille, chez moi.

Verity pousse un grognement exaspéré et me prend la main, après l'avoir trouvée sous toutes mes couches de vêtements.

— Allez, viens grand-mère, ne crois pas que tu vas t'en tirer comme ça.

Julia, dans la cuisine, rit en nous voyant monter à l'étage.

Verity se prépare pour cette soirée depuis des semaines. Elle va porter ses longs cheveux lâchés ; elle les a fait boucler et les a retenus avec des pinces dorées qui ressemblent à des insectes. On dirait qu'elle porte une couronne. Sa peau brune rayonne. C'est comme si elle était née pour porter notre tenue traditionnelle.

Elle ôte mon châle et je marmonne :

— Tu sais que tu vas rester dehors toute la soirée, hein ?

— On ne part pas en randonnée, on va à une fête. Alors adieu chaussures confortables, châle géant et cardigan troué !

Je me déshabille à contrecœur et Verity entasse mes affaires sur son lit. Je déplace mon plastron pour cacher mes vergetures. Mais on les voit plus que jamais. Verity me fait asseoir sur une chaise et noue mes cheveux, les ramenant en arrière. Tout a l'air si facile avec elle. Elle me prête des bijoux et nous frottons nos peaux avec de l'huile et de la poudre brillante, en faisant attention à ne pas toucher nos poignets irrités.

Une fois prête, elle me fait pivoter face au miroir. J'ouvre la bouche pour me plaindre, mais je la referme quand je vois que j'ai l'air plutôt mignonne, finalement. Pas autant que Verity, bien sûr, mais mignonne quand même. La poudre dorée dissimule un peu la pâleur de mes bras et de mes épaules.

— Tu es superbe, me dit Seb quand nous descendons.

Il est déjà en pyjama, prêt à se coucher. Il doit se lever tôt pour aller travailler demain.

Je le serre dans mes bras et lui chuchote à l'oreille :

— J'aurais aimé que tu viennes aussi. Ça aurait été plus amusant.

Il rit et recule en secouant la tête.

— Ah non, la soirée de fin d'études, j'ai déjà donné. Chacun son tour !

Il sourit. Il ressemble tellement à Simon.

Julia est sur le point de partir travailler à la maternité. Elle a l'air fatiguée et ses cheveux me semblent légèrement plus gris que la dernière fois que je l'ai vue. Mais ses yeux bleus brillent quand elle nous prend les mains. On dirait qu'elle va pleurer.

— Vous ne voulez pas arrêter de grandir, s'il vous plaît ? (Verity est plus grande que sa mère depuis deux ans environ.) Vous êtes magnifiques, toutes les deux.

Verity lève les yeux au ciel mais je sais qu'elle est contente. Sa mère passe un bras autour des épaules de son père, qui l'embrasse sur le front. Ils ont l'air tous les deux si fiers de leur fille que j'éprouve une pointe de jalousie.

En chemin, Verity trébuche avec ses talons et je suis bien contente d'avoir choisi de garder mes bottes. Je vais peut-être finir frigorifiée, mais je ne me foulerai pas la cheville.

La fête se déroule dans une clairière, dans les bois près de l'école. En approchant, nous entendons de la musique, des cris et des chants. L'odeur réconfortante de la fumée se fraie un chemin jusqu'à nous. Verity pousse un « oh ! » devant les lanternes suspendues dans les branches. D'anciens camarades de classe sont assis sur des couvertures et grillent des chamallows autour d'un brasero. Je suis soulagée de voir autant de monde, on pourra facilement se mélanger à la foule. Il y a une très bonne ambiance. Une dizaine de personnes que l'on connaît à peine sont déjà venues nous saluer. Le mélange d'alcool et de liberté après les révisions et les examens met tout le monde d'humeur légère.

Un gars nous passe des bouteilles et crie :

— Santé !

C'est Karl, un garçon tellement sûr de lui qu'il me met mal à l'aise. Il est grand, blond, et j'imagine qu'il doit être mignon (c'est ce que pensent beaucoup de filles à l'école, en tout cas). Il lui suffit de se trouver près de moi pour que je devienne rouge comme une tomate, ce qui l'amuse beaucoup. Il a toujours prétendu que le tatouage était un plan B pour lui et que son père lui trouverait un emploi dans l'entreprise familiale. Il n'a jamais dit de quoi il s'agissait. J'imagine que ça doit être un peu douteux.

Je n'ose pas refuser la bouteille qu'il me tend, alors je la prends, mais la repose sur une table dès qu'il a le dos tourné. Nous nous approchons du brasero (bon, je marche et Verity titube, car talons et forêt ne font pas bon ménage) et Verity aperçoit un garçon qu'elle connaît. Ses amis et lui nous font de la place sur leur couverture. Je ne sais pas comment m'asseoir sans montrer ma culotte, alors je reste à genoux. J'écoute distraitement Verity et son ami discuter et je regarde autour de moi. C'est toujours ce que je fais pendant les fêtes ; j'aime garder le silence et simplement regarder les gens, en spectatrice.

La plupart des personnes présentes semblent considérer cette soirée comme l'occasion de montrer leurs tatouages. Chaque fois que des gens se croisent ils regardent les nouvelles marques sur leurs poignets, poussent des cris ou se tapent dans la main. La tenue des garçons est, elle aussi, en cuir. Ils sont tous torse nu mais, au moins, ils ont le droit de porter un pantalon. Certains ont dissimulé leur absence de tatouages en se faisant des peintures de guerre sur la poitrine avec de la boue. Ils braillent et se battent, ne perdant pas une occasion de se faire remarquer.

Je me mets naturellement en mode lecture et m'attarde sur les histoires que racontent les tatouages d'ordinaire cachés sous notre uniforme scolaire. Je remarque une fille avec un grand tatouage de serpent derrière la cuisse. Sa langue s'agite et je vois que c'est un tatouage inspiré par son petit copain. En fait, on dirait même que c'est lui qui l'a choisi. Le corps écailleux du serpent et la façon dont il la domine jurent avec la douceur de son âme. J'éprouve du soulagement en lisant qu'elle n'est plus avec ce type, mais cela m'attriste de voir qu'il a laissé une telle marque sur elle.

Qu'est-ce que ça ferait d'être un serpent, d'être capable de muer pour repartir de zéro ?

Certaines personnes, comme mes parents, choisissent un thème pour leurs marques, un genre de structure pour que tous leurs futurs tatouages puissent s'y épanouir. Par exemple, tous les tatouages de ma mère sont des fleurs. Quand on la rencontre pour la première fois, c'est surprenant de voir ce bouquet, dont on peut presque sentir l'odeur. Mais en y regardant de plus près, en la lisant vraiment, on se rend compte que chaque fleur a une signification. Certaines sont des boutons prêts à éclore. D'autres sont tellement épanouies qu'on voudrait tendre la main pour les toucher. Et certaines ont des bords légèrement marron, comme si elles commençaient à fâner.

Les tatouages de mon père étaient quant à eux tous en rapport avec l'océan : il n'était que vagues vertes et bleues, poissons, goélands, sirènes et hippocampes.

À part pour le corbeau.

Et la fleur sur ses fesses.

En observant la fête, je constate que beaucoup de mes camarades ont choisi leur premier tatouage de façon moins méthodique, ce que ne cautionnerait pas mon professeur. Il dit que les gens comme eux finissent par regretter leurs décisions, que leur manque de goût les desservira à l'avenir. Peut-être a-t-il raison ; mais en les voyant rire et discuter à la lumière des flammes, je me dis qu'au moins, ils ont agi, ils ont choisi de se faire tatouer, de recevoir de nouvelles lignes sur leur peau. Au moins, ils n'ont pas eu peur.

Verity aperçoit un autre ami et me prévient qu'elle va aller lui dire bonjour. Elle enlève ses chaussures et s'en va sans se presser, laissant sa bière sur le sol à côté de moi. Les autres garçons partent aussi. Je me retrouve seule face au feu, comme hypnotisée. J'imagine mon corps couvert de flammes et de cendres et inspire la fumée du brasero. Peut-être que le feu pourrait devenir mon thème. Mais le feu n'est pas vraiment « moi ». Je ne suis pas assez sensuelle.

Il y a du mouvement à ma gauche et un groupe de garçons s'assoit sur la couverture. Ils sont déjà bien alcoolisés ; je l'entends à leurs voix pâteuses. Ils renversent une bouteille et j'écarte rapidement les chaussures de Verity. Tout à coup, l'un d'eux se tourne vers moi et je me rends compte que c'est Karl.

Il cligne un peu trop lentement des yeux et tend un bras un peu trop familier vers moi. Il n'en est clairement pas à sa première bière. J'évite sa main et je fixe de nouveau le feu, espérant qu'il oublie ma présence. Je me surprends à bâiller et je frissonne. *À partir de quelle heure peut-on quitter une fête ?*

— Allez, on se réveille, Laura !

Karl me secoue par l'épaule. Je lui adresse un sourire nerveux et m'éloigne de quelques centimètres.

— Je m'appelle Leora, dis-je froidement, lissant ma jupe.

— Ouais, je sais. Mais je sais que ça t'agace quand je t'appelle Laura. Tu deviens toute rouge. (Je fronce les sourcils mais je me sens effectivement rougir.) Tu vois ! Ça y est !

Je hausse les épaules.

— Je suis assise à côté du feu, Karl. Ne va pas t'imaginer des choses.

Il regarde mon tatouage et son regard redevient clair.

— Tu as réussi, alors ?

Je hoche légèrement la tête.

— Moi aussi.

Il tend son poignet et je peux voir sa marque. Je hausse les sourcils.

— Je croyais que tu allais travailler avec ton père ?

Pensif, il passe une main dans ses cheveux, puis se penche en avant et parle d'une voix douce.

— Changement de plan, Laura.

Sa déception est évidente.

— Tu te débrouilleras très bien, j'en suis sûre, dis-je, tentant de le rassurer.

Malgré son côté un peu idiot, il a toujours été l'un des meilleurs en classe. Il ne semble pas savoir comment réagir face à cet accès de gentillesse de ma part.

Et finalement, il me lance :

— Je pensais pas qu'ils acceptaient les filles. Bon, en même temps, j'ai longtemps cru que t'étais un mec.

Je le regarde, ne sachant pas comment lui répondre.

— Je dis pas que tu es pas féminine, hein, c'est juste que je m'attendais pas à voir une fille vouloir devenir tatoueuse, donc j'ai supposé…

— Tu as supposé que j'étais un homme car je voulais devenir tatoueuse ? Merci Karl, tu as fait ma soirée.

Quand je commence à me lever, il me prend la main.

— Non, ne pars pas. Écoute, c'était pour rigoler. Tu ne ressembles pas à un garçon. En fait, tu es très jolie ce soir.

Je lève les yeux au ciel et ramasse les chaussures de Verity ; quand je me retourne, le visage de Karl est tout près du mien et je me rends compte, avec horreur, qu'il va tenter de m'embrasser.

— Beurk, Karl, bouge de là !

Je mets les deux mains sur son torse et le pousse sans ménagement. Il écarquille les yeux comme s'il venait de se réveiller et je lis de la colère dans son regard. Deux ou trois de ses amis explosent de rire.

Je me lève et m'éloigne rapidement en direction des arbres. En partant, j'entends Karl dire :

— Non mais elle est folle, cette fille, comme si j'allais l'embrasser !

Mais ses amis se moquent toujours de lui.

Je retrouve Verity en pleine discussion avec Rahul, un garçon qu'elle apprécie particulièrement. Je lui tends ses chaussures et lui chuchote à l'oreille que je rentre à la maison. Elle me répond qu'elle arrive mais je sais qu'elle veut rester alors je lui fais un clin d'œil. J'espère qu'elle aura plus de chance que moi.

Je ne devrais sans doute pas rentrer toute seule, mais j'ai le sentiment que j'ai laissé toute menace sérieuse derrière moi à la fête. Karl. Quel idiot. Au moins, maintenant que l'école est finie, je ne risque plus de le croiser.

# Chapitre 14

Je passe le dimanche à la maison. Mon apprentissage commence le lendemain, alors je relis la brochure, je déballe mon nouvel uniforme (une tunique et un pantalon gris acier, génial), je regarde où se situe le studio et je feuillette mes anciens livres de cours. J'essaie de dessiner un peu, en vain : tout me semble idiot et enfantin. Je suis trop nerveuse en attendant le lendemain.

Le lundi matin, je me réveille avec un sentiment oppressant, entre nervosité et excitation. Les questions se bousculent dans ma tête : *Comment sera mon patron ? Et si je fais une erreur ? Et si je suis nulle ? Je serai la seule fille ? Et si je dois faire pipi et qu'il n'y a que des toilettes pour hommes ?* Une petite voix me demande derrière toutes ces questions qui se bousculent : *Et si c'est merveilleux ? Et si j'aime ça ? Et si je suis faite pour ça ?*

Ma mère a préparé le petit déjeuner, mais je ne peux rien avaler.

— Tu es jolie, ma chérie, me dit-elle en lissant les plis de mon uniforme et en rajustant mon écharpe.

— Maman, je suis habillée en gris des pieds à la tête. Je ne suis pas jolie, je ressemble à une souris.

Elle m'attire contre elle et m'embrasse les cheveux.

— Tu n'es pas une souris. Mange quelque chose. Ensuite nous allumerons les bougies pour demander à la famille de prendre soin de toi aujourd'hui. (Elle croque dans sa tartine et poursuit tout en mâchant.) Je me souviens de mon premier jour, ma chérie. C'est effrayant, mais crois-moi, d'ici la fin de la semaine, tu auras l'impression de faire ça depuis toujours. Je suis sûre que tu seras super. Tu es née pour ça.

Je vois bien qu'elle fait des efforts, c'est exactement ce que mon père m'aurait dit.

— Je me souviens du conseil de mon mentor : ne dis pas que tu veux être utile à la société, contente-toi de te souvenir du nom des gens. Garde ça en tête et tout ira bien.

Je souris.

— Alors, quand est-ce que je te tatoue ?

Elle écarquille les yeux et tousse.

— On en reparlera quand tu auras fini ta formation, ma chérie.

Nous gloussons toutes les deux. Je me rends compte seulement maintenant qu'elle est sans doute aussi nerveuse que moi. Mon bonheur compte pour elle, tout comme le fait que je fasse de mon mieux et que je m'épanouisse.

Ma mère et moi quittons la maison au même moment ; elle doit faire une lecture pour un client qui vit en périphérie de la ville. On se dit au revoir au bout de la rue et je poursuis mon chemin toute seule vers le centre-ville. Je respire l'odeur du pain chaud en passant devant la boulangerie et esquive le fleuriste qui dispose des plantes devant son magasin. Je marche au milieu des feuilles mortes, les rayons du soleil me réchauffent le visage. J'entends presque la voix de mon père me dire : « Ce sont mes journées favorites, lumineuses mais fraîches. » Je souris et sens ensuite la tristesse me gagner. *Pas maintenant, Leora*, me dis-je. *C'est pas le moment de craquer.* Passer devant le musée me réconforte ; je pourrai toujours aller voir son livre après le travail. Je pourrai lui raconter ma journée et il me donnera de la force.

D'humeur plus légère, plus déterminée, je lève le menton et poursuis ma route. Je croise d'autres personnes qui se rendent à leur travail ; certaines commencent leur formation aujourd'hui, exactement comme moi. Mais je suis la seule à porter du gris. Les tatoueurs ne courent pas les rues.

J'arrive au studio. En me rapprochant, je vois une autre silhouette vêtue de gris. Ce doit être un autre apprenti. Mon cœur se serre.

Karl. Je n'y crois pas.

*Que ferait Verity à ma place ?* Elle me dirait de l'ignorer, d'arrêter de lui donner autant d'importance. Ce qui, évidemment, est facile à dire pour elle.

Karl ne paraît pas enchanté de me voir, lui non plus.

— C'est quoi cette blague ? dit-il. Personne ne m'a dit qu'on serait deux !

Je ne réponds pas et je garde les bras croisés en m'adossant au mur pour attendre. La ruelle est calme ; je fixe mes pieds et j'essaie de me faire oublier. On peut dire que cette première journée commence mal.

Le verrou cliquette et la porte s'ouvre. Nous nous redressons tous les deux. Le plus bel homme tatoué que j'aie vu de ma vie se tient dans l'embrasure.

— Karl ? Leora ? Entrez.

À l'intérieur, à l'exception des tables en bois, tout est gris. L'homme qui nous a fait entrer détonne largement dans cet environnement monochrome. Je ne suis pas très douée pour deviner l'âge des gens, mais il est plus jeune que ma mère. Il a sans doute autour de trente-cinq ans. Il a le crâne rasé et ses bras nus sont forts et pâles. Il y a quelque chose chez lui d'inhabituel, mais quoi ? Ce ne sont ni les couleurs, ni la beauté de sa peau, ni son magnétisme indéniable. Je ne trouve pas la raison. Je me rends compte que je le regarde bouche bée.

— Tout va bien, jeune fille ?

Je rougis en hochant la tête.

— Bien. Prenez un tablier. Je m'appelle Obel. Vous ne connaissez peut-être pas mon nom mais vous avez déjà vu mes tatouages. Vous allez être formés par le meilleur et j'attends de vous que vous soyez exceptionnels. Tâchez de vous en souvenir.

Il semble tellement sûr de lui que je ne le trouve même pas arrogant.

— Ah, une dernière chose : je ne suis pas là pour vous, c'est vous qui êtes là pour moi. Si vous n'êtes pas à la hauteur de mes attentes, je vous lâcherai sans hésiter. Compris ?

Karl et moi murmurons notre accord et je suis contente de voir qu'il semble tout aussi impressionné que moi.

— Maintenant, dites-moi, pourquoi avez-vous choisi de devenir tatoueur ? Toi d'abord.

Il me désigne d'un signe de tête. Fantastique.

— Hum. J'ai toujours aimé dessiner et… je voulais vraiment être utile à la société.

*Oups. Exactement ce qu'il ne fallait pas que je dise. C'est quoi mon problème, sérieux ?*

— Super, c'est mignon. Mais ça ne me raconte pas grand-chose. Pourquoi le tatouage ?

— Je peux lire les gens et le sang ne me dérange pas.

Je suis si nerveuse que je parle sans réfléchir et je vois qu'il retient un sourire.

— J'ai toujours été fascinée par les tatouages et leur signification. Je ne suis pas du genre délicate. Tatoueur, ça m'a paru aller de soi.

Je hausse les épaules et me rends compte que j'aurais pu dire exactement la même chose en tant qu'apprentie écorcheuse.

Obel rit et semble tout à coup un peu moins sévère.

— Tu peux lire les gens ? Tu en es sûre, Leora ?

Et c'est là que je comprends. Je comprends ce qui est différent chez lui. *Je ne peux pas le lire.* Ses tatouages sont là, sous mes yeux : son âge, sa ville de naissance, ses qualifications. Mais en dehors de cette signification de surface, ils ne révèlent rien. Je croise son regard et ses sourcils se froncent un instant, comme s'il allait poser une question ou s'il était inquiet.

— En général, oui, je réussis à dire avant que son attention se tourne vers Karl.

Ce dernier me regarde avec un sourire narquois.

— Et toi ? Pourquoi le tatouage ? Pitié, ne me dis pas que tu voulais être utile à la société, toi aussi.

Je rougis et je vois Karl se raidir.

— J'ai toujours voulu devenir tatoueur. (*Menteur*, me dis-je.) J'ai déjà tatoué.

Il relève la jambe de son pantalon et dévoile un dragon. C'est vraiment du bon travail. Mince.

— Tu as fait ça ? demande Obel, les sourcils levés.

Karl sourit fièrement et hoche la tête.

— Tu es idiot ou quoi ? Tu viens ici avec un tatouage illégal et tu crois m'impressionner ? Ne montre jamais ça à personne, *jamais*. D'accord ? Pas avant que je l'aie modifié. Je ne veux pas que les gens s'imaginent qu'on ressort de mon studio avec ce genre de tatouage digne d'un gamin.

Karl laisse retomber sa jambe de pantalon, le feu aux joues. Je ne peux pas m'empêcher de me réjouir qu'Obel lui ait rabattu le caquet.

Ce dernier soupire et nous regarde froidement.

— Bien. Allez, suivez-moi, dit-il, et nous lui emboîtons le pas.

La partie studio est élégante, avec ses murs blancs et lumineux. Le bureau de l'accueil en métal divise l'espace, afin que les clients qui entrent ne tombent pas sur quelqu'un en train de se faire tatouer. Le sol est carrelé de pierres noires et je remarque un grand paravent sur roulettes, couvert de tatouages traditionnels. Derrière, on trouve un fauteuil en cuir. Je frissonne : c'est là que je vais faire mon premier tatouage. La peur qui me retenait se dissipe, remplacée par une certaine impatience. Je suis à ma place, ici. C'est évident.

Obel nous fait faire le tour. Il nous explique que notre travail aujourd'hui consiste simplement à écouter, regarder, et lui apporter les outils dont il a besoin.

La première personne à entrer est un garçon d'une vingtaine d'années. Il voudrait profiter de sa pause déjeuner pour se faire tatouer car il vient d'obtenir une promotion.

— Avec plaisir, mais pas aujourd'hui, répond Obel, d'un ton ferme mais respectueux. D'abord la consultation, puis le tatouage dans une semaine.

L'homme fronce les sourcils.

— Le dernier tatoueur que j'ai vu m'a pris tout de suite, lui.

Obel baisse la tête.

— Je suis désolé, monsieur, mais je ne tatoue personne sans consultation et au moins une semaine de réflexion. (La mâchoire du client se crispe et je me demande s'il ne va pas partir. Mais Obel poursuit calmement.) Si vous regrettez votre tatouage ou qu'il ne convient pas exactement à vos attentes car vous vous êtes précipité, je le considérerai comme un échec. Je veux que vous sortiez d'ici pleinement satisfait. Je veux que vous soyez fier des tatouages que votre famille chérira ensuite après votre mort.

La confiance d'Obel semble apaiser le client. Il se met à discuter avec lui de ses idées et quitte ensuite le studio, tout aussi sous le charme d'Obel que moi.

Au fil de la matinée, j'écoute attentivement les questions qu'il pose à chaque nouveau client. Il ne se contente pas d'accepter leurs décisions ; il les interroge.

« Avez-vous déjà vu ce tatouage sur quelqu'un avant ? À quoi il vous fait penser ? Est-ce que l'on retrouve le motif que vous envisagez dans l'un des livres de votre famille ? Où voudriez-vous le faire ? De quelle taille ? Est-ce que ça ferait partie d'une plus grande pièce ? Que voulez-vous que ressentent les gens en découvrant votre tatouage ? Quel est votre tempérament ? Calme ? Énergique ? Êtes-vous solitaire ou avez-vous besoin d'être entouré de gens ? Qu'est-ce que vous aimez dans votre travail ? Qu'est-ce que vous détestez ? »

Il pose les questions puis s'assoit pour écouter les réponses. C'est là que je l'observe. Parfois, il reste totalement immobile, comme s'il ne voulait surtout pas interrompre ou influencer leurs réponses. Avec d'autres clients, il se montre au contraire très vivant et la conversation se déroule sans accroc. Mais à l'instant où l'aiguille est gorgée d'encre, il se tait. C'est comme s'il devenait l'encre et que l'encre devenait lui. Il semble presque devenir la personne sur laquelle il se penche.

À la fin de la journée, Obel nous appelle, Karl et moi.

— Je voulais vous prévenir que je compte agrandir mon affaire. À la fin de votre formation, je devrai embaucher un nouveau tatoueur. Si vous faites l'affaire, ce sera peut-être l'un de vous deux. Alors à vous de jouer !

Karl et moi échangeons un regard. Les enjeux viennent brusquement d'augmenter et nous avons tous les deux l'intention d'obtenir cette place.

Je quitte le studio abasourdie. Je marche dans la rue en souriant, en repensant au visage d'Obel quand il a découvert le tatouage de Karl. Mais la partie est loin d'être gagnée. Karl a beau être agaçant, il a un talent incroyable. Ça ne sera pas facile.

Je me souviens alors que j'avais prévu de m'arrêter au musée pour voir le livre de mon père. Je suis tellement impatiente.

# Chapitre 15

Après la chaleur du studio, j'apprécie la brise qui glisse sur mon visage et fait peu à peu disparaître ma nervosité. J'ai survécu à cette première journée, Karl ne m'a pas trop embêtée, et je ne suis pas passée pour une idiote. *Attendons de voir comment ça se passe demain, d'accord ?* dit la petite voix dans ma tête, mais je n'y prête pas attention.

La rue qui mène au musée est bondée de gens qui rentrent du marché chargés de sacs et marchent à toute allure. Pour une fois, j'ai envie de prendre mon temps et de profiter du moment. Je m'autorise même à sourire. C'est comme si je pouvais sentir l'odeur du bonheur au coin de la rue : le musée n'est plus très loin maintenant.

Au-dessus des grandes portes de l'entrée, on retrouve l'inscription LA VÉRITÉ NUE. Je frissonne d'impatience et de nervosité. Je m'avance discrètement sur le sol carrelé, mais Béatrice, à la réception, lève les yeux sur moi avec un grand sourire dès qu'elle m'entend approcher.

— Salut, Leora ! Alors, ce premier jour ?

— Super, je suis chez un tatoueur au bout de la rue. J'avais envie de venir raconter ma journée à Papa.

Elle m'adresse un hochement de tête compatissant et me fait signe de me rendre dans la partie bibliothèque du musée.

Je traverse l'atrium, éclairé par le soleil d'hiver qui filtre par la fenêtre du toit, si haute qu'elle doit donner le tournis aux oiseaux. En jetant un coup d'œil aux vitrines, j'ouvre les portes en verre de la bibliothèque. L'obscurité ambiante et l'odeur des vieux livres ne m'ont jamais fait apprécier cette pièce, je ne m'y sens pas à ma place. Verity vient parfois ici pour étudier ; le calme qui règne ici l'aide à se concentrer. J'inspire profondément et ferme les yeux. Je ne suis pas là pour étudier ; je suis là pour mon père.

Je ne connais pas la bibliothécaire à l'accueil et je lui explique la raison de ma venue, mais elle se contente de me tendre un formulaire à remplir. Ensuite, elle envoie ma requête à l'étage inférieur, où sont entreposés les archives et les livres reliés récemment.

Pendant que j'attends, je prends le temps d'observer de loin la grande vitrine qui contient une réplique des tatouages du maire Longsight, placée ici à l'occasion d'une exposition temporaire sur nos dirigeants respectés. Je soupire, me demandant combien de temps je vais devoir patienter, mais on dirait bien que ça va prendre une éternité.

Je dois être là depuis dix minutes quand j'entends grincer une chaise. Je lève les yeux et vois un garçon qui travaillait en silence à un bureau se lever et se diriger vers la réception. Il reste un peu à l'écart et y dépose un livre. Il a l'air un peu plus âgé que moi et il me semble le reconnaître. Un ancien camarade de classe sûrement. Tout en attendant que la bibliothécaire le remarque, il range un carnet de notes dans sa sacoche en cuir, la referme, passe la main dans ses cheveux bouclés et remonte légèrement ses lunettes. Oh non !

Il m'a vue. Il va croire que je le *regardais* alors que c'est faux. Bon, peut-être un peu, c'est vrai qu'il est mignon, mais je ne veux pas qu'il le sache. Je me mets à fixer bêtement le papier peint. Quelle idiote. Ah ! si je pouvais être comme Verity, juste une fois…

— Excusez-moi, dit-il à la bibliothécaire qui n'a toujours pas réagi. Je cherche le volume deux. Vous l'avez ?

Elle jette un coup d'œil au morceau de papier qu'il lui montre.

— Patientez ici, je vais vérifier, répond-elle d'un ton las. Je ne peux rien vous promettre.

Le garçon me jette un coup d'œil et m'adresse un sourire franc et complice qui me prend par surprise. Je lui souris en retour en me retenant de glousser.

Alors que je me balance d'un pied sur l'autre pour la millième fois, un assistant fait son entrée et tend une feuille de papier à la bibliothécaire qui la prend, la lit, me regarde et la plie en deux.

— Le livre que vous avez demandé est indisponible pour le moment.

Pas d'autre explication.

— Quoi ?

Elle me tend le bout de papier et se remet au travail. Je ne comprends pas ce que je lis… *Confisqué ?*

— Attendez… Je suis sûre qu'il s'agit d'une erreur. (Tout à coup, mon cœur bat la chamade et toute mon excitation à l'idée de voir mon père s'est changée en peur.) Il… Son livre est là, il attend simplement la cérémonie de la pesée.

La bibliothécaire me regarde en soupirant mais ne dit rien de plus. Je sens une pointe de désespoir dans ma voix.

— Peut-être qu'ils ont cherché au mauvais endroit, ou au mauvais nom ?

Ce doit être une erreur. C'est forcément une erreur.

La bibliothécaire se lève et fait le tour de son bureau, de toute évidence contrariée par mon insistance.

— Il n'y a pas d'erreur. Vous savez lire, non ? Le livre de votre père est indisponible. Il a été confisqué.

Les larmes me montent aux yeux, je hurle malgré moi :

— S'il a été confisqué, je veux savoir pourquoi ! S'il vous plaît, vous devez m'aider. Je vous en prie. J'ai besoin de voir mon père.

La bibliothécaire regarde derrière moi avec un air irrité et fait signe à quelqu'un. Je sens alors une main sur mon épaule et je me rends compte que c'est le garçon, qui a observé toute la scène. Indignée, je le repousse, mais il m'attire vers lui.

— Viens avec moi. Tu vas finir par t'attirer des ennuis, me chuchote-t-il à l'oreille.

Il me tire par le bras. Je suis sur le point de résister quand je vois l'un des surveillants du musée approcher. Je me laisse guider hors du bâtiment, tenant toujours le bout de papier dans une main. Des larmes inattendues coulent sur mon menton.

— Qu'est-ce que tu fais ?

— Continue de marcher, on ne peut pas parler maintenant.

Il retire sa main de mon bras et descend les marches de pierre. J'hésite un instant avant de le suivre, toujours interloquée. Je ne veux pas quitter les lieux sans avoir vu mon père. Mais malgré ses manières douces, ce garçon fait preuve d'autorité. Je m'essuie le visage avec ma manche et je sens le vent froid sur ma peau humide. Je descends rapidement les marches pour le rattraper et lui emboîte le pas. Il tourne alors la tête et m'adresse un demi-sourire qui, je crois, se veut compatissant.

Nous marchons en silence pendant quelques minutes, quittant la place pour nous diriger vers des rues plus miteuses de bureaux et de boutiques. Il commence à pleuvoir et je me mets à frissonner.

— Suis-moi.

Sans que j'aie le temps de réagir, il me prend la main et nous passons sous une porte basse. Derrière, la pièce bondée est chaude et lumineuse : c'est un café dans lequel je ne suis jamais entrée auparavant. Le garçon dit quelques mots à l'homme derrière le comptoir et, ma main toujours dans la sienne, me guide vers un box dans un coin de la pièce. Le café est assez animé pour que la plupart des clients n'aient même pas remarqué notre arrivée. Soudain, je me sens en sécurité, au milieu des rires et des éclats de voix anonymes.

Je prends conscience que je lui tiens toujours la main. Je la lâche et j'essaie de cacher ma gêne en retirant mon châle que je pose juste à côté de moi. Ce n'est qu'à ce moment-là que je me tourne vers lui et que l'étrangeté de toute cette situation me saute enfin aux yeux. Un quart d'heure plus tôt, j'attendais de voir le livre de mon père. Je suis maintenant assise dans un endroit inconnu, avec un étranger qui s'avère également, maintenant que je le regarde bien, franchement canon. Je ne lui ai pas demandé son nom, je n'ai aucune idée de la raison pour laquelle il m'a fait quitter le musée et je ne sais pas du tout pourquoi nous sommes ici, ensemble.

— Je m'appelle Oscar. (Il essuie ses lunettes sur son tee-shirt. Il a des fossettes quand il sourit.) Promis, d'habitude, je ne kidnappe pas les filles dans les musées. (Il baisse la tête pour me regarder.) Ça va ?

Je fais courir mes doigts sur le côté de la table et sens le grain du vieux bois sous ma peau.

— Ça va. Non, enfin, ça va pas, mais… si, ça va, je veux dire, ça va d'être ici. (*Qu'est-ce que je raconte ?*) Je m'appelle Leora.

On nous apporte du café dans des tasses qui semblent faites à la main. Je me brûle la langue tout en cherchant quelque chose à dire.

— Tu veux parler de ce qui est arrivé ? demande Oscar. Ils ne voulaient pas te laisser voir ton père ?

Je le regarde. En général, je n'aime pas parler de moi. Mais les circonstances de notre rencontre sont encore plus étranges que lui, et j'ai l'impression de pouvoir lui faire confiance. Est-ce que je suis idiote ? Ou juste aveuglée par sa beauté et cette tasse de café réconfortante ? Peut-être. Je suis trop fatiguée et trop nerveuse pour le savoir. Mais je sais que je veux parler.

— Mon père… est mort. (Je déglutis.) Le mois dernier.

— Je suis désolé, dit Oscar, remontant ses lunettes tout en se penchant en avant pour écouter.

— Pour le moment, son livre est au musée jusqu'à la cérémonie de la pesée, comme tous les autres. Mais bon, comme tu l'as entendu, la bibliothécaire a dit qu'il était confisqué et je ne sais pas quoi faire. Il faut que je le voie.

Je peux entendre le trouble dans ma voix. J'ai l'air d'une enfant.

Le garçon me regarde pensivement.

— Quand ils confisquent les livres, c'est qu'un élément non conforme est apparu à l'examen. Quelque chose qui doit être pris en compte pour la cérémonie. (Il se penche légèrement en avant.) Tu as une idée de ce que ça peut être ? De ce qu'ils pourraient avoir trouvé ?

*Bien sûr que oui.* Le souvenir du corbeau me revient en tête. La marque des oubliés.

— Non, je… je ne vois pas. (Des larmes de colère me montent de nouveau aux yeux.) Ils peuvent vraiment prendre son livre comme ça ?

— Eh bien, ils sont libres de faire ce qu'ils veulent, non ? Dis-moi, est-ce que ton père était un homme bon, Leora ?

— Oui. C'était le meilleur homme que j'aie jamais rencontré.

*Si ce n'est qu'il était marqué.*

— Alors, tout va bien se passer. Nous pouvons avoir confiance en la justice. Tu es vraiment tatoueuse ?

Le changement de sujet me prend par surprise et je ris.

— Oui. Mais ça ne fait qu'une journée ! Et toi, tu fais quoi ?

— Je suis relieur. J'en suis à ma deuxième année de formation. Je tentais d'étudier quand tu m'as vu au musée. Je parie que je ne mettrai jamais la main sur ce second volume ! Il y a beaucoup de filles qui veulent devenir tatoueuses ?

— J'étais la seule dans ma classe. Peut-être que certaines se découragent à cause du stéréotype qui veut que les tatoueurs soient tous des grands musclés. (Je tends mon bras, mince et pâle.) Je suis contre cette tendance.

Oscar rit et je me sens tout à coup totalement démunie. Je ne sais plus comment relancer la conversation. Je me redresse un peu sur mon siège et je tente de trouver comment m'esquiver sans paraître impolie.

— C'est très gentil de ta part d'être venu à mon secours, Oscar, dis-je en buvant une nouvelle gorgée de café. Je me sens bien mieux. Mais je vais devoir rentrer chez moi, maintenant.

Oscar vide sa tasse et sourit.

— Eh bien, c'était sympa. Ça. Discuter, et tout… (Il repousse sa tasse sur le côté de la table.) Si je peux t'aider en quoi que ce soit, pour ton père, n'hésite pas.

Il m'observe du coin de l'œil, comme s'il me mettait au défi de mordre à l'hameçon.

— Oh ! dis-je d'un ton hésitant. C'est gentil. (Il ne sait pas du tout dans quoi il mettrait les pieds ; je ne le sais pas vraiment moi-même.) Mais je ne vois pas en quoi l'art de la reliure pourrait m'aider.

Oscar hausse un sourcil, sans chercher à me retenir quand je me lève.

Je remets mon châle et vois par la fenêtre qu'il pleut toujours. Quand Oscar se penche pour récupérer sa sacoche, j'aperçois son arbre généalogique. Ses tatouages sont gris-bleu sur sa peau noire. Et tout à coup, je le lis.

On a supprimé un nom à la base de son arbre, remplacé par un oiseau. Un coucou. Je sais ce que ça signifie.

Ça y est, je sais où j'ai déjà vu Oscar. Il était sur la place, le jour de la cérémonie. C'était lui, le garçon à lunettes qui avait tenté de rejoindre l'homme marqué.

Il se redresse et remarque mon attitude. Je le regarde droit dans les yeux.

— Dis-moi, Oscar. Est-ce que ton père était un homme bon ?

# Chapitre 16

Mon esprit divague alors que je traverse la ville en me dépêchant de rejoindre la maison. Je ne parviens pas à comprendre ce qui vient juste de se passer. J'ai trop de questions en tête. Je veux interroger ma mère, mais par où commencer ? Est-ce qu'elle est digne de confiance ? Mes pensées ne cessent de revenir à Oscar ; son silence en quittant le café, sa mâchoire serrée quand il a griffonné ce mot sur un bout de papier avant de me le fourrer dans la main et de s'en aller, tête basse dans le vent. Le papier est dans ma poche. Je n'ose pas le lire.

— Leora ! (Ma mère me saute dans les bras.) Tu as fini tard, dis donc ! Comment ça s'est passé, ma chérie ? Raconte-moi tout !

Je la regarde, hébétée ; j'en avais presque oublié le studio ! Je me force à sourire.

— C'était génial, Maman. Bien mieux que ce que j'imaginais.

Je respire les odeurs réconfortantes de la maison et j'autorise mes épaules tendues à se relâcher. Ma mère me pousse doucement, enfile une manique et sort un plateau de scones du four. Elle me regarde ensuite d'un air impatient, attendant que je veuille bien lui raconter ma journée.

Je lui parle donc d'Obel, de certains clients et des magnifiques tatouages qu'il réalise pour eux, en plus des dizaines qui recouvrent sa propre peau. Je ne mentionne pas Karl, ni le fait que je ne puisse pas lire Obel, mais je ne peux m'empêcher d'ajouter : « Et je suis allée au musée pour voir Papa. »

Un scone lui échappe des mains. Elle le ramasse, le nettoie puis le remet avec les autres sur le plateau. Son visage s'est figé.

— Il est où, Maman ? (Je la regarde. Elle sait quelque chose. J'en suis sûre. Elle a toujours été une très mauvaise menteuse.) Maman ? Quand comptais-tu me le dire ?

— Te dire quoi ?

Elle tente de paraître calme, mais j'entends dans sa voix qu'elle est sur la défensive.

— Tu sais où se trouve son livre ? Tu sais pourquoi ils l'ont confisqué ? (Elle sort deux assiettes en évitant soigneusement de croiser mon regard.) Tu n'es pas la seule qui l'aimais, Maman. S'il te plaît.

Elle abat le plateau sur le plan de travail et se tourne vers moi, les sourcils froncés.

— Ce n'est pas juste, Leora.

— Ce qui n'est pas juste, c'est que tu me caches des choses sur Papa.

Ma voix tremble. La voir refuser d'admettre ce qu'elle sait ne fait qu'attiser ma colère.

— J'ai peur, Maman. Qu'est-ce que tout ça veut dire pour la cérémonie de la pesée ?

— Mon cœur, dit-elle en tentant de me prendre dans ses bras, reste calme.

Je la repousse. Elle me prend la tête entre les mains.

— Bon, j'aurais dû te prévenir. J'ai reçu une lettre. Je ne pensais pas que tu voudrais le revoir si vite. Ma chérie, c'est… C'est un détail technique, qu'ils doivent étudier. Ça arrive parfois mais pas de quoi s'inquiéter.

Impossible de savoir si elle me ment ou pas.

— Tu ne comprends pas, Maman. Je sais qu'il y a un problème. (Elle ouvre la bouche pour parler.) Non, ne dis rien. Tu me caches des choses. Je sais qu'il y a des choses au sujet de Papa que tu ne veux pas que je sache.

— À t'entendre, on dirait que c'est un secret d'État, dit-elle d'un ton dédaigneux et ma frustration redouble.

— Il a été marqué, n'est-ce pas ? D'un corbeau.

Je chuchote en regardant son visage, impénétrable. Je me rends compte qu'elle ne me donnera aucune information ce soir. Je n'attends pas sa réponse.

— Je n'ai plus faim, dis-je en prenant mon châle.

— Leora, reviens ! Ne sois pas bête, hurle-t-elle dans mon dos.

Mais je quitte la maison.

C'est la première fois de ma vie que je lui désobéis.

Je marche sans réfléchir, laissant mes pas me guider dans le dédale des rues désertes.

Quelques heures plus tard, quand je suis sûre que ma mère est allée se coucher, je repars vers la maison et m'arrête un moment devant. Si je ne rentre pas, je peux encore m'imaginer que tout le monde est là, que mon père n'est pas seulement un livre à feuilleter. Qu'il n'est pas absent. Que ma mère est juste ma mère, pas une menteuse qui a pris son apparence.

Nous étions si proches avant qu'il tombe malade. Nous avions chacun notre rôle. Papa racontait toujours des légendes et des contes que j'écoutais avec des yeux grands comme des soucoupes. Quand cela devenait trop effrayant, ma mère l'arrêtait en lui disant que j'allais faire des cauchemars à cause de lui. Alors il finissait par raconter toutes les bêtises qu'il pouvait faire quand il était petit, et avec ma mère, on riait jusqu'à ce que nos joues deviennent roses. Elle secouait la tête, comme si elle était aussi stupéfaite que moi à l'idée qu'un adulte ait été aussi vilain.

Debout dans la rue froide, je nous imagine si nettement en train de rire devant le feu de cheminée qui nous enveloppe d'une lueur de bonheur orangée.

J'ouvre la porte et me retrouve dans le noir. Ma mère est au lit. Il n'y a ni feu ni père qui m'attend.

Le lendemain matin, quand je descends, je trouve un mot sur la table.

*Je suis partie travailler tôt, passe une bonne journée. Prépare le dîner quand tu rentreras, s'il te plaît.*

Elle ne veut pas me croiser.

Elle n'apportera pas de réponses à mes questions, je le sais. Je n'ai plus le choix : je sors le papier qu'Oscar m'a donné. Je fouille dans ma poche et je déplie la feuille.

*Qu'est-ce qui fait un homme bon ?*
*Tu peux me faire confiance, Leora.*
*Si tu veux discuter, retrouve-moi mercredi. 18 h. Sur la place.*

Sous ces quelques mots, il a griffonné à la hâte un petit corbeau.

# Chapitre 17

Je passe tant de temps à contempler le mot d'Oscar que je me mets en retard. J'avale mon thé en vitesse et attrape un scone froid pour le manger en chemin. Il a encore plu cette nuit et l'air sent les feuilles mortes humides.

J'arrive au studio juste à temps. Karl attend déjà devant et ouvre la bouche – pour dire quelque chose de grossier sans doute – quand Obel apparaît soudain. Ça ne l'empêche pas de me regarder comme si j'étais une moins-que-rien.

Notre patron entre aussitôt dans le vif du sujet.

— Je vous ai prévu des activités différentes, aujourd'hui. Karl, je voudrais que tu améliores ta technique de dessin. Le tatouage que tu as fait sur ta jambe démontre une certaine aptitude naturelle, mais tu ne vas pas aller bien loin comme ça. Tes lignes doivent être impeccables. Prends ce livre, dit-il en faisant glisser un volume sur la table. Essaie de reproduire les dessins. Mais ne te contente pas de copier – je veux que tu ressentes les émotions de chaque tatouage. D'accord ?

— Euh, d'accord.

Karl semble perplexe mais prend le livre, un stylo plume, de l'encre et se met au travail. En passant à côté de moi, il chuchote :

— Tu as entendu ça ? J'ai une « aptitude naturelle ».

— Leora, tu vas rester avec moi.

Obel désigne le studio d'un signe de tête et je le suis, sous le regard noir de Karl. Il semble radicalement changer de personnalité entre les moments où il accueille ses clients et ceux où il s'adresse à Karl et moi. Je ne peux toujours pas le lire, on dirait qu'il est derrière une vitre au musée : beau, mais mort.

Le studio ne désemplit pas. Certaines personnes viennent pour être tatouées, d'autres pour discuter de leurs idées pour de futurs tatouages. Quand nous nous retrouvons seuls un instant, j'en profite pour ranger le matériel avant le prochain client et je me décide alors à poser la question qui me turlupine depuis un moment :

— Tout le monde vient vous voir seul. Pourquoi ? Ma meilleure amie et moi, nous avons toujours prévu de faire notre premier tatouage personnel ensemble. C'est interdit ?

Obel prend son temps avant de répondre.

— J'ai besoin de m'assurer qu'ils choisissent leurs tatouages pour eux-mêmes, pas pour quelqu'un d'autre. Certaines personnes sont très influençables. Mais leurs tatouages doivent leur appartenir. Je n'accepterais pas que l'histoire de quelqu'un soit influencée par autrui.

— Vous ne croyez pas les influencer ?

Il marque une pause et semble réfléchir. J'espère que je ne l'agace pas trop avec mes questions.

— Une partie de mon boulot consiste à agir comme un miroir pour chacun de mes clients. J'oublie le fait que je suis leur tatoueur et j'essaie de devenir simplement une autre partie d'eux-mêmes. Je suis le reflet de leurs passions et de leurs peurs. Un refuge. Tu n'imagines pas combien de gens me confient des choses qu'ils n'ont jamais dites à leurs meilleurs amis. (Il me lance un regard pensif.) C'est la partie du travail que je ne peux pas vous apprendre, mais c'est indispensable pour devenir un tatoueur digne de ce nom.

Ce jour-là, je vois passer un homme qui veut fêter la naissance de son fils sans que sa femme sache qu'il a une maîtresse, et une femme âgée qui veut préserver le souvenir de son premier baiser (« Vous voyez, mon esprit s'étiole et il y a certaines choses que je ne veux pas oublier. »). Je reçois des fleurs avec une carte. C'est Mel.

*J'espère que tout se passe bien pour tes débuts. Tu as choisi l'une de nos professions les plus nobles.*

Il y a un dessin de Saint sous ces quelques mots.

À la fin de la journée, après le départ de Karl, je suis en train de ranger quelques affaires quand une femme entre.

— Nous sommes fermés, dit Obel d'un ton cordial en levant les yeux vers elle.

— Auriez-vous une minute à m'accorder ? demande-t-elle en lui tendant quelque chose.

Il regarde le papier et retourne alors l'écriteau sur la porte du côté indiquant FERMÉ.

— Venez vous asseoir, dit-il poliment. Voici Leora, mon apprentie. Est-ce que ça vous dérange si elle assiste à cette conversation ?

La femme me regarde avec des yeux rouges et brillants d'avoir trop pleuré.

— Non, aucun problème.

Tandis qu'Obel parle à la femme, je perçois la tristesse de son âme. Elle nous explique qu'elle a perdu son nouveau-né et veut une feuille à la base de son arbre pour le représenter.

Obel garde le silence et finit par hocher la tête. Il semble prêt à la tatouer tout de suite, contrairement à son habitude. J'aide la cliente à soulever son haut et à s'installer confortablement dans le fauteuil. J'aperçois alors son ventre barré de grandes vergetures violettes. Sur son dos, je vois que son arbre possède déjà deux feuilles à la base du tronc, brunes et squelettiques, contrastant avec le vert vif du reste de sa famille. Je lui touche l'épaule et une connexion presque électrique s'établit entre nous. Je sens la lourdeur de seins pleins, mais qui n'ont pas de bébé à nourrir. Je sens le vide, le chagrin, la rage, la culpabilité, la cassure qui dit : « Je ne peux pas recommencer » et la folle envie qui chuchote : « Mais je dois, je dois. » La femme lève les yeux et je me rends compte que j'ai les larmes aux yeux.

— Je suis désolée.

J'ai honte de la force de mes émotions et je crains d'avoir ravivé sa douleur, ou qu'elle pense que j'éprouve de la pitié pour elle. Après nous avoir observées en silence, Obel fait un pas en avant.

— Il est clair pour moi que c'est à toi de le faire, Leora. Vous êtes liées, maintenant, tu dois réaliser ce tatouage.

*Il n'est pas sérieux ?*

— Mais je ne peux pas. Je n'ai jamais fait ça.

— La connexion suffit. (Il me montre la machine et se fait insistant.) *Si* tu es une vraie tatoueuse. Autant le vérifier le plus tôt possible, non ?

Obel m'adresse un signe de tête d'encouragement presque imperceptible. La femme me sourit.

Je prends un stylo. Une feuille – une feuille pour la vie si brève de son enfant. Je pense à peine tout en traçant des lignes sur sa peau. Quand j'attrape la machine, je commence à hésiter ; elle est lourde et j'ai peur de faire mal à la cliente. J'ai peur de déshonorer son bébé tant attendu en ratant son tatouage.

Mais je tombe comme en transe en la mettant en marche. Je n'entends plus que son bourdonnement et ne sens plus que les émotions de la femme dont je tatoue le dos. Les lignes viennent facilement, les couleurs se composent d'elles-mêmes. J'oublie tout à part la peau sous ma main. Je ne crée pas l'image ; elle jaillit de moi.

Alors que la machine s'arrête avec un bruit sec, je reprends conscience. J'essuie l'encre sur le tatouage et tends un miroir à la femme pour qu'elle puisse juger elle-même du résultat.

Elle retient un cri. Et moi-même je suis surprise. Je n'ai pas fait une feuille brune comme pour les deux autres enfants ; celle-ci est rouge et or. Même dans sa chute, elle exprime la beauté et l'espoir de l'arrivée d'une nouvelle saison.

— C'est parfait. Oh ! Je ne sais pas comment vous remercier.

Les larmes jaillissent. Elle me laisse couvrir son tatouage, se rhabille et s'essuie les yeux avec un mouchoir couleur crème. Les mots se bousculent dans sa bouche. C'est comme si un barrage venait de céder.

— Je doutais tellement, avant de venir. Mon mari pense que je devrais juste l'oublier, mais je ne peux pas. Il n'avait que deux jours. (Elle essuie ses larmes.) J'étais destinée à vous rencontrer. Et vous m'avez vue. Vous avez lu en moi. Merci.

Je vois les mâchoires d'Obel se tendre et ses yeux briller.

Elle paie Obel et part, s'enroulant dans son châle. Je suis si excitée que je peux à peine parler.

— Obel, c'était incroyable. Que s'est-il passé ? C'était comme si elle guidait mes mains, c'est comme si… ce n'était pas moi qui faisais ça.

Je ris de soulagement et de plaisir, et Obel m'adresse un large sourire.

— Je le savais, jeune fille. Tu es née pour tatouer. (Il redevient sérieux.) Leora, inutile de parler à quiconque des clients que l'on reçoit en dehors des heures d'ouverture, d'accord ? Considère que c'est une question de confidentialité entre tatoueur et tatoué.

Je le regarde et hoche la tête. Mais quand je vide la poubelle avant de partir, je vois le morceau de papier que la femme lui a donné en arrivant. Une plume y est dessinée.

Une plume, le signe des Immaculés. Mais elle semblait si normale, si triste.

Tout à coup, avec une horrible montée d'adrénaline, je comprends. Si son bébé n'avait que deux jours, il n'avait pas encore reçu sa marque de naissance. Les bébés qui meurent ainsi sont officiellement considérés comme des Immaculés. Je ne sais pas quoi penser. C'était mon premier tatouage, et il était illégal.

Je viens juste de faire un tatouage du souvenir pour un bébé qui aurait dû être oublié.

# Chapitre 18

À mon retour, la maison est toujours déserte. J'ouvre mon carnet et je reproduis le tatouage que j'ai réalisé aujourd'hui. Sur papier, le dessin n'a rien d'exceptionnel, mais sur son dos, il semblait… vivant. Je ferme les yeux et j'essaie de me souvenir de la sensation de ce lien si étroit, comme si les sentiments de cette femme étaient devenus les miens. Je suis déchirée entre la fierté d'avoir fait mon premier tatouage et la terreur qu'on ne découvre que j'ai violé la loi. Son visage apparaît dans mon esprit et je lui souhaite de trouver le bonheur, même si je sais que je ne devrais pas.

Je mets le poulet au four et découpe les légumes. Je vérifie l'heure : il n'est pas aussi tard que je le pensais. J'ai tellement envie de partager la nouvelle avec quelqu'un et ma mère ne va pas rentrer tout de suite. Je griffonne un mot à son intention, prends mon sac et pars retrouver Verity.

Elle n'est pas encore chez elle quand j'arrive, mais sa mère, Julia, est là. On discute à la table de la cuisine en attendant le retour de Verity. Pour me changer les idées, je la questionne sur son travail. Elle est sage-femme et je suis tentée de lui demander ce qui arrive aux bébés qui meurent avant d'avoir reçu leur tatouage de naissance, pour savoir de quoi parlait ma cliente, mais Obel semblait sérieux en me disant de ne pas le mentionner, donc je me tais. Julia travaille en lien étroit avec les tatoueurs de la maternité à l'hôpital : ce doit être un moment incroyable, d'être là quand quelqu'un reçoit son nom et son premier tatouage. Mais Julia semble pensive quand je lui confie ce sentiment.

— Tu as raison. Ça peut être incroyable. Mais c'est toujours un moment de stress. Il y a tant d'enjeux...

Je suis sur le point de lui poser d'autres questions quand Verity fait une entrée tonitruante, pose son sac sur la table et me serre dans ses bras par-derrière alors que je suis encore assise sur ma chaise.

— Tu es là ! Mon amie la tatoueuse ! Tu ne te rends pas compte à quel point les gens avec qui je travaille me trouvent cool parce que je connais une tatoueuse ! On ne dirait pas que ça fait seulement deux jours qu'on a commencé, non ? Franchement, je suis épuisée.

Je souris devant son débit de mots et Julia suspend son sac avant de l'embrasser sur la joue.

— Je vous laisse discuter toutes les deux, je vais tenter de dormir un peu. J'ai eu une journée chargée. Seb ne devrait plus tarder à rentrer.

Nous décidons de rester dans la cuisine plutôt que de monter dans la chambre de Verity ; nous avons moins de chance de déranger Julia au rez-de-chaussée. Verity fouille dans un placard et revient avec du gâteau. Elle en coupe deux parts, que nous mangeons à même la table en mettant des miettes partout.

— Tout se passe bien, alors ? demande-t-elle, la bouche pleine.

— Oui, j'adore ! Le gars qui me forme est un peu trop sérieux et c'est dur de savoir ce qu'il pense, mais je crois qu'il voit du potentiel en moi. Oh ! Mais tu ne devineras jamais avec qui je me suis retrouvée !

Je vois que Verity voudrait m'interroger, mais elle a la bouche pleine. Je fais durer le suspense.

— Karl Novak en personne.

Verity bredouille et projette des morceaux de gâteau partout. Elle en sait assez au sujet de Karl pour comprendre. Elle secoue la tête et pousse un gros soupir en avalant sa bouchée.

— Eh bien, *ça*, c'est pas de chance. Ça ne pouvait tomber que sur toi, Leora. Il va peut-être démissionner, qui sait ?

— Non, il m'a l'air bien motivé à rester. Mais t'inquiète, je vais survivre !

Je mangerais bien une deuxième part de ce gâteau au gingembre, Seb est vraiment un excellent pâtissier.

— Bon, parle-moi plutôt de ton travail au ministère. Qu'est-ce que tu es bien habillée !

Elle porte une robe de lin bleue cintrée avec une large ceinture en cuir qui souligne magnifiquement sa taille. Elle a une grande écharpe avec les armoiries du gouvernement dessus. Verity sourit, se lève et tourne sur elle-même.

— Sympa comme uniforme, non ? (Elle se rassoit.) Et le tien est, heu, très… *gris* ?

Nous rions toutes les deux.

— On m'a déjà confié un projet sur lequel travailler, c'est très intéressant.

Je hausse un sourcil. Je n'arrive pas à imaginer quoi que ce soit dans l'administration qui puisse être qualifié d'intéressant.

— Non, vraiment ! Je suis sérieuse ! En plus, je vais rencontrer le maire, demain ! (Elle glousse et fait semblant de se pâmer.) Apparemment, il veut faire passer plein de nouvelles réformes radicales. Les gens n'arrêtent pas de parler de ça. Ça devrait affecter le pays entier, pas seulement nous. Je ne suis pas au courant de tout, mais il y a une vraie… volonté à ce sujet. (Elle hausse les épaules.) Les gens sont excités. Et je ne crois pas que je sois censée te raconter ça, alors on va faire comme si je n'avais rien dit. (Je hausse un sourcil. Elle se penche en avant avec des airs de conspiratrice.) Ma mission est de mettre à jour les registres pour que l'on soit sûrs d'avoir les tatouages de tout le monde.

— Passionnant, dis-je avec un petit sourire. Je ne trouve pas que ce soit vraiment top secret. Je suis désolée de te décevoir, mais tu n'es pas encore devenue une espionne.

Elle renifle et je tends la main vers le gâteau.

— De toute façon, les tatoueurs sont censés déclarer tous leurs tatouages au gouvernement, non ? Donc cette liste existe déjà.

— Ouais, mais disons que les tatoueurs ne sont pas connus pour leurs talents administratifs. (Elle me regarde ostensiblement avec un sourire narquois. Je lève les yeux au ciel, mais nous savons toutes les deux qu'elle n'a pas tort.) Jusqu'ici, les registres n'ont pas été tenus très sérieusement, mais tout va changer. Nous allons moderniser tout ça. (Verity presse son pouce sur les miettes de gâteau devant elle et les porte à sa bouche, pensive.) Les anciens gouvernements n'accordaient pas une grande importance au fait de savoir qui était marqué, avec quoi, où, etc., mais M. Longsight veut que ça change. Il a envie que les tatouages soient vus et qu'on les prenne davantage au sérieux. Nous avons eu un briefing de son assistant hier, qui disait que nous devons… (Elle prend un visage faussement sérieux.)

« renouer avec les racines de nos traditions et nous rappeler que les tatouages ne sont pas seulement un moyen d'expression individuelle, mais une question de souvenir, l'occasion de démontrer notre valeur ».

Elle rit devant son imitation.

L'image de l'homme tatoué en public me revient en tête et je me souviens de la promesse du maire, annonçant la multiplication de ces cérémonies avec une telle conviction. Je ressens une pointe de jalousie en imaginant que Verity va le rencontrer.

— C'est pour ça qu'il a décidé d'organiser de nouveau des tatouages en public ?

J'essaie de garder une voix neutre mais mon cœur bat la chamade.

Verity hoche la tête, les yeux brillants.

— Oui. Tu sais que tu as eu de la chance d'assister au premier. La menace des Immaculés grandit depuis des années, à cause du laxisme de l'ancien gouvernement. Démasquer tous ces dissidents est un sacré boulot pour le maire. Il voudrait commencer par marquer d'autres personnes comme oubliées, à titre d'exemple. Cette vieille tradition va redevenir une réalité.

Je regarde les yeux brillants de Verity et je me sens vide. Sur le point de craquer. D'autres personnes. Des enquêtes sur de potentiels rebelles.

*C'est pour ça que le livre de Papa a été confisqué ?*

— Mais qui peut bien soutenir les Immaculés ? C'est dingue.

*Et effrayant*, me dis-je. Je me secoue intérieurement. Si mon père a été marqué comme oublié, alors je refuse de croire que ça ait été pour quelque chose d'aussi terrible. Tout à coup, je meurs d'envie de me confier à ma meilleure amie. Pas seulement au sujet du tatouage de mon père, mais aussi à propos de son livre confisqué, d'Oscar, de ma mère qui ne me dit rien…

— Verity ?

Nous levons toutes les deux les yeux quand Julia arrive dans la cuisine.

— Je n'arrive pas à dormir, dit-elle en soupirant.

Elle voit le gâteau et s'en coupe une tranche. Je me lève pour rentrer à la maison. Si je ne pars pas maintenant, je vais être en retard. Peut-être que je pourrai avoir une vraie discussion avec ma mère, ce soir.

— Tu dois vraiment y aller ? demande Verity. Je suis désolée, nous avons à peine parlé de toi, j'ai monopolisé toute la conversation… Ça te dit qu'on se voie ce week-end pour papoter un peu ?

— Ouais, super ! Je file, embrasse Seb pour moi.

Elle me serre dans ses bras et m'accompagne jusqu'à la porte. Je glisse les mains au fond de mes poches et je sens les feuilles que j'ai ramassées le dernier jour des examens. Sans comprendre cette inquiétude, j'ai peur que les choses ne changent entre ma meilleure amie et moi. Je serre les poings et ils se referment sur un objet à la fois dur et doux.

Je m'arrête sous un lampadaire pour voir de quoi il s'agit. Une plume blanche et étincelante. Je la tiens un instant avant que le vent ne l'emporte. Je regarde autour de moi, m'attendant presque à voir un Immaculé surgir dans mon dos. Je cours jusqu'à la maison en ayant l'impression d'avoir de nouveau six ans, terrorisée à l'idée que les Immaculés ne me courent après pour me voler mon âme.

# Chapitre 19

Ma mère est là quand j'arrive. L'odeur de la nourriture chaude est réconfortante. Elle est assise à la table avec une tasse de thé, devant l'un des livres de nos ancêtres. Son visage est calme et paisible. *À quoi elle pense ? Rien ? Ou bien tout ?*

Une partie de moi veut faire comme si de rien n'était et se contenter de lui raconter ma journée : ce serait bien de pouvoir la partager avec quelqu'un d'aussi enthousiaste que moi.

Mais je sais qu'elle me cache tant de choses.

— Alors, comment s'est passé ton deuxième jour ? me demande-t-elle avec un petit sourire plein d'espoir.

— Je vais tout te dire, mais ne t'imagine pas que tu es pardonnée, dis-je d'un air renfrogné. En fait, je vais passer un accord avec toi. Je parle, et ensuite, c'est toi qui vas parler.

Elle lève les yeux au ciel et sourit comme si j'étais juste une enfant amusante. Je lui jette un regard noir et elle a la décence d'avoir l'air désolée.

Je me laisse tomber sur ma chaise.

— Donc, je commence. C'était incroyable. J'ai fait mon premier tatouage ! (Ma mère pousse un cri de surprise ;

je ressens une fierté brûlante m'envahir.) Je suis épuisée, Maman. Je ne m'étais jamais rendu compte à quel point les tatoueurs mettent de leur âme dans chaque tatouage. Je sais que ça paraît bizarre, mais ça me semble presque spirituel.

— Oh, Leora ! Oui, c'est incroyable ! (Ses yeux brillent ; j'espère qu'elle ne va pas pleurer.) Et épuisant, c'est vrai. C'est pour ça que les tatouages peuvent être lus comme des êtres vivants, grâce à l'énergie déversée en eux. La vie.

Je n'avais jamais pensé à ça.

— C'était quoi comme tatouage ? demande-t-elle.

Elle est sincèrement intéressée, mais je me souviens qu'Obel m'a dit de ne pas en parler.

— Je vois clair dans ton jeu, dis-je, et elle hausse les sourcils. Tu crois que si tu me fais parler de tout ça, j'oublierai ta part du marché.

— Je ne me souviens pas d'avoir donné mon accord, Leora, répond-elle en revenant à son livre.

— Arrête, Maman. Je *sais*, d'accord ? Je suis au courant pour Papa, je suis au courant pour le tatouage, le corbeau. Je me souviens de l'avoir vu quand il a eu cet accident au travail, quand j'étais petite. Et je crois... Je crois que c'est pour ça que son livre a été confisqué.

Je me relâche en soupirant. Je suis soulagée d'avoir pu libérer ce que j'ai sur le cœur, même si je suis toujours aussi inquiète.

Ma mère ferme les yeux et pose son livre. Elle prend une profonde inspiration et me regarde.

— Tu as confiance en moi, Leora ?

Les larmes me montent aux yeux. Je n'ai pas la réponse à cette question.

— Je t'ai toujours fait confiance, Maman. Mais là, je ne sais pas quoi penser. Prouve-moi que j'ai tort de douter.

Je cligne des yeux pour chasser mes larmes. Je ne veux pas pleurer. Je renifle. Je vais lui montrer que je ne suis plus une enfant.

— J'ai promis à ton père de ne rien dire à personne. Pas même à toi. (Ses yeux m'implorent de l'écouter, de la croire.) Je ne peux pas le trahir, ma chérie. Je suis désolée.

— Mais Papa est *mort*. Il n'est plus là. Ces promesses n'ont plus d'importance.

Elle secoue la tête et je vois que ses yeux brillent de larmes, eux aussi.

— Tous ces secrets n'aident pas Papa. Il va être détruit – quelqu'un sait qu'il a été marqué comme oublié et, à moins que l'on fasse quelque chose, il sera condamné.

Une larme tombe sur la table. Ma mère me regarde et, toute tremblante, se redresse sur sa chaise.

— Pourquoi ? (C'est la question que je redoute de poser depuis le début.) Pourquoi était-il marqué ?

— Je ne peux pas te le dire.

Je m'écarte sous le coup de la colère mais elle me saisit le bras.

— Leora. S'il te plaît. Regarde-moi. Je veux que tu te souviennes de l'homme que tu connaissais. Tu as peut-être entendu des rumeurs. Mais j'ai besoin que tu te souviennes de lui comme il était vraiment : un homme bon. Cette… cette marque n'avait pas sa place sur sa peau. Il ne la méritait pas. (Je tente de l'interrompre mais elle lève la main.) J'ai un ami qui a promis à ton père qu'il nous aiderait. Il a l'habitude de tout ça. Nous savions que ça allait arriver, Leora. Nous avons mis de l'argent de côté, nous avons tout prévu. Ton père ne sera pas oublié. Tu ne dois en parler à personne, mais tu n'as pas à t'inquiéter. Je te le promets.

Je la regarde et c'est elle qui finit par détourner les yeux. Elle se lève et prend sa tasse pour la laver dans l'évier.

— Comment tu peux être si calme, Maman ? Ils vont le détruire lors de la cérémonie. J'en suis sûre. Il *va* être oublié.

En entendant ma voix, elle lâche sa tasse, qui se casse. Elle se tourne vers moi, le visage noyé de larmes.

— Leora. Je ne le répéterai pas, alors écoute bien. Tu te souviens d'avoir vu le livre de ton père ? (Je hoche lentement la tête.) Nous l'avons feuilleté toutes les deux, n'est-ce pas ? Est-ce que tu as vu ce tatouage ? (Je secoue la tête, sans dire un mot. Elle a raison. Nous avons regardé chaque page. Il n'y avait aucun corbeau.) Eh bien, dans ce cas, tu devrais arrêter de t'inquiéter. Les gens ne verront rien d'autre que ce livre. Une bonne vie. (Elle passe une main sur son visage et je me rends compte à quel point elle est fatiguée.) Je ne veux plus parler de ça, d'accord ? Et toi non plus. Ne dis rien à personne, pas même à Verity. Je suis sérieuse.

Elle quitte la pièce en silence, laissant un courant d'air froid dans son sillage. Elle ne m'avait jamais parlé comme ça. Je ne me souviens pas qu'elle m'ait interdit de faire quoi que ce soit avant aujourd'hui.

Je plonge les mains dans l'évier, perdue dans mes pensées, et je m'entaille avec un morceau de tasse brisée que je n'ai pas vu sous la mousse. Les bulles deviennent roses. Je sors ma main et je vois que la coupure qui traverse mes tatouages d'âge est profonde, le sang coule sur mon poignet mouillé en direction de mon coude. Je ravale ma salive alors que la douleur me submerge et j'appelle :

— Maman ! J'ai besoin de toi.

Cette nuit-là, je rêve que l'on me dépèce.

*Ma peau est découpée. Mais au lieu de voir mes tatouages préservés, chacun est coupé au couteau en deux, en trois, ou en quatre. Chaque morceau de ce que je suis ou de mes souvenirs est réduit en miettes. Je suis un puzzle impossible à reconstituer.*

## Chapitre 20

Le lendemain, je ne suis bonne à rien, au studio. Ma main ne me fait pas très mal, mais le bandage que je dois porter m'empêche de travailler. Obel exprime sa désapprobation en me voyant tenter de dessiner – mal – de la main gauche. Je passe mon temps à penser à Oscar et à me faire du souci au sujet de son mot. Il veut que l'on se voie aujourd'hui. Je ne suis pas sûre de partager cette envie. Je ne sais rien de lui, si ce n'est qu'il est le fils d'un criminel condamné. C'est une raison suffisante pour refuser ce rendez-vous. D'un autre côté, il pourrait m'aider. Mon père aussi était un homme marqué.

Réfléchir ainsi m'aide à rompre la monotonie du rangement des étagères et de l'organisation du matériel. Je salue les nouveaux clients et fais de mon mieux pour éviter Karl. Il est particulièrement désagréable avec moi aujourd'hui : il renverse des choses que j'ai rangées et me donne même un coup dans le coude qui fait basculer un plateau d'encres de couleur. Je ne serais pas surprise d'apprendre que c'est lui qui a mis la plume blanche dans ma poche, simplement pour me faire peur ; ce serait bien son genre.

Comme pour me punir de ma maladresse, Obel propose à Karl de l'accompagner au studio. Il jubile. Je redoute qu'il ne soit meilleur que moi. J'ai vu certains de ses dessins et je dois admettre qu'il est loin d'être mauvais.

Alors que je suspends mon tablier, Obel ouvre la porte et m'arrête.

— Qu'est-ce que tu étais aujourd'hui ?

— Je ne comprends pas ce que vous voulez dire.

Il regarde ma main et ses lèvres s'étirent.

— Tu n'étais rien. Un tatoueur n'est rien sans ses mains.

— Ou une *tatoueuse*.

— Très bien, une *tatoueuse*. Sois prudente, Leora, c'est tout.

Je marmonne des excuses. Obel m'adresse un petit sourire.

— On se voit demain, jeune fille.

Je saisis mon châle et m'arrête sur le pas de la porte, prenant une profonde inspiration pour me donner du courage. Je ne peux m'empêcher de penser que cette rencontre avec Oscar va être importante, que je vais découvrir quelque chose, et une grande partie de moi ne le veut pas. La même partie qui veut croire ma mère quand elle dit que tout ira bien. Mais la curiosité l'emporte et je me mets en route.

L'horloge de la ville indique bientôt six heures. J'arrive sur la place avec quelques minutes d'avance et j'attends près du bâtiment gouvernemental lugubre, abritée sous un arbre, écoutant ses feuilles encore présentes chuchoter dans la brise. La statue de Saint se tient devant moi et le soleil fait briller le bronze de son corps musclé. Il ressemble aux dessins dans nos livres de classe ; tout en muscles et tendons, vulnérable, et pourtant si calme, si fort. Autour de lui, la pelouse est couverte de feuilles et de boue ; il faudra attendre le printemps pour y pique-niquer de nouveau. Je regarde les gens qui passent et les lis pour m'occuper. Une femme s'arrête près de moi pour réarranger ses sacs de courses. Je vois ses mains ridées. Ses tatouages d'âge se mettent en mouvement et parlent ouvertement de sa vie ; une vie heureuse. Jusqu'à récemment. Je vois que ses dernières années sont baignées de tristesse et de larmes solitaires. Sans en voir davantage, je ne peux que tenter de deviner les raisons de son malheur. Je regarde ma propre main bandée et me demande ce que mes marques diront quand je serai vieille. J'ai tellement peur de la tristesse, depuis la maladie de mon père. J'ai tellement peur qu'elle ne dure toute ma vie. Est-ce ce qui m'attend ? Est-ce que toutes les années à venir seront souillées par son absence ?

Alors que je m'appesantis sur ces pensées peu réjouissantes, je sens une main sur mon épaule. Je me retourne. Oscar est là. Il porte son sac en bandoulière et glisse les mains au fond de ses poches. Ses lunettes sont légèrement de travers et ses cheveux bouclés en bataille dépassent de son chapeau.

— Tu es venue, dit-il avec une expression intriguée sur le visage.

— Ça a l'air de te surprendre ! (Je ne peux m'empêcher de sourire. Tout ça semble si bête, comme si on jouait à être des espions.) Je n'avais pas l'impression d'avoir vraiment le choix.

Il éclate de rire.

— Oui, désolé. C'était sans doute un peu plus mystérieux que nécessaire. (Il regarde autour de lui.) Tu veux qu'on marche un peu ?

Je hoche la tête et nous partons d'un pas lent, en soulevant les feuilles mortes sur notre passage.

Nous marchons en silence en nous éloignant du bâtiment gouvernemental. Enfin… mon esprit est tout sauf silencieux, trop occupé à essayer de comprendre ce que signifient ses tatouages, soudain interrompu par une pensée fulgurante : *Est-ce qu'il a une copine ?* Je rejette vite cette idée.

— Le même café que la dernière fois, ça te va ? propose-t-il.

J'hésite.

— En fait, j'avais un autre endroit en tête.

— Ah ? D'accord, comme tu veux.

Il me suit alors que je me dirige vers le musée, de l'autre côté de la place. Quand nous passons devant l'accueil, un conservateur que je ne connais pas nous prévient qu'il ferme à sept heures. Je souris et hoche la tête. Ça devrait suffire.

— Le musée, vraiment ? Ça ne te dérange pas de revenir ici ? chuchote Oscar en enlevant son chapeau pour le ranger dans son sac.

— Il faudra bien que j'y retourne. En plus, je voulais te montrer quelque chose.

Je me dirige vers les escaliers et Oscar me suit. Je sais exactement où je veux aller. Mon père avait l'habitude de m'emmener au musée le samedi matin pendant que ma mère faisait la grasse matinée. On essayait de visiter une partie différente à chaque fois, mais on finissait systématiquement au même endroit. Notre endroit.

Il y a des inscriptions sur la pierre, des images sous verre, une rampe en cuivre poli. Les marches sont usées, juste sur un côté, comme si tout le monde choisissait toujours le chemin le plus court. Moi, je marche toujours de l'autre côté des marches, dans l'espoir de donner l'impression aux pierres négligées qu'on ne les oublie pas.

Nos pas résonnent en montant les escaliers.

Nous nous arrêtons au premier étage. Au-dessus de nous se trouve la salle qui contient les livres de peau de gens qui n'ont pas de famille pour s'occuper d'eux après leur mort.

Ils restent ici, au musée, afin que la communauté puisse les honorer et se souvenir d'eux.

Mais nous nous arrêtons à l'étage dédié à notre histoire. Les salles sont remplies de nos fables.

Tout dans cet endroit me rappelle mon père. C'est comme s'il était là, comme si j'allais le retrouver penché sur une vitrine, prêt à m'interpeller. « Leora, viens par ici, viens voir celui-là. » Je refoule mes larmes, la gorge serrée. Je voudrais parler pour briser la magie douloureuse de cet endroit, mais Oscar me prend de vitesse.

— D'accord.

Il regarde ces vitrines qui protègent des livres ouverts, de magnifiques illustrations et des figurines faites à la main qui racontent l'histoire de notre ville et les origines de notre communauté.

— Tu m'expliques ce qu'on fait là ? Tu as envie qu'on te raconte une petite fable avant de te coucher ? J'étais tout petit, la dernière fois que je suis venu ici.

Les vitrines brillent sous les lampes mais le reste de la salle est plongé dans la pénombre, leur donnant des allures de fantômes.

— Est-ce que ce sont seulement des fables ? C'est notre histoire, notre foi.

Je le vois froncer les sourcils.

— Je suppose que c'est ce qu'on nous a raconté, répond-il, se penchant sur l'une des vitrines. « Les histoires sont notre passé. À travers le passé, nous vivons notre présent. »

Cette phrase, nous l'avons tous apprise à l'école.

— Tu dis ça comme si c'était mal. (Je m'assure que personne n'a pu nous entendre ; il n'y a qu'une seule autre personne dans la salle, à l'opposé de nous.) On ne choisit pas vraiment de croire en l'histoire.

Je suis contente que la pénombre dissimule mes joues rouges. Je n'ai pas l'habitude de me quereller.

— Alors tu crois vraiment que tout ça a existé ?

Il désigne d'un geste de la main les vitrines et je regarde les représentations de Saint, de la sorcière blanche, les vieux textes ouverts à la même page depuis des années… Je songe à Mel avec ses histoires tatouées à même la peau, à la statue sur la place et à tout ce que j'ai appris à l'école.

— Bien sûr que oui ! Je veux dire, certaines d'entre elles ont l'air de fables car elles remontent à très loin. Certaines sont en partie inventées, car c'est comme ça que les gens pensaient les choses à l'époque. Mais la vérité est bien là. C'est comme… (Je ferme les yeux et pense à la façon dont mon père m'expliquait tout ça.) C'est comme une fleur. Les jolis pétales représentent ce qui a été enjolivé et la racine, c'est la vérité. Les choses qui ont vraiment eu lieu. Tout le monde sait ça.

— Peut-être.

Il soupire doucement et se tourne vers la vitrine de la sorcière blanche.

— Celle-là me faisait toujours peur quand j'étais petit. Quand je croyais encore aux contes de fées.

Il pose ses mains sur le verre, par-dessus l'illustration de la sorcière et de son visage pâle et effrayant. Je m'approche de lui. Les pages de ces vieux ouvrages me rappellent les vitraux du hall du jugement.

— En fait, c'est mon histoire préférée.

Ma main est à côté de la sienne et le verre se trouble sous la chaleur de mes doigts.

— Pourquoi ? (Il se tourne vers moi et son visage se retrouve soudain tout près du mien.) Je n'aurais pas cru que c'était ton truc, les sorcières.

— Comment tu peux savoir ce que c'est, mon truc ? (Je me rends compte que j'ai l'air très susceptible.) J'aime bien cette histoire, c'est tout. Elle est réconfortante.

— Réconfortante ?

Je le suis, alors qu'il s'éloigne.

— Oui, les tatouages de Moriah, le bannissement de la sorcière blanche… j'apprécie le fait que la gentille sœur l'emporte sur la méchante.

Il s'arrête net et je manque de le percuter alors qu'il se retourne vers moi. Il est si proche que je peux sentir la moiteur de son corps, ce qui n'est pas vraiment désagréable. Il ne bouge pas et je recule d'un pas.

— La gentille sœur, répète-t-il lentement, d'un ton rêveur.

Il se remet en marche, s'enfonçant encore dans la pénombre. Je crois l'entendre pousser un soupir.

— Bref, mon père avait l'habitude de m'amener ici. Ce lieu me fait penser à lui.

Je me sens un peu sur la défensive, comme quand on parle d'un livre qu'on a adoré, avant de s'apercevoir que la personne à qui on l'a prêté n'a pas apprécié du tout sa lecture.

— Quand est-il mort ? me demande-t-il, en me tournant toujours le dos.

— Il y a presque deux mois. Parfois, j'ai l'impression que c'était hier…

— Et parfois, on dirait que ça fait des années, conclut-il.

Je hoche la tête et bats des paupières pour ne pas pleurer.

— Tu as perdu quelqu'un, toi aussi ? (Un silence s'installe et je me sens gênée.) Je suis désolée. J'ai juste supposé que c'était le cas.

Je soupire et me laisse glisser contre la vitrine. L'autre visiteur est parti et nous avons toute la salle pour nous.

La moquette est rêche sous mes doigts. Je garde ma main bandée sur mes genoux et je sens battre mon pouls frustré. Le silence s'étire jusqu'à ce qu'Oscar vienne s'asseoir à côté de moi.

— Ma mère. Elle est morte quand j'avais onze ans. (Il balaie de la main de la poussière invisible sur ses genoux.) Je suis désolé pour ton père.

— Je suis désolée pour ta mère, dis-je doucement.

Nous restons assis ainsi et les minutes passent paisiblement. Ou peut-être quelques secondes seulement. Je ne saurais dire.

— Qu'est-ce que tu t'es fait à la main ?

— Accident de vaisselle, dis-je en gloussant.

— Ah, c'est dangereux, la vaisselle, j'éviterais ça si j'étais toi.

J'entends le sourire dans sa voix.

— Je t'ai vu. Lors de la cérémonie publique.

— Oh ?

Il se montre étonnamment calme. Je devrais me taire. Mais je ne peux plus.

— C'était ton père, hein ?

Voilà. Je l'ai dit.

Il soupire et étend les jambes. Il laisse reposer sa tête contre la vitrine, les yeux rivés au plafond.

— Je me demandais si tu m'avais vu. Je t'ai vue aussi, je t'ai reconnue. Mon père m'avait montré qui tu étais, un jour, dans la rue.

Je fronce les sourcils. Comment son père aurait-il pu savoir qui j'étais ?

— Mais oui, c'était mon père. Marqué sur la place. Oublié, maintenant. Et voilà. Mais tu sais quelque chose à ce sujet, n'est-ce pas, Leora ?

Son petit doigt effleure le mien et je me fige.

— Comment ça ? De quoi tu parles ?

— Ton père.

— Peu importe ce que tu crois savoir…

Je ravale ma peur mais je sens ma poitrine trembler. Je me relève en chancelant.

— Tout va bien, Leora, dit-il calmement en se relevant aussi. Je ne sais rien, j'ai juste fait le rapprochement. Pourquoi le livre de ton père serait confisqué, sinon ? Pourquoi aurais-tu si peur ? Allez, dis-le-moi, c'était un oublié, lui aussi ?

J'acquiesce imperceptiblement et je me prends la tête dans les mains. Je n'ai rien dit et pourtant j'en ai trop dit. Dans les ténèbres, derrière mes mains, j'entends Oscar chuchoter.

— Je suis désolé. Je suis tellement désolé.

Le visage toujours caché, je lui raconte comment j'ai découvert le tatouage de mon père. Je n'omets aucun détail – le raconter pour la première fois possède un effet cathartique. Mais c'est également dangereux.

— Ma mère a raison : nous n'avons rien vu en feuilletant son livre. Le tatouage a dû être… supprimé d'une façon ou d'une autre. (Est-ce que j'ai rêvé, ou est-ce que le visage d'Oscar vient de tressaillir ?) Mais si son livre a été confisqué, ils ont dû être mis au courant pour le tatouage. Ma mère m'a dit qu'il n'y aurait pas de problème, mais comment elle peut en être si sûre ?

Une larme roule sur ma joue, qu'Oscar essuie avec la manche de sa veste.

— Leora…

Il regarde la moquette laide, comme s'il tentait de trouver les bons mots.

— Il y a quelque chose que je dois te dire.

Je renifle bruyamment.

— Quoi ?

— Mon père, eh bien, tu sais sans doute qu'il a été déclaré coupable de vol. Du vol de la peau de quelqu'un. (Il se passe une main sur le visage. Je devine ses mots avant qu'il ne les prononce et mon cœur manque de s'arrêter sous le coup de l'horreur.) La peau qu'il a volée, c'était celle de ton père.

# Chapitre 21

— Raconte-moi une histoire, Papa. Raconte-moi une histoire sur Maman et toi.

— Oh, non, pas encore, Leora ! protestait Maman. Tu l'as déjà entendue si souvent !

Mais les yeux de mon père se mettaient à briller et il commençait son récit, sourire aux lèvres.

— Tu as déjà entendu parler du coup de foudre ? Tu as déjà entendu parler d'un prince qui tombe amoureux d'une magnifique jeune femme dès qu'il pose les yeux sur elle ? Des contes où ces gens vivent heureux jusqu'à la fin des temps ?

Je hochais la tête, les yeux écarquillés.

— Eh bien, ce n'est pas notre histoire.

Et ma mère tentait de dissimuler son sourire.

Ils se sont rencontrés quand mon père a emménagé à Saintstone. À l'époque, lecteur était une profession davantage respectée. Ma mère n'était pas seulement contactée par des enfants cherchant désespérément à trouver des secrets dans les livres de peau de leur famille ou des amants possessifs lui demandant de voir si elle trouvait une trace d'infidélité dans les tatouages de leurs partenaires. Le gouvernement l'avait embauchée pour lire chaque nouvel arrivant en ville afin de s'assurer de ses qualifications avant son installation parmi nous. Elle devait déterminer dans quel secteur les envoyer et se porter garante de leur honnêteté.

Ce jour-là, mon père attendait nerveusement son tour. D'après ma mère, c'était un rendez-vous tout ce qu'il y a de plus classique. Elle a vu ce qu'elle devait voir et l'a recommandé comme écorcheur. Rien de plus. Mais la version de mon père était différente.

Selon lui, elle est arrivée avec ses dossiers sous le bras, le visage fermé. Elle n'a pas regardé son visage, juste sa peau et il a tenté de lui parler sans succès tout au long du rendez-vous. Ma mère, en grande professionnelle, l'a ignoré et a continué à lire, tout en prenant des notes. Elle lui a demandé de se retourner pour lire son dos et l'instant suivant, a été prise d'un fou rire. Finalement, quelqu'un a frappé à la porte pour voir si tout allait bien et a jeté un coup d'œil à mon père avant de s'en aller en vitesse, pour revenir avec un caleçon : « Vous n'êtes pas censé vous déshabiller complètement ! » Au bout du compte, une fois mon père un peu plus habillé et ma mère assez calmée pour poursuivre son examen, elle s'est excusée.

Ma mère l'écoutait raconter cette histoire en souriant ; ils sont devenus amis, ce jour-là, avant de tomber amoureux peu de temps après. Et si les parents de ma mère n'ont jamais approuvé leur union, ils se sont malgré tout mariés un an plus tard.

Évidemment, personne n'a envie d'imaginer ses parents nus. Mortifiée, je n'ai plus jamais redemandé à ce qu'on me raconte cette version de l'histoire par la suite. Mais aujourd'hui, je donnerais tout pour ça, rien que pour entendre de nouveau le son de sa voix.

Quand je me réveille le lendemain matin, je me demande si tout ça n'était pas un cauchemar étrange causé par le stress.

Je descends dans la cuisine de bonne heure, en pyjama, tout en réfléchissant aux révélations d'Oscar. Alors que j'attends que la bouilloire se mette à siffler, ma mère arrive et me prend la main.

La nuit dernière, après lui avoir parlé de Connor, elle s'est mise à pleurer. Pour la première fois depuis le début de cette histoire, j'ai eu l'impression de voir une vague d'incertitude, une petite fissure dans sa détermination. J'écarte sa main de la mienne aussi doucement que je le peux et attrape une tasse.

— Je suis contente que tu connaisses la vérité, Leora. Ce garçon, Oscar… Il t'a dit autre chose ?

— Je t'ai dit tout ce que je savais, Maman. Oscar m'a dit que sa cachette n'avait pas été découverte ; il a été trahi par un autre écorcheur mais les preuves elles-mêmes étaient trop bien dissimulées. Même Oscar ne sait pas où elles se trouvent. Ils ne feront pas le lien entre lui et Papa. Quel que soit le plan auquel tu as pensé, ça fonctionne.

Je verse de l'eau dans ma tasse et j'en renverse un petit peu sur la surface en bois.

— Ils me l'auraient dit. Oui, je suis sûre qu'ils m'auraient prévenue en cas de problème. Nous avions un accord ; tout cet argent…

J'essuie l'eau avec un chiffon. Maman murmure toujours nerveusement, plus pour se rassurer elle-même que moi. Je la prends dans mes bras, le chiffon humide toujours dans la main. *Qui sont-ils ?*

— Ça va aller, Maman. Quoi qu'il arrive, quoi qu'il en coûte, je m'assurerai que Papa ne soit pas en danger.

Je la sens hocher la tête contre mon cou.

— Merci, mon cœur, soupire-t-elle. Mon Dieu, je n'aurais jamais dû t'impliquer là-dedans. (Elle s'écarte et s'essuie les yeux, avant de s'éclaircir la gorge.) Il n'y a pas de raison de s'inquiéter. (Elle inspire profondément pour se reprendre et finit par sourire.) Le plus important, c'est que tu restes en dehors de ça. Tu ne t'en mêles pas, Leora, c'est bien compris ?

Je hoche la tête. Mais elle ne peut pas faire semblant avec moi ; sa peur est la chose la plus réelle que j'ai vue en elle depuis des semaines.

Je vais tenir ma promesse ; je vais m'assurer que Papa ne soit pas en danger, quoi qu'il arrive.

Les semaines suivantes au studio se déroulent calmement. Je n'arrive pas à croire qu'un mois se soit déjà écoulé. J'attends toujours que ma main guérisse, si bien que je passe la plupart du temps dans l'arrière-boutique, loin de l'encre et des aiguilles. Cette leçon de frustration me permet de me rendre compte à quel point je rêve de tatouer, de créer et de ressentir de nouveau ce lien incroyable, d'autant plus que Karl en profite pour voler mes opportunités de travailler et de m'entraîner. Chaque fois qu'Obel l'appelle dans le studio pour l'aider, il me bouscule au passage pendant que je dessine, ou me traite de fainéante, alors qu'il sait à quel point je meurs d'envie de prendre sa place. J'aimerais vraiment savoir si c'est lui qui a caché cette plume blanche dans ma poche.

Obel m'a chargée d'étudier des tatouages et des motifs classiques passés de mode. Selon lui, c'est crucial pour devenir un grand tatoueur ; le sens derrière le dessin est plus important que tout. À l'école, on n'apprend que les motifs les plus communs, comme l'épaisse ligne rouge sur le bras gauche qui signifie que la personne en question est un voleur, ou la feuille à la base d'un arbre qui signifie que quelqu'un est mort. Mais un tatoueur doit savoir qu'une fleur de souci représente le chagrin et une digitale, la protection (ma mère a les deux). J'aime bien faire ça. Ça me rappelle les histoires que me racontait mon père ou mes balades dans le musée. La voix d'Oscar résonne dans mes oreilles : *Quand je croyais encore aux contes de fées*. Non, ce n'est pas le moment de penser à ça.

Aujourd'hui, pendant que Karl travaille au studio, Obel vient voir ce que je fais. Je jouais avec la feuille en bois à mon cou et je la cache rapidement dans ma tunique. Je ne sais pas pourquoi, mais je ne veux pas qu'il la voie.

J'ai pris des notes et j'ai copié certains motifs, ceux qui m'attirent le plus. Il prend les pages sur lesquelles j'ai travaillé et les parcourt.

— Intéressant, dit-il en en reposant une à côté de moi. Pourquoi tu as dessiné celui-là ?

C'est un crayonné peu soigné de la sorcière blanche, une copie d'un dessin que j'ai trouvé dans un livre ancien. Je me dandine sur mon siège, gênée.

— Je sais, ce n'est pas très bon. Mais je ne l'avais jamais vue dessinée ainsi avant.

Il y a une beauté inhabituelle dans la représentation de cette créature terrifiante. Mon regard passe du dessin au visage d'Obel, et je finis par admettre timidement :

— Je l'aimais bien.

Il hoche la tête et repose le reste de mes notes.

— Moi aussi, en fait. Tu as déjà vu quelqu'un avec ce tatouage ?

J'ai l'impression qu'il n'est pas là seulement pour discuter, qu'il y a un sens caché derrière ses mots, une intention. Il… m'observe… tente de me prendre sur le fait. Je regarde attentivement mon dessin et frotte mon doigt sur les lignes. Je réfléchis avant de répondre à sa question, tandis qu'il me regarde toujours aussi attentivement.

— Je ne l'ai jamais vu, non. Et vous ?

Il affiche soudain un large sourire, comme si on partageait un secret.

— Ce serait révélateur, hein, jeune fille ? dit-il avec un gloussement ironique. J'ai un livre qui devrait te plaire.

Il disparaît un moment dans la réserve, avant de revenir avec un ouvrage visiblement très ancien. Il le dépose délicatement sur le bureau et je pousse un cri. C'est un livre de contes. Un *vieux* livre de contes. Je reconnais la couverture et son illustration pour l'avoir vue au musée. Il doit être incroyablement précieux.

— C'est *L'Encyclopédie des contes* ?

Abasourdie, je tends des mains tremblantes vers le livre.

Obel s'assoit dans un fauteuil à côté de moi et m'adresse un signe de tête, les yeux brillants d'excitation.

— Tu l'as déjà vue ? demande-t-il en l'ouvrant doucement.

Je ne peux résister à l'envie de me rapprocher.

— Non. Je ne l'ai jamais vue. Pas en vrai.

Je tends la main pour toucher le parchemin épais au texte gaufré.

— Elle est mentionnée dans une vitrine au musée mais je pensais qu'elle était perdue… je ne pensais pas qu'on en trouvait encore des copies.

Il tourne les pages du livre avec prudence, comme s'il s'agissait d'un ami fragile.

— Pourquoi me montrer ça ? Pourquoi me laisser regarder quelque chose d'aussi précieux ?

— Je ne sais pas. Je me suis dit que ça te plairait.

Il continue de tourner les pages, évitant mon regard. Je regarde les motifs sur ses bras et regrette qu'ils restent muets. J'aimerais qu'ils me racontent quelque chose au sujet de cet homme qui me met si mal à l'aise, et pourtant m'intrigue tant. Il se tourne vers moi et je détourne vite les yeux.

— Là, dit-il en ouvrant le livre à la page qu'il cherchait. La voilà.

Je me penche pour mieux voir. La sorcière blanche. Exactement comme dans le dessin que j'ai reproduit. Mais celui-ci est plus grand, plus détaillé. Je suis frappée par la vision étrange de cette femme complètement nue. Elle ne porte rien. Pas un bout de tissu, pas une goutte d'encre. Elle est complètement immaculée. L'image me fait trembler – son inhumanité, son caractère illisible. C'est la reine des mensonges, la gardienne des secrets. Et pourtant, ici, elle est séduisante et remarquablement belle. Le dessin tout entier, à cette échelle, donne l'impression de sentir le soufre.

— Dessine-la de nouveau, Leora, dit Obel en quittant la pièce. D'après l'original.

Je prends mon crayon et une nouvelle feuille de papier, et, la poitrine serrée par une peur inconnue, j'entreprends de reproduire le dessin. Ses cheveux tourbillonnent comme des roses, comme les vagues de l'océan. Ses petits seins sont presque cachés par ses longs cheveux lâchés. Elle me rappelle les sirènes sur la peau de mon père, et elle n'est pas moins séduisante. Je dessine depuis dix minutes quand l'évidence me frappe. Alors que j'ombre la forme de sa mâchoire et l'angle de son nez, en dessinant l'arc de son sourcil et son sourire doux et fier, je la vois.

Elle est moi. Je suis elle. Je suis le portrait craché de la sorcière blanche.

Je lève les yeux. Obel est là. Nos regards se croisent et je me lève en lâchant mon crayon. Je referme brusquement le livre, ne me souciant plus de son âge ou de sa valeur.

— J'ai… J'avais oublié, ma mère a besoin que je rentre tôt. Est-ce que je peux…

Il hoche la tête sans chercher à me retenir.

Je fourre mes dessins dans mon sac, ramasse mon crayon et quitte la pièce en trébuchant. Je ferme la porte derrière moi et pars, reconnaissante envers l'air frais qui ranime mon esprit apeuré.

Je marche sans réfléchir pendant un moment, laissant mes joues rouges refroidir et mes mains tremblantes se calmer au fond de mes poches. Le temps d'y parvenir, je suis devant le musée. Je monte les marches et me fraie un chemin jusqu'à l'étage des histoires.

Mon refuge.

J'essaie de me souvenir de mon père et moi en train d'observer les vitrines en chuchotant, en riant. Je marque une pause quand j'atteins celle dédiée à la sorcière blanche.

Je lis la brève description du présentoir près de son dessin. Les mots écrits à la main près de sa représentation ne racontent pas grand-chose sur elle. Je me rappelle maintenant que mon père avait l'habitude de s'attarder ici ; il me la faisait observer.

Je chuchote à son intention :

— Qu'est-ce que tu voulais que je voie ?

Et la voilà. Qui soutient mon regard avec mes propres yeux.

En rentrant à la maison, je repense à l'histoire de cette sorcière blanche qui, apparemment, me ressemblait tant. Tremblante sous le soleil d'hiver, je tire sur mon châle et jette mon pansement dans une poubelle. Je regarde la main et ma cicatrice, ma main si pâle, et ne vois plus que *sa* peau. Je me mets à courir.

# Chapitre 22

Le lendemain matin, je me lève à l'aube. Le soleil brille tout juste sur les restes de rosée de la nuit et je me demande s'il va bientôt geler ; il fait assez froid pour ça en tout cas. Je descends au salon à pas feutrés et laisse mon esprit dériver. Pour la centième fois, je me demande quel sera mon premier tatouage personnel, incapable de me décider. Ça devient pourtant urgent ! Et si au final je restais sans marque, aussi pure et vierge que la sorcière blanche ? Je frissonne.

Je m'enroule dans une couverture et me laisse tomber sur le canapé d'un rouge terne, près de la porte d'entrée. Les ressorts sont détendus et les coussins s'enfoncent, mais ça reste le canapé le plus confortable du monde. J'aimerais bien allumer un feu, mais je ne peux pas me résoudre à sortir dans le froid pour chercher du bois.

Je ferme les yeux et somnole un moment jusqu'à ce que j'aie presque assez chaud pour enlever ma robe de chambre. Je me lève et décide de me faire plaisir avec un chocolat chaud. Peut-être que j'en apporterai une tasse à ma mère, comme le faisait mon père quand elle faisait la grasse matinée le samedi. Certaines choses n'ont pas changé.

Je le prépare comme mon père. D'abord, je verse le lait dans deux mugs pour être sûre d'en avoir assez, puis je les vide dans la casserole que je mets sur le feu pendant que je découpe des petits bouts de chocolat noir. J'utilise mon couteau de cuisine favori et ne sens qu'une pointe de douleur dans ma mauvaise main quand la lame casse la tablette avec un bruit sourd. Quand le lait devient mousseux, j'ajoute le chocolat, remue pour qu'il ne colle pas au fond de la casserole, et je râpe de l'écorce d'orange. Le liquide commence à prendre une tournure trouble, tandis que des petits bouts de chocolat fondu remontent à la surface. Avant que le tout bouille, juste avant que les premières bulles d'air montent à la surface, je verse le chocolat chaud dans les deux mugs et les porte prudemment à l'étage.

Ma mère est adossée à un grand coussin et tient un livre à la main, sans le lire. Elle regarde droit devant elle avec inquiétude.

Quand j'entre, elle me sourit.

— Coucou ma chérie, ça fait longtemps que tu es debout ? Oh ! du chocolat chaud, quel régal ! On ne m'en a pas apporté au lit depuis…

Elle se reprend, grimace, puis attrape un mug fumant. Je pose le mien sur sa table de chevet tout en m'installant à côté d'elle sous les couvertures.

— Pas si longtemps. Avec le froid qu'il fait, ça m'a donné envie.

Je tends la main pour prendre ma tasse et la porte à mes lèvres avec précaution. Je reste immobile un moment, savourant le mélange odorant du chocolat à l'orange et du parfum de ma mère.

Elle se tortille pour relever les couvertures et boire une gorgée.

— Tout va bien entre nous, ma chérie ? (Sa voix est prudente et elle regarde le mur droit devant elle.) Tout ce que j'ai toujours voulu faire, c'est te protéger. Tu le sais, n'est-ce pas ?

— Je sais, Maman. Mais ça va, je ne suis plus une enfant.

— Oh, mais si ! répond-elle en me donnant un petit coup de coude. Tu seras toujours ma petite fille, même quand tu auras quatre-vingts ans. (Elle passe son bras autour de mes épaules.) Ma petite fille pour toujours, répète-t-elle, si doucement que je l'entends à peine.

Nous restons blotties l'une contre l'autre en silence. Je me sens si bien. J'ai envie de dormir. La respiration de ma mère est saccadée et je me rends compte qu'elle pleure. Je pose ma tasse et la serre contre moi.

Ses larmes tombent sur mes cheveux et elle soupire.

— Tu es une bonne fille, Leora.

Nous restons comme ça jusqu'à ce que nos tasses refroidissent et que je sois sur le point de m'endormir.

— Bon, je ne peux pas rester en chemise de nuit toute la journée, finit par déclarer ma mère, je ferais mieux de m'y mettre.

Elle m'embrasse sur la tête et essuie ses larmes dans mes cheveux.

Je me redresse dans le lit et m'étire tout en hochant lentement la tête.

— Tu sais que je t'aime, hein ?

Je souris, les yeux toujours clos.

— Évidemment, tu es ma maman, pas le choix !

Elle secoue la tête, faussement dépitée.

— Tu veux que j'aille réchauffer nos boissons ?

Je lui tends mon mug et me blottis dans son lit chaud en attendant qu'elle revienne.

Quand je me réveille, ma tasse est sur la table de chevet. Combien de temps ai-je dormi ? À contrecœur, je repousse les couvertures et descends au rez-de-chaussée. Ma mère a fait du café et lit un livre dans le canapé. Je pose mon chocolat et me sers une tasse de café. Le liquide est assez chaud pour me réveiller un peu et je murmure un « bonjour » endormi.

Mes yeux se posent sur les livres de nos ancêtres. Cela fait longtemps que je ne les ai pas regardés en détail. Ils sont un peu comme un roman favori : quand on les a lus une fois, on connaît l'histoire, mais on a envie de les garder toujours à portée de main, au cas où.

Je pose ma tasse sur la table et attrape un ouvrage au hasard sur l'étagère, après avoir demandé la permission à mes ancêtres et béni leur mémoire et leur honneur. Je pose doucement le livre sur la table. Ma mère lève les yeux et sourit un instant avant de revenir à sa lecture. Je regarde la couverture. C'est Bill Tomlinson, mon grand-père maternel. Il était tanneur et est mort avant ma naissance. Je me suis parfois demandé si c'était un moyen d'échapper aux réflexions de ma grand-mère. Vu la façon dont ma mère parle d'elle, cela devait être un cauchemar de la côtoyer.

Je tourne les pages et ses tatouages prennent vie devant mes yeux. Je vois son enfance, ses frères qui l'aimaient et le taquinaient, sa sœur décédée. Je vois son travail et sa carrière avancer avec chaque nouveau tatouage d'âge. Je vois son tatouage de mariage et je suis frappée par sa beauté complexe. Il aimait profondément ma grand-mère, aucun doute là-dessus. Elle est morte peu de temps après lui ; peut-être que son cœur était trop brisé. Je me demande ce que ça doit faire de trouver l'amour de sa vie, d'aimer et d'être aimé si totalement, mais je me rends alors compte que je regarde le derrière de mon grand-père et je tourne vite la page.

Me voilà arrivée à la plus belle marque : son arbre généalogique. Ses parents sont là, ses frères et sa sœur décédée, qui s'appelait Sophie. Ma mère lui doit certainement son prénom. Je lis l'intimité entre mon grand-père et sa petite sœur. Je lis aussi le chagrin et la perte.

Et puis il y a le nom de ma mère. L'espace vide à côté laisse suggérer qu'ils espéraient avoir d'autres enfants. Le nom de mon père est écrit, un peu en dessous. J'aime voir ces lettres et je sens la chaleur de souvenirs heureux dans mon esprit. En les regardant plus attentivement, je suis transportée, comme si je voyais à travers les yeux de mon grand-père : il n'y a rien d'autre que de la noirceur autour du nom de mon père. Mon cœur se serre de tristesse. Il n'y a pas d'amour, pas de joie, pas d'affection ici. Je perçois un sentiment étrange de rage et de révulsion.

Je détourne les yeux, sous le choc. Il est évident que mon grand-père détestait mon père. Non, il le *méprisait*. L'amertume de cette émotion souille l'arbre tout entier et je sens la nausée monter.

Soudain frigorifiée, je tends une main tremblante vers ma tasse de café. Je la porte à mes lèvres mais je réussis à rater ma bouche et renverse du café brûlant sur le livre. Je me relève d'un bond pour éponger le liquide. Heureusement, les livres de peau sont résistants et l'encre ne s'étale pas, mais j'ai peur d'avoir endommagé une partie de l'agent conservateur.

Ma mère pousse un cri et bondit du canapé. Quand elle voit la page que j'étais en train de lire, elle hurle :

— Qu'est-ce que tu as fait ? Espèce d'idiote !

# Chapitre 23

Ma mère se reprend aussitôt. Elle s'excuse et essuie inutilement le livre que j'ai déjà nettoyé. Son visage est de nouveau impassible.

Elle me cache donc d'autres secrets. Ce n'est certainement pas le moment de lui demander pourquoi mon grand-père méprisait autant son mari. Cette idée m'est insupportable. J'ai l'impression d'être enlisée dans des sables mouvants. J'ai besoin de sentir un sol solide sous mes pieds. Je me lève, prends mon manteau, mon châle et mon sac, et je me rends chez Verity.

Il pleut dehors. Je couvre mes cheveux et mon visage avec mon châle et je marche vite, la tête rentrée dans les épaules. Je croise des gens sans même lever les yeux vers eux et leurs tatouages.

La confusion règne dans mon esprit. Oscar, Obel, mes parents… tant de questions sans réponses. *Au moins, j'ai Verity*, je me chuchote à moi-même en atteignant sa maison. Seb, son frère, vient vite ouvrir la porte et m'accueille avec son éternel sourire.

J'aime lire Seb. Je vois sa vraie histoire.

Quelques mois plus tôt, il est un jour rentré chez lui pâle, les joues baignées de larmes. Un groupe de garçons s'en était pris à lui, se moquant de ses bras dépourvus de tatouages de réussites et de diplômes. Ils l'avaient traité de stupide Immaculé.

Mais je peux voir le cœur de Seb sous sa peau. Je vois à quel point il adore sa sœur. Son âme est plus respectable que celle de beaucoup d'autres.

— Comment ça va, la vie de tatoueuse ? me demande-t-il en prenant mon manteau pour le suspendre.

— C'est amusant, Seb. Je m'éclate vraiment. (Je souris en posant mon châle humide sur le dos d'une chaise, qu'il s'empresse de rapprocher de la cheminée.) Et toi ? Comment ça se passe, à la boulangerie ?

— Super. J'ai été nommé employé de la semaine et on m'a offert une bouteille de vin !

— Employé de la semaine ? Encore ? C'est super ! Et elle est où, cette bouteille ?

— Je ne partage pas, lance-t-il malicieusement et je ris alors que Verity nous rejoint dans la cuisine.

— Ah ! Je pensais bien t'avoir entendue.

Elle porte un pull-over détendu, qu'elle a depuis ses douze ans, et un vieux jogging que l'on avait l'habitude d'utiliser pour le sport à l'école.

— Qu'est-ce que c'est que cette tenue ? dis-je en secouant la tête.

Elle tournoie sur elle-même.

— Classe, hein ? (Elle me lance un sourire et va remplir la bouilloire.) J'en peux plus de mon uniforme, j'ai besoin de respirer un peu. Au moins, je suis à l'aise !

Mais même habillée n'importe comment, elle reste très jolie.

On passe l'après-midi ensemble, à parler de nos anciens camarades d'école. Quelques-unes des pires pestes travaillent elles aussi pour le gouvernement, dans l'administration.

Verity est ravie de pouvoir les mener à la baguette sans qu'elles puissent s'en plaindre. J'aimerais bien avoir son assurance ; à sa place, je serais tellement mal à l'aise ! Je suis vraiment contente que ça se passe si bien pour elle. Apparemment, elle pourra bientôt intégrer le service funéraire ; elle aura même son propre bureau !

Elle pousse un cri perçant quand je lui parle de mon premier tatouage.

— Waouh ! Tu crois que tu pourrais m'en faire un ? Ce serait génial, non ? (Elle relève une jambe de pantalon.) Je me demande si je ne vais pas me faire une vigne, qui commencerait ici, dit-elle en désignant son mollet, et avec plein de fruits différents. Qu'est-ce que tu en penses ?

— J'en pense que tu devrais prendre rendez-vous, dis-je avec un sourire.

J'aimerais vraiment le faire. On verra bien si Obel est d'accord. *Obel.*

— Tu as déjà vu la sorcière blanche tatouée sur quelqu'un ? je hasarde.

Verity fronce les sourcils et se penche vers moi avec un air de conspiratrice.

— Non ! Mais je ne savais pas que c'était permis. Se faire tatouer quelqu'un d'aussi démoniaque, la première Immaculée, tu imagines un peu ? Tu as vu ça sur les fesses d'un vieux miteux, c'est ça ?

Elle frissonne avec délice. Elle est manifestement impatiente d'entendre des ragots.

— Beurk ! Verity ! Non, rien de tout ça. Qui voudrait de ça sur sa peau, franchement ? Je l'ai vue dans un livre de vieux tatouages et… (Je réfléchis à mes prochaines paroles. Je ne veux pas les regretter plus tard.) Alors tu n'as jamais vu ça dans les archives ?

Verity lève les yeux au ciel.

— Non, rien d'aussi intéressant, je t'assure. J'ai hâte de changer de service ! Je te le dirai, si on tombe sur un gars bizarre obsédé par la sorcière blanche !

À la tombée de la nuit, je dis au revoir à Verity et Seb. Mon châle est délicieusement chaud autour de mon cou et la pluie s'est arrêtée. Heureusement, ma mère est à l'étage quand j'arrive chez moi. Je me fais un sandwich et me réfugie dans ma chambre pour le reste de la soirée. Je me couche tôt.

Et je rêve.

*Je suis dans le studio de tatouage et chacun de mes ancêtres est là, en chair et en os, pas seulement sous forme de feuilles. Ils hurlent contre Obel et moi. Ils demandent tous à choisir ma première marque et crient des mots que je ne comprends pas bien. Jusqu'à ce que toutes leurs voix s'unissent : « Corbeau, corbeau, corbeau. »*

# Chapitre 24

Ma main va beaucoup mieux. Je garderai une cicatrice, mais elle est de nouveau opérationnelle. Je suis impatiente de retourner travailler et d'échapper à l'atmosphère pesante qui règne à la maison.

Je me rends au studio de bonne heure le lundi. Obel est en train de prendre des notes, qu'il range de côté en me voyant entrer. Nous commençons par préparer le matériel pour la journée. Je sais que je devrais en profiter pour m'excuser de m'être enfuie comme ça vendredi ; ce n'était pas vraiment professionnel. Mais je ne parviens pas à aborder le sujet. Je suis tellement absorbée par mes pensées que je ne remarque pas Karl avant qu'il ne renverse en passant les encres que je viens de ranger.

— Fais attention, Leora ! s'emporte Obel.

Il me jette un chiffon et mes joues s'empourprent pendant que je nettoie.

Pourquoi est-ce que je suis incapable de dire « c'était Karl » ? Pourquoi je laisse tout le monde me rabaisser comme ça et me faire passer pour une nulle ? Le sourire moqueur de Karl n'aide pas et je serre de rage le chiffon plein d'encre. J'inspire profondément, je rince le chiffon et le suspends au-dessus du robinet.

— Bon, vous deux, dit Obel en prenant ses clés et un sac en cuir sur la table. J'ai une course à faire. Nous allons ouvrir le salon un peu plus tard, aujourd'hui. Pendant mon absence, vous voulez bien faire un bon coup de ménage ? Passez la serpillière par terre, tant que vous y êtes !

Il s'en va par la porte de derrière.

Je jette un coup d'œil à Karl qui a l'air toujours aussi agaçant et prétentieux.

— On n'a qu'à faire une pièce chacun, dit-il en ouvrant le placard pour prendre un balai. Ça nous évitera de nous croiser.

Je hausse les épaules et opte pour l'arrière-boutique. Karl se chargera du studio… et des toilettes.

Une heure entière s'écoule, pendant laquelle je lave, j'astique, je vérifie les moindres recoins. Comme tout a l'air en ordre, je décide de reprendre ma lecture. J'entends la cloche du magasin puis des murmures : Karl doit dire au client de repasser plus tard.

Quand Obel revient trente minutes après, il semble joyeux. L'arrière-boutique brille de mille feux.

— Merci, petite, dit-il avec un sourire tout en suspendant son sac.

Il se dirige vers le studio, ses clés à la main, et je le suis.

J'entends le bourdonnement familier de la machine avant même de franchir la porte. Obel s'arrête net et ses clés tombent sur le sol en ardoise. Karl lève les yeux. La machine s'éteint avec un clic. Personne n'ose prendre la parole.

Karl était en train de tatouer le client lui-même, sans supervision. Le client lève la tête, perplexe devant ce silence soudain. Obel s'avance et prend la machine des mains de Karl.

— Je m'en charge. Retourne dans l'arrière-boutique s'il te plaît, Karl.

Sa voix est froide, dure. J'en tremble.

Karl rougit et s'en va, tête haute. Obel se tourne vers le client.

— Je reviens tout de suite. Leora, prépare les encres, s'il te plaît.

Je m'exécute et j'installe le matériel pour Obel sans dire un mot. J'entends sa voix siffler en franchissant la porte.

— Tu faisais quoi, bordel ? T'es débile ou quoi ?

Il chuchote, mais sa voix douce rend sa colère encore plus électrique.

Je regarde l'homme qui attend sur la chaise et lui souris en essayant de me montrer rassurante alors que je suis mortifiée. Est-ce qu'Obel va le virer ? J'entends une chaise qui grince sur le sol puis plus rien.

Quand Obel revient, il est passé en mode tatoueur et discute calmement avec son client du motif qu'il a choisi. Il me fait signe de m'éloigner et je retourne dans l'arrière-boutique.

Karl est assis sur une chaise et affiche l'expression embarrassée d'un vilain petit garçon. Mais il se lève en me voyant entrer.

— Tu aurais pu me défendre.

Je suis si surprise que je reste bouche bée. Il me regarde avec un mépris absolu.

— Et pourquoi ça ? (Ma voix tremble.) Tu as fait n'importe quoi et tu le sais très bien.

Il porte toujours ses gants ; de l'encre et du sang tachent le bout de ses doigts.

— C'est parce qu'il te plaît, c'est ça ? Tu es sa préférée depuis le début.

Il a l'air d'être sur le point de pleurer ou de me frapper, ou les deux.

— Pourquoi tu as fait ça ? Tu te doutais bien qu'il serait furieux.

Il hausse les épaules.

— Je n'ai pas réfléchi. Quand le client est arrivé… j'ai pensé que, si Obel voyait ce dont je suis capable, il pourrait enfin commencer à me prendre au sérieux.

— Je suis sûre que tout ira bien. (Je ne sais pas pourquoi je cherche à le rassurer, mais je prends un ton apaisant.) Donne-lui juste un peu de temps pour se calmer.

— Il t'aime bien, marmonne Karl. Tu aurais pu plaider en ma faveur. Je ne peux pas me permettre de perdre ce boulot, Leora. Mon père va me tuer.

Je tente de trouver quelque chose à dire. Je vois bien qu'il est désolé, qu'il a peur, mais pourquoi je prendrais la défense de Karl Novak ?

— Tu m'écoutes ou quoi ? hurle-t-il.

Je passe devant lui pour aller prendre mes affaires de dessin. Karl m'attrape par l'épaule, enfonçant ses ongles dans ma peau, et tente de me forcer à me retourner. En me dégageant, je glisse et je tombe ; je n'ai pas le temps de lever les mains pour amortir ma chute.

Je pousse un cri et, la dernière chose que je vois, alors que mon front heurte le sol en ardoise et que ma vision se change en points noirs, ce sont les bottes d'Obel.

## Chapitre 25

— Tu es sûre de ne pas vouloir voir un médecin ? me demande Obel, les sourcils froncés.

Je bouge la tête avec précaution d'un côté à l'autre et frotte la peau irritée sur mon front.

— Ça va. Le gars que Karl avait commencé à tatouer va sûrement avoir plus mal que moi. (Je tente de me lever mais je suis prise de vertige et retombe sur ma chaise.) Il est toujours là, d'ailleurs ? Vous devriez peut-être aller le voir, non ?

Obel secoue la tête et me tend un verre d'eau.

— Je l'ai renvoyé chez lui, il va reprendre rendez-vous un autre jour. (Il sourit puis ferme les yeux.) Tu m'as fait peur, tu sais. J'ai cru qu'il t'avait tuée.

Sa voix tremble et il se tait un instant.

— Quel idiot. Je savais que c'était pas une flèche mais je n'aurais jamais imaginé ça, soupire-t-il. Au fait, il est parti. Je lui ai dit de ne pas revenir.

— Ce n'est pas vraiment sa faute. (Je n'arrive pas à croire que je défends Karl.) Il était en colère, mais il ne voulait pas me faire tomber, c'était un accident.

Le collier de mon père pend de ma chemise et mon cou me fait souffrir quand je me redresse pour dissimuler le bijou.

— Je ne suis pas aveugle, Leora. Dès le premier jour, j'ai bien vu que vous vous détestiez. J'aurais dû agir autrement. Vous mettre en concurrence pour un poste n'était peut-être pas la meilleure idée.

— Ne vous en faites pas, Obel. Il est parti maintenant, c'est du passé.

Tout en tentant de rassurer Obel, des images de l'accident me reviennent en tête. Heureusement, il finit par se lever et un instant plus tard j'entends le sifflement rassurant d'une bouilloire. Je laisse échapper un petit gloussement.

— Le thé résout tous les problèmes. C'est ce que ma mère dit.

— Peut-être pas tous, mais ça aide.

Je regarde ses mains tandis qu'il remplit deux tasses. Faire du thé prend une dimension artistique quand c'est lui qui s'en charge. Et je comprends alors pourquoi je me sens en sécurité avec Obel : il me rappelle mon père.

Il me tend une tasse puis s'assoit en face de moi et boit une gorgée. Tout à coup, il a l'air très fatigué.

— Quel désastre. Et il semblait prometteur, pourtant. Quoi qu'il en soit, tu n'as plus à te soucier de lui maintenant.

Je tiens ma tasse entre mes mains tremblantes et je lui souris. Une petite partie de moi est soulagée ; j'avais raison de me méfier de Karl, et maintenant il est parti. Il n'interférera plus avec la seule chose qui va bien dans ma vie, plus maintenant.

— Bon, dit-il en commençant à se lever. Reste là et repose-toi.

Tout à coup, je ne peux plus me retenir.

— Vous avez fait exprès de me donner ce dessin de la sorcière blanche pour le recopier, n'est-ce pas ?

Obel se retourne vers moi.

— Quoi ?

Je lui fais baisser les yeux et il hausse les épaules.

— Tu semblais troublée… par la ressemblance, je suppose ? Bien sûr que tu lui ressembles, Leora. Je pensais que tu le savais. C'est logique, étant donné qui était ton père.

*Qui était ton père.*

— Vous connaissiez mon père ? (Ma voix tremble et monte dans les aigus.) Vous connaissiez mon père mais vous ne m'avez rien dit ?

Obel remue sur son siège.

— Ton père était un homme important. Beaucoup de gens le considéraient comme quelqu'un de spécial.

Je tente de lui faire comprendre d'un regard noir qu'il va me falloir plus d'explications.

— Écoute-moi, Leora. Crois-moi. (Obel se déplace pour me regarder droit dans les yeux.) Je connaissais ton père, pas personnellement, mais j'avais entendu parler de lui avant d'arriver ici. Comme la plupart d'entre nous.

— *Nous* ?

Je l'interromps net.

Il pose une main sur son front.

— Il est si difficile de savoir ce qu'il faut faire, murmure-t-il, presque pour lui-même. Leora… ton père… C'est pour lui que je suis venu m'installer dans cette ville. Je l'ai suivi. Je l'ai écouté, comme beaucoup. Il nous a donné à tous l'espoir que les choses pouvaient changer. (Il s'arrête et me regarde.) Tu lui ressembles tellement. Je pensais qu'il t'aurait préparée…

— Qu'est-ce que vous racontez ? Que je suis, quoi, liée à la sorcière blanche d'une façon ou d'une autre ? À l'Immaculée originelle ?

Cette idée me paraît si absurde que j'éclate de rire, contrairement à Obel. Ma tête se remet à tourner.

— Pourquoi vous m'avez demandé de la dessiner ? Si vous ne vouliez pas que je pose de questions, il ne fallait pas m'appâter. Pourquoi ? Vous croyez que ça m'amuse d'être associée à une putain de sorcière ?

Obel tressaille mais je poursuis.

— Nous connaissons tous l'histoire, Obel. Elle est maudite, elle est étrange, c'est celle qui a été *oubliée*. Et vous me dites que je suis comme elle ?

Il se contente de me regarder.

— Tu crois qu'elle a été oubliée, Leora ? (Il étudie mon visage comme s'il voulait le dessiner.) Est-elle vraiment oubliée ? On dirait que tu la connais bien et je parie que tes amis aussi. C'est l'une des femmes les plus connues de notre histoire.

Je ne peux m'empêcher de rire.

— Vous parlez d'elle comme si... comme si elle était vivante. C'est juste une fable. Elle n'existe plus. Les Immaculés ont disparu – bannis, tout comme elle. Je ne suis pas stupide, Obel. Je ne suis plus une enfant.

Mais il me fixe de son regard froid et mesuré.

— Dis-moi une chose, Leora. (Malgré son calme, je perçois une note de désespoir dans sa voix.) Tu te souviens de la femme que tu as tatouée ?

— Comment je pourrais l'oublier, j'ai violé la loi à cause de vous.

Ma colère flambe, mais Obel penche la tête sur le côté comme si de rien n'était.

— Pourquoi avons-nous fait ça en secret ? Pourquoi ne peut-on pas se souvenir d'un nouveau-né ? Je vais te le dire. C'est Longsight qui l'interdit. Il a peur que si nous nous souvenons d'un tel bébé, nous commencions à nous souvenir d'autres Immaculés. Il a beau dire que tous les

Immaculés sont des menaces, c'est lui, l'homme le plus dangereux que je connaisse.

Je suis abasourdie. Ces mots, ces paroles méritent un châtiment, mais je suis touchée par leur urgence et leur émotion. L'homme mesuré que j'ai toujours connu a disparu et il a l'air chagriné par ce qu'il vient de dire.

— Ce n'est pas vrai, dis-je, incapable d'organiser mes pensées.

— Chaque conte, chaque histoire qu'on t'a racontée contient sa part de vérité, Leora. (Il parle de nouveau calmement.) Pourquoi penses-tu que le gouvernement se soucie autant des tatouages et des archives ? Ils sont persuadés que les Immaculés préparent une révolte. Tu penses vraiment que les Immaculés sont si terribles ? Ou c'est juste que tu crois à ce qu'on t'a toujours dit ?

Je ferme les yeux. Je voudrais dormir. J'aimerais juste pouvoir me rouler en boule et oublier tout ça. Ce n'est pas réel. Ce n'est pas possible.

— N'essayez pas de les faire passer pour des incompris. Les Immaculés sont des monstres, ils refusent leurs histoires et déforment la vérité. Vous avez déjà visité le musée, vous avez franchi la porte verte, non ?

Je secoue la tête et trouve la force de bouger.

— Pense à ton père, Leora. Il ne voudrait pas que tu penses ça.

— Je ne pense qu'à lui, tout le temps. (Je lutte pour conserver une voix ferme.) Je ne sais pas pourquoi vous pensez que mon père a quelque chose à voir avec les sorcières et les Immaculés.

— Leora, ton père s'est battu pour la liberté, l'égalité, l'unité. (Il pousse un grognement contrarié.) Un jour, tu comprendras.

Je me dirige vers l'arrière-boutique et me retourne un instant.

— Merci. Grâce à vous je me sens encore plus mal. Je ne pensais pas que c'était possible, vous pouvez être fier de vous.

Je cligne des yeux pour chasser mes larmes de colère et je prends mon sac avant de passer mon châle en m'assurant de dissimuler la marque rouge sur mon front. Quand je regarde derrière moi, Obel est toujours assis, la tête entre les mains.

J'entends la porte claquer derrière moi.

# Chapitre 26

Je suis tellement fatiguée. Je ne sais plus où aller, à qui faire confiance. Je viens de vivre les pires semaines de ma vie. Après la mort de mon père, je pensais avoir touché le fond. Pourtant, mon malheur ne faisait que commencer. Je tente de trouver de la lumière et de l'espoir dans l'avenir, mais il n'y a rien. Tout est lugubre, maudit, vide.

Je marche tête basse dans le vent mordant, bousculée par les passants. Peut-être que je n'existe plus. Peut-être que je suis devenue invisible.

*Arrête de penser comme ça. Ce sont les pensées d'une Immaculée, les mots de la sorcière blanche.*

Je suis surtout fatiguée d'avoir le sentiment d'être la seule à être exclue d'un grand secret. J'ai l'impression de n'être qu'une marionnette, que ma vie est orchestrée par quelqu'un d'autre. Eh bien, je peux changer ça. Prendre les choses en main. À partir de maintenant, c'est moi qui commande. Je sais exactement ce qu'il me reste à faire.

Le siège du gouvernement se dresse devant moi, imposant et fonctionnel.

Il est évident que ce bâtiment anguleux de brique rouge n'a pas été conçu selon des critères esthétiques. Comme si la banalité de son architecture pouvait garantir la concentration sans faille de la part des employés qui y travaillent.

Je n'ai jamais visité la section Administration des bureaux du gouvernement avant aujourd'hui. J'aurais pu m'y rendre avec l'école, mais je n'ai jamais rien trouvé de plus ennuyeux. Inutile de préciser que Verity ne manquait jamais une occasion, elle. Ça fait un moment que je ne l'ai pas vue. On est toutes les deux très occupées, mais elle m'a manqué.

Dans l'entrée impersonnelle, des gens attendent, assis sur des chaises alignées. En face d'eux, le bureau incurvé de la réception occupe la plus grande partie de l'espace, en faisant un passage obligé pour rejoindre les bureaux. Je vois que la réceptionniste est l'une des filles populaires de l'école ; elle ne manquait jamais une occasion de se moquer de moi, en classe.

Je marche d'un bon pas sans ôter mon châle, en me disant que si j'ai l'air assez sûre de moi, personne ne m'arrêtera. Elle me regarde. Je ne sais pas si elle me reconnaît, mais elle affiche son expression de mépris habituelle. Peut-être qu'elle ne sait pas faire une autre tête. Je la vois s'apprêter à prendre la parole mais la sonnerie du téléphone l'interrompt.

Je continue de marcher.

Au croisement suivant, je m'arrête et tente de me repérer. Des panneaux sur le mur et au plafond m'indiquent la direction des différents départements. Je suis celle des tatouages et des archives, où travaille Verity.

Les couloirs sont interminables, les portes tellement nombreuses que je me demande comment elle fait pour ne pas se perdre. Finalement, j'arrive à destination et franchis une porte en chêne.

C'est calme, avec d'épais tapis et des murs richement lambrissés. Tous les bruits semblent étouffés. Je garde mon châle et la tête basse ; évidemment, je tombe tout de suite sur quelqu'un. Marmonnant des excuses, je poursuis vite ma route. Une main se pose sur mon bras et je me fige aussitôt.

— Leora ? Qu'est-ce que tu fais ici ?

Verity me prend par la main, ouvre une porte et me fait entrer à sa suite.

Je ferme la porte derrière moi et nous nous regardons un instant, sous le choc, avant d'éclater de rire. Notre fou rire devient incontrôlable et nous finissons assises par terre, à bout de souffle, priant pour que personne n'ait entendu nos gloussements. Un grand bureau aux pieds sculptés domine la pièce. Des portes de placards s'alignent le long du mur, chacune dotée d'un trou de serrure, chacune renfermant des secrets.

— C'est ton bureau ? Il est gigantesque !

— Je sais. (Elle me lance un grand sourire.) Bon, sérieusement, qu'est-ce que tu fais ici ? Pourquoi tu ne m'as pas demandée à la réception ?

Elle prend une chaise et la pose en face de la sienne, plus grande. Elle semble contente de me voir, mais elle me paraît bizarre, presque mal à l'aise. Ou bien est-ce que c'est mon imagination ?

— Ouais, ça aurait été plus facile, dis-je en m'asseyant. Je voulais rester discrète.

J'enlève mon châle et Verity écarquille les yeux.

— Mais qu'est-ce qui t'est arrivé ?

Je porte la main à mon front et je lui explique tout. La fureur qui passe dans ses yeux me réconforte.

— Je pense qu'il s'est juste emporté. Je ne crois pas qu'il ait vraiment voulu me blesser.

— Il n'a aucune excuse, aucune ! Il n'aurait jamais dû lever la main sur toi. (Elle fait les cent pas autour de son bureau.) Il a toujours semblé un peu étrange, mais c'est... c'est horrible. Leora, je suis tellement désolée. Comment tu te sens ?

Elle s'approche et me prend dans ses bras alors que je suis toujours assise. Elle me caresse les cheveux et me murmure des mots apaisants.

— Ça va aller. Je suis sous le choc, c'est tout.

Je suis si soulagée de discuter avec ma meilleure amie que j'en ai oublié l'objet de ma visite.

J'ai besoin de savoir ce qu'elle sait. Ce qu'elle sait exactement.

— Bon, parlons d'autre chose. Alors, dis-moi, qu'est-ce que tu fais, ici ? Je n'avais pas compris que tu étais aussi importante, tu as vraiment trouvé ta place, à ce que je vois.

Verity se rassoit. Elle m'adresse un petit sourire, mais le malaise que j'avais cru repérer plus tôt refait surface.

— Eh bien, je sais que tu penses que mon boulot est très ennuyeux, mais en fait, c'est vraiment intéressant. J'ai l'impression d'être là depuis une éternité !

— Alors, ce nouveau poste ? Comment ça se passe ?

*Subtil, Leora.* Je tente d'adopter un ton décontracté mais je me sens vraiment terrifiée en songeant à ce que je pourrais apprendre. D'un côté, il est impossible que ma meilleure amie ait trouvé quelque chose au sujet de mon père sans me le dire ; de l'autre... tout semble possible.

— Oh ! c'est super, moi qui pensais être coincée dans le sous-sol des archives pour toujours. J'ai l'impression d'être vraiment utile, ici, surtout avec ce gros projet qui prend forme.

Elle s'interrompt, gênée.

— Tu ne peux pas m'en parler ? (Elle hoche la tête à contrecœur.) Qu'est-ce que tu peux me dire alors ? dis-je d'un ton léger.

Elle baisse les yeux sur le bureau et si son ton est décontracté quand elle reprend la parole, je vois bien qu'il y a un problème.

— Eh bien, je suis en train de préparer les preuves pour la prochaine cérémonie de pesée des âmes. Je travaille sur des cas individuels. Je rédige des résumés sur chacun afin que les juges puissent rendre leur verdict.

— Ah oui ? dis-je d'un ton calme. Ça a l'air intéressant.

— Tu imagines, Leora ? Passer en revue la vie des gens. Accéder à toutes les informations. Il ne faut pas que les choses soient biaisées par l'interprétation de quelqu'un. C'est pour ça que j'ai seulement le droit de résumer ; je ne peux pas donner mon avis. C'est… une grande responsabilité. Et si je me trompais ? Tu imagines les conséquences ?

Elle s'agite sur son siège, plus mal à l'aise que jamais.

Je me penche en avant.

— Tu as toujours pris les bonnes décisions. Toujours.

Elle détourne les yeux.

— Certains cas ne sont pas aussi clairs que je le voudrais.

Elle me lance un sourire triste et je comprends tout de suite.

— Tu veux dire… des cas comme celui de mon père ?

Elle pousse un soupir.

— Je ne devrais pas parler de ça. Pas à toi. Bon, à personne en fait. Mais surtout pas à toi. (Elle prend une profonde inspiration.) Pourtant, je ne peux pas me taire. Tu es ma meilleure amie… Je pense que tu dois savoir. C'est moi qui travaille sur le cas de ton père et il y a des rumeurs. Des rumeurs comme quoi l'homme qui a été tatoué en public, Connor Drew, a volé de la peau appartenant à ton père.

— J'ai… J'ai entendu parler de ces rumeurs, Verity. Et je sais pour Connor Drew. Je sais ce qu'il a fait pour mon père.

Elle pousse alors un soupir de soulagement.

— Oh, je suis tellement *contente* ! (Elle secoue la tête.) Non, pas contente, je suis désolée. Mais je suis contente que tu sois au courant. Je ne savais pas comment te le dire. (Je me redresse sur ma chaise. C'est devenu sérieux.) Pour le moment, je n'en sais pas plus, mais ce Connor a peut-être fait disparaître des preuves qui désignaient ton père comme… (Elle déglutit péniblement et je ferme les yeux.)… comme oublié.

Elle me voit grimacer et jure.

— Je ne t'apprends rien, hein ? Mince, j'espérais que ce soit juste des ouï-dire. Je suis désolée…

— Qu'est-ce qu'ils savent exactement ?

Elle contemple son bureau d'un air misérable. Je sais à quel point je la mets dans une situation délicate. Elle ne peut pas risquer de perdre ce travail qu'elle aime tant.

— C'est très compliqué. Ils ont examiné le livre de ton père et il y a des cicatrices anormales, ils se demandent si des tatouages n'ont pas été trafiqués, ou même totalement recouverts. Il y a aussi le fait que l'on soupçonne que Connor Drew et ton père se connaissaient, du fait de leur métier. Sans parler que les cicatrices sont…

Elle se touche l'arrière du crâne, un geste fugace, et je hoche la tête. Elle m'en a dit assez.

— Merci, Verity. Je sais que tu n'avais pas à me raconter tout ça. Et oui, j'ai entendu… des choses. Je m'inquiétais, je n'osais en parler à personne. Depuis… Depuis combien de temps es-tu au courant ?

— Pas longtemps, je le jure. Son cas vient tout juste d'arriver.

— J'aurais dû venir t'en parler plus tôt. Tu sais que j'ai confiance en toi, hein ? (Elle hoche la tête avec réticence.) J'avais trop peur. C'est plus réel quand on en parle à haute voix, n'est-ce pas ?

Verity l'admet d'un signe de tête. Elle garde le silence un moment puis se met à gribouiller avec son stylo.

— Alors, si ton père était marqué… Qu'est-ce qu'il a fait exactement ?

Et comme c'est Verity, et parce que je le peux enfin, je baisse complètement ma garde. Je lui raconte que je ne sais pas ce qu'il a pu faire, que j'avais découvert cette marque sur son crâne par hasard, quand j'étais petite, et que c'était la cérémonie publique qui avait fait remonter ce souvenir, contre mon gré.

Maintenant que j'ai commencé, je continue, je lui raconte que j'ai découvert que le livre de mon père n'était plus consultable au musée, que j'ai rencontré le fils de Connor Drew, qu'il croit pouvoir m'aider, mais que j'ai peur de lui faire confiance. Je lui explique qu'il s'appelle Oscar et qu'il a les yeux noirs, les cheveux bouclés et des lunettes toujours de travers.

Elle glousse quand je lui dis ça, en remontant ses genoux contre sa poitrine.

— Ha ! Ha ! Et alors, il te plaît ?

Je secoue la tête.

Je ne peux plus m'arrêter. Je suis sur le point de lui parler d'Obel, de la sorcière blanche, de notre ressemblance qui ne peut être qu'une coïncidence (n'est-ce pas ?), quand on frappe à la porte de son bureau. Verity écarquille les yeux sous le coup de la panique.

— Vite, cache-toi ! chuchote-t-elle.

Elle entrebâille la porte et reste dans son embrasure pour discuter. Une fois son visiteur parti, elle soupire.

— Il s'en est fallu de peu. Sérieusement, si quelqu'un te voit, s'ils font le lien, on aura vraiment de gros problèmes. Je travaille sur le cas de ton père, personne ici ne doit savoir que nous sommes amies.

Je hoche la tête. Les répercussions pour elle pourraient être énormes.

— Une dernière chose, et ensuite, je te laisse tranquille. Tu crois que mon père est en danger ?

— Je ne sais pas, Leora. Je ne crois pas qu'ils aient quoi que ce soit de concret pour le moment, mais je sais qu'ils vont continuer à chercher. Ils semblent vraiment vouloir se concentrer sur lui. (Elle hésite avant de poursuivre précipitamment.) Écoute, je crois que tu devrais discuter avec Oscar. Si mon intuition est bonne, une absence de preuves ne suffira pas à innocenter ton père. Tu vas avoir besoin d'un plan B.

— Il ne mérite pas ça, Verity. J'aimerais savoir ce qu'il a fait pour être marqué, mais peu importe, c'était un homme bon, je le sais. Toi aussi, non ?

Elle me serre dans ses bras en chuchotant.

— Oui. Je t'aiderai, Leora. Nous nous assurerons qu'on se souvienne de lui.

Nous décidons rapidement de nous retrouver le lendemain soir et je quitte son bureau, seule, guidée par des indications qui me semblent bien compliquées. Je ne peux m'empêcher de regretter de l'avoir impliquée dans cette histoire. Mais je n'ai pas le choix.

L'entrée est noire de monde et je quitte le bâtiment sans que l'on me remarque : la réceptionniste hautaine est en pleine conversation avec…

Mel ?!

Verity a raison, je dois parler à Oscar. Avant de rentrer chez moi, je passe chez les relieurs. Mais il est tard et il est déjà parti. Je parle toutefois à quelqu'un qui accepte de lui transmettre un message demain matin. Je gribouille un mot rapide et lui remets le papier.

Sur le chemin, mon esprit vagabonde de nouveau. Le conte de la sorcière blanche… je ne pense plus qu'à ça. Pourtant… ce n'est pas du tout *son* histoire, si ? Elle n'existe que dans l'ombre de sa sœur Moriah. Je devrais être attirée par celle avec les tatouages et pourtant, la voilà. La première de son genre. Oubliée, car elle n'avait aucune histoire lui permettant de perdurer. Quoique… Je me rends compte qu'Obel a raison. On ne peut pas être considérée comme oubliée quand son histoire est répétée aux enfants tous les jours.

Il y a donc d'autres façons de se souvenir.

Et tout à coup, je me demande pour la première fois ce que deviennent toutes ces âmes oubliées. À quoi ressemblent-elles ? Peut-on s'en souvenir ? Est-ce qu'elles perdurent à travers leurs amis et leurs familles ? Si mon père est oublié quand on pèsera son âme, sera-t-il vraiment parti ?

Ces pensées sont pour le moins dangereuses.

Ma mère me reproche de rentrer si tard. Je ne lui réponds pas mais suspends mon manteau et mon châle. Elle pousse un cri en voyant la bosse que j'ai sur le front. Elle se lève sans un mot et quitte la pièce. Quelques minutes plus tard, ma tête est posée sur ses genoux et elle panse mes plaies avec de l'eau chaude infusée de lavande tandis que je lui raconte ce qui s'est passé avec Karl. Elle continue longtemps après que j'ai fini de parler. Le silence m'apaise. Son contact doux et le parfum de la lavande me font sombrer dans le sommeil.

# Chapitre 27

Je me réveille à l'aube, sous une couverture que ma mère a dû étendre sur moi pour que je ne prenne pas froid. J'ai passé la nuit pelotonnée sur notre minuscule canapé et je suis toute courbaturée.

À l'école, j'aimais suivre le règlement : j'ai été éduquée comme ça. Savoir ce que j'avais à faire me donnait un sentiment de sécurité, tout comme savoir ce qu'il fallait faire pour recevoir des félicitations des professeurs. Ma foi dans le système (nos tatouages et notre caractère éternel) était inébranlable. Tant que je suivais les règles, tout était clair et sûr.

Mais ces règles disent que si mon père était marqué d'un corbeau, il ne mérite rien d'autre que le feu du jugement.

Ces règles disent que son âme a déjà été choisie pour être détruite.

Alors pourquoi je me bats pour sauver son livre, s'il est déjà condamné ? Et si c'est le cas… est-ce qu'une seule mauvaise action peut condamner un homme bon ?

Pour la première fois de ma vie, je doute de ma foi et cela me terrifie.

Pour la première fois, je me demande : quelle est la réelle importance de ce qui est dit sur notre peau, quand notre âme est en jeu ?

Je quitte la maison avant que ma mère se lève et je me rends au musée, où je demande à voir Mel. J'attends quelques instants à la réception avant qu'on m'autorise à descendre au sous-sol.

— Entre ! dit-elle d'un ton joyeux quand je frappe à la porte.

Je vois qu'elle est avec une petite fille. Mel me salue et me la présente.

— Voici Isolda, elle est sous ma responsabilité.

La fillette semble avoir environ six ans. Elle porte une version miniature de la tenue de Mel, avec une jupe et une brassière. On dirait qu'elle joue avec une poupée. Elle me lance un regard las et va s'asseoir sous le bureau.

— Avez-vous un peu de temps à m'accorder ?

— Bien sûr. Tu as eu mes messages ? J'imagine que j'aurais dû te rendre visite au studio… Désolée, je n'ai pas encore l'habitude de jouer les mentors. Mais je suis contente de te voir. D'ailleurs, j'ai quelque chose à te montrer, Leora.

Elle se tourne vers la petite fille et lui dit que nous serons de retour bientôt, avant de me conduire hors de la pièce.

— Je ne savais pas que vous aviez une apprentie. Elle est si jeune, dis-je dès que la porte se referme derrière nous.

Nous montons des marches grinçantes après être passées devant un panneau RÉSERVÉ AU PERSONNEL, et je suis Mel qui tourne la tête vers moi avant de parler.

— Oui, une apprentie et… un *réceptacle*, faute de meilleur terme, d'après tout ce que j'ai compris. J'ai l'intention de lui transmettre mes histoires. (Elle sourit.) Et oui, il est temps pour moi de les faire suivre à la génération suivante, et Isolda doit les connaître parfaitement pour se faire tatouer. Ce serait dommage que je meure et que ces histoires disparaissent avec moi, n'est-ce pas ?

Je hoche la tête tout en me disant que cette petite fille doit vivre une drôle de vie.

— Qu'en pensent ses parents ?

Mel marque une pause et affiche une expression étrange.

— Elle n'a pas de parents, répond-elle doucement.

Je me souviens alors que les conteurs n'ont pas de famille, c'est la condition.

— Je suis désolée, je n'ai pas réfléchi…

Mel hausse les épaules. Elle reprend sa route, la main droite sur la rampe.

— Isolda est orpheline, et moi, on m'a abandonnée à la naissance. Ne sois pas désolée, tout s'est passé pour le mieux. J'ai été choisie très jeune pour devenir conteuse. On s'est assuré que j'en avais les capacités intellectuelles et, quand j'ai eu l'âge d'Isolda, on m'a confiée à une gardienne, une conteuse, qui m'a formée.

— C'est pour ça que vous n'avez pas d'arbre généalogique ?

En montant les escaliers, je vois son dos rempli d'histoires mais dépourvu de famille.

— Je n'ai aucun des tatouages habituels. Je n'en ai pas le droit. Ma peau appartient à la communauté. Je n'ai pas d'histoire. Je *suis* nos histoires.

Son ton est très factuel, mais je ne peux m'empêcher de ressentir de la peine pour elle.

En haut des escaliers, Mel me fait passer une autre porte interdite au public.

— Et voilà nos livres d'histoires.

La pièce, rouge et or, regorge de bibliothèques pleines à craquer, entourées de magnifiques images. Ce sont des livres de peau mais ils ont l'air légèrement différents de ceux que l'on voit habituellement.

— Voilà plein d'histoires du soir, Leora.

Elle s'avance vers une étagère et prend un livre avec délicatesse.

— Tous ces livres contiennent les histoires de notre société. Ils sont incroyablement précieux. Et j'en ferai partie.

Elle me regarde, rayonnante de fierté. Tout ce à quoi je pense c'est : *Nous nous souviendrons de vos histoires mais qui se souviendra de vous ? Personne ne prononcera votre nom.*

Je prends le temps de marcher entre les étagères, respirant l'odeur du bois méticuleusement ciré, prenant des livres au hasard. Aucun nom n'est visible sur la couverture et je me sens mal à l'aise de ne pouvoir saluer les morts et leur demander la permission de les lire. C'est une sensation étrange ; un livre de peau est très intime et pourtant ceux-là sont totalement anonymes. Mel est de toute évidence ragaillardie par sa simple présence dans cette salle. Je suppose que cela lui rappelle le but de son existence. Elle affiche un large sourire.

— Magnifique, n'est-ce pas ?

Je dois lui demander.

— Avez-vous déjà… remis en cause tout cela ? je laisse échapper.

Mel s'arrête brusquement pour me dévisager.

— Que veux-tu dire par là ? demande-t-elle en m'encourageant d'un sourire.

— Et si… Et si nos tatouages n'avaient *pas* d'importance ? Et si tout… cela, dis-je en désignant la pièce de la main, est juste une façon de nous forcer à être bons ? Et si… Et s'il n'y avait *pas* de vie après la mort ?

Je termine ma question en chuchotant, consciente de la portée de mes mots.

Mel pousse un profond soupir. Son regard est à la fois doux et peiné.

— Oh, ma puce ! (Elle passe un bras autour de mes épaules.) Ce sont de grandes questions. Je ne suis pas surprise que tu te les poses maintenant. La mort pousse nos esprits vers de sombres rivages. (Je ne réponds pas, mais elle a raison. Je n'avais jamais pensé à de telles choses avant.) Tu sais, la plupart des gens se posent ces questions à un moment ou un autre.

Je relève la tête, surprise.

— Vraiment ? Mais tout le monde semble si… convaincu.

Elle s'écarte et passe les mains sur les étagères autour de nous.

— Car la plupart des gens le sont. Ils se posent des questions, ils doutent, puis en viennent à croire. (Elle m'adresse un sourire bienveillant.) Ces histoires sont transmises depuis le début. Si tu compares tous ces livres entre eux, tu verras que chaque histoire est identique. Les mots que l'on m'a appris sont les mêmes que ceux employés la première fois que ces histoires ont été racontées. Tout cela constitue notre histoire, j'en suis convaincue.

Je fronce les sourcils, tentant de remettre de l'ordre dans mes pensées.

— Alors vous croyez en l'existence de la sorcière blanche, de Moriah, de Saint ?

— Plus ou moins, oui. Certains aiment utiliser les histoires, les modifier pour qu'elles correspondent à leur propre idée. Une femme pure à la peau tatouée. Une femme rebelle, maudite, à la peau immaculée. Pour les purs de cœur, la vérité est évidente. Les tatouages montrent que nous sommes intègres ; ils montrent que nous savons que les secrets du cœur seront révélés, même si cela doit attendre le jour du jugement. (Elle fait les cent pas entre les rayonnages.) Tu peux venir ici quand tu veux, Leora. C'est dans ces livres que tu trouveras les réponses à tes questions et que tu retrouveras ta foi.

Tout paraît si simple avec elle.

Mel caresse le livre de sa gardienne en passant devant son étagère et nous retournons dans la partie du musée ouverte au public, au lieu de prendre les escaliers. Il est encore tôt et nous ne croisons quasiment personne.

— Je sais que c'est dur, Leora. Donne-toi du temps. Tu n'as pas besoin de te forcer. Si tout cela est vrai, et j'en suis persuadée, ça le restera toujours, peu importe quand tu seras prête à revenir. Mais n'abandonne pas, d'accord ?

Je hoche la tête, apaisée par ses paroles rassurantes, par toute la richesse de notre histoire. Je prends une profonde inspiration et lui pose la question cruciale.

— Vous assistez aux cérémonies de la pesée des âmes, n'est-ce pas ?

Mel hoche la tête et se fige.

— Oui. Je finis par raconter la dernière histoire de chacun. C'est un sacré honneur.

— Comment ça se passe ? Comment les jugent-ils ? Est-ce que la décision a déjà été prise avant ? Est-ce que la cérémonie n'est là que pour annoncer un verdict préétabli ?

Elle s'assoit sur une marche et tapote la pierre à côté d'elle. Il y a encore de l'espace pour passer étant donné la largeur des escaliers mais je suis contente que l'endroit soit si calme. Je me sens gênée en prenant place à côté d'elle.

— Tu penses à la cérémonie de ton père, n'est-ce pas ? Elle aura lieu bientôt. Bon. Il se passe tant de choses en ce moment, Leora. Quelqu'un dans le gouvernement va étudier son live et rédiger de nombreuses notes à son sujet. Chaque pesée commence par une prière demandant aux ancêtres de nous accorder sagesse et vision. Ensuite, avant de lire le verdict, le juge invite généralement les amis et la famille à s'avancer pour partager des histoires et des souvenirs au sujet de l'être aimé. Je pense qu'elles doivent parfois influencer sa décision finale.

— Vous pensez que je devrais intervenir ?

L'idée de me retrouver devant tout le monde à parler de mon père me terrifie.

— Non, tu n'es pas obligée, évidemment. Mais peut-être qu'une fois sur place, tu auras envie de le faire ?

Je souris en secouant la tête.

— J'en doute. Je crois que je mourrais de peur !

— C'est ça qui t'inquiète ? De devoir parler devant tout le monde ? (Elle m'adresse un regard compatissant.) Oh ! Leora, ne t'en fais pas pour ça. (Elle me jauge et me lance un sourire de conspiratrice.) Je crois que je connais quelque chose qui pourrait t'aider. Tu sais que chaque citoyen peut choisir une histoire qui sera lue lors de sa cérémonie ? (Je hoche la tête.) Eh bien, voudrais-tu entendre celle que ton père a choisie ? Je pense que cela te donnera de la force.

Et là, sur les marches, elle me raconte une histoire.

## *Les amants*

*Il était une fois un roi et une reine qui dirigeaient leur royaume avec grâce et sagesse. Il était aussi brillant que le soleil du matin et elle était aussi pure que la pleine lune. Leur amour avait l'évidence de l'aube et la beauté du crépuscule.*

*Le roi avait un frère, dont la jalousie était aussi brûlante que le feu et aussi dure que la glace. Celui-ci voyait à quel point le peuple aimait son roi et combien la reine adorait son époux. Il aurait voulu savoir ce que cela faisait de se sentir si cher au cœur de quelqu'un et décida de chasser le roi de son trône afin de pouvoir le remplacer et connaître cette adoration.*

*Les deux hommes avaient l'esprit de compétition, comme souvent entre frères. Ils aimaient se lancer des défis dans le cadre de duels et de concours. Le frère du roi savait exactement comment attirer le roi dans ses griffes. Il organisa un banquet pour ses amis où il fut invité. Une fois la nourriture consommée et le vin bu, son frère dévoila un coffre en ébène magnifiquement sculpté.*

*— Celui ou celle qui pourra rentrer dans ce coffre pourra le garder ! annonça-t-il.*

*Le roi sourit – il avait déjà remarqué que les amis de son frère étaient, pour être poli, plus grands et costauds que la majorité des gens.* Je vais facilement gagner, *se dit-il en regardant les invités tenter les uns après les autres de s'enfermer dans le coffre.*

*Quand vint son tour, il mit un pied dans le coffre et se coucha dedans, remontant ses jambes contre sa poitrine. Il avait l'impression qu'il avait été fait pour lui.*

*— Ah, ah, mon frère ! Je crois que j'ai réussi là où tes amis ont échoué ! se vanta le roi.*

*À cet instant, son frère referma le coffre et ses invités s'assirent dessus tandis qu'il le refermait et l'entourait de chaînes. Les hommes emportèrent le coffre et le jetèrent dans la rivière. Le roi fut emporté par le courant et le coffre, qui devint son cercueil, finit son voyage sous un tronc. Bientôt cet arbre se mit à émettre un merveilleux parfum, se nourrissant de la bonté du roi.*

*La reine en pleurs entendit parler de cet arbre incroyable et, en le voyant, elle sut au fond de son cœur que son époux se trouvait là. Elle récupéra le coffre caché sous le tronc et le ramena au palais, heureuse de savoir que son époux pouvait maintenant reposer en paix. Bien sûr, le frère envieux était fou de rage. Il se faufila jusqu'au coffre, l'ouvrit et découpa le corps du roi en morceaux. Il les éparpilla très loin et retourna au royaume, certain, cette fois, que l'on n'entendrait plus parler de son frère.*

*Mais un amour aussi fort que celui de la reine pour son roi ne peut être interrompu aussi facilement. Elle confia donc le royaume à son fils pour partir à la recherche de son époux. Alors qu'elle parcourait le pays, elle trouva un pied dans les feuilles mortes, une épaule dans les roseaux, sa tête en bord de mer. Les années passèrent et elle parvint à réunir tous les morceaux de son cadavre sauf un, dévoré par une bête. Elle cessa ses recherches et ramena les autres pour reconstituer son corps.*

*Pendant son absence, le frère du roi avait affronté son neveu, tentant tous les jours d'usurper le trône. Son neveu perdait souvent espoir face à cet ennemi insatiable et dangereux, mais il l'emportait toujours.*

*Une certaine magie accompagne le grand amour ; seuls ceux l'ayant déjà connu peuvent en témoigner. Il n'y avait jamais eu d'amour plus fort que celui entre le roi et sa reine. La magie agit vite. Bientôt, les morceaux du corps du roi s'assemblèrent. Son sang se mit à couler, ses poumons s'emplirent d'air. Même gêné par son membre manquant, il fut capable de revenir au royaume, quasiment intact. Dans sa grande bonté, le roi laissa la vie sauve à son frère.*

*Il transmit sa couronne à son fils et descendit dans les profondeurs de la terre, où lui et sa femme régnèrent sur les morts avec le même sens de la justice et la sagesse dont ils avaient fait preuve avec les vivants. Leur fils affronta son oncle – ce fut sanglant et terrifiant, mais le fils l'emporta.*

*Et bientôt le frère se retrouva dans le monde des morts, une nouvelle fois sous la gouverne de son frère. Il ne se rebella jamais plus.*

Mel et moi prononçons l'adage concluant le conte ensemble. Je le connais par cœur.

— On raconte cette histoire pour nous rappeler que nous vivrons après la mort. Même si notre peau est découpée et nos corps enterrés, nos âmes et notre amour dureront éternellement.

Elle se lève et ses tatouages s'étirent. Nous reprenons notre descente. Le musée commence à s'animer et les gens nous regardent ; Mel est une sorte de célébrité et c'est un ravissement pour les gens de voir ses tatouages en vrai.

Au pied des escaliers, elle me prend la main.

— Il aimait ta mère, Leora. Maintenant, bonne chance, ma chère. Tu feras ce qu'il faut. Je le sais.

Nous nous saluons et elle retourne au sous-sol pour retrouver sa jeune élève à la peau vierge.

Un instant, j'hésite. La conteuse a été à deux doigts de me convaincre que tout se passerait bien, que je ne devrais pas avoir peur.

Mais je ne parviens pas à la croire tout à fait.

# Chapitre 28

Quand j'arrive enfin au studio, Obel est là depuis un moment déjà, de toute évidence. Il a l'air fatigué et je me demande s'il n'a pas dormi sur place. Mais je suis surtout surprise par le soulagement sur son visage. J'avais peur de ne plus être la bienvenue.

— Tu n'imagines pas à quel point je suis content de te voir. (Il se lève d'un bond et prend mon manteau pour le suspendre.) J'ai fait n'importe quoi, hier. J'ai dit des choses…

— Nous avons tous les deux dit des choses que nous ne voulions pas dire.

— Leora, mettons ça de côté. Ce qui est sûr, c'est que tu es une tatoueuse très douée et j'aimerais continuer à te former, peu importent nos croyances respectives. Qu'en dis-tu ?

J'hésite un instant puis hoche la tête. Je ne suis pas en état de prendre des décisions pour le moment, donc je vais me contenter de continuer à faire ce que j'aime.

— Super ! J'ai besoin de toi aujourd'hui, dit-il en me tendant une lettre. Après ce qui s'est passé hier, les autorités vont enquêter. Ce Karl m'a laissé avec un sacré bazar sur les bras.

Il affiche un sourire ironique.

En lisant le courrier, je découvre qu'un certain Jack Minnow doit venir aujourd'hui pour aider Obel à remplir un tas de papiers après que Karl a pris la liberté de tatouer quelqu'un sans autorisation.

Je fronce les sourcils.

— C'est rapide.

— Oui, ils m'ont prévenu hier soir. Soit ils n'ont pas grand-chose à faire, soit ils sont pressés de voir ce qui se passe ici.

Obel déglutit et je vois bien qu'il est nerveux.

Nous faisons le point sur la dernière journée de Karl, afin de vérifier que nos versions concordent. Je nettoie le studio et prépare le matériel avant l'ouverture de la boutique. L'inspecteur du gouvernement peut arriver n'importe quand, alors autant agir aussi normalement que possible en attendant.

Nous recevons deux ou trois coups de téléphone et je donne un rendez-vous à une femme plus tard dans la semaine. Je suis en train de remplir le carnet de rendez-vous quand la cloche de la porte sonne. Je lève les yeux et un homme grand, vêtu de l'uniforme noir des hauts gradés du gouvernement, entre.

— Jack Minnow, dit-il. Je viens voir Obel Whitworth.

Il est chauve et bronzé et me domine de toute sa taille. Il doit même être encore plus grand qu'Obel. Il est couvert de tatouages complexes dont la signification est claire : ce sont tous des prédateurs, à commencer par la hyène rieuse sur son crâne. Un hommage au bannissement des Immaculés, avec toute la violence que cela implique. Je lis chez lui un vrai goût pour le carnage. Malgré la peur, je tente de garder une voix ferme.

— Asseyez-vous, monsieur Minnow. Je vais aller chercher Obel. Puis-je vous offrir quelque chose à boire ?

Jack Minnow ferme les yeux et secoue la tête, avant de les rouvrir avec un petit sourire suffisant.

— M. Whitworth me suffira.

Je m'apprête à quitter la pièce mais Obel arrive dans le studio avec un chiffon pour se sécher les mains. Quand il le salue, M. Minnow plisse les yeux avec mépris en sentant l'humidité de sa paume contre la sienne.

— Eh bien, pouvons-nous commencer, monsieur Whitworth ?

Il s'essuie la main sur son pantalon et regarde Obel avec une hostilité assumée.

— Alors, on n'a pas été sage ? dit-il d'un ton aussi venimeux que condescendant. Des tatouages non autorisés, c'est bien cela ? (Il émet un gloussement indulgent.) Ce jeune homme semblait un peu trop ambitieux, mais était-ce une raison pour le licencier ?

Obel me dit d'aller dessiner dans l'arrière-boutique mais M. Minnow intervient :

— Non, restez, je veux vous voir tous les deux. Asseyez-vous, mademoiselle Flint.

Il me demande de raconter l'incident avec Karl mais je suis inquiète : qu'est-ce que Jack Minnow cherche à trouver ? Est-ce qu'il est là seulement pour Karl ou a-t-il entendu dire qu'Obel faisait parfois des tatouages en dehors de ses heures de travail ? Est-il au courant des clients dont je ne suis pas censée parler ? Il consigne soigneusement mes réponses à ses questions. Il est tout à fait poli mais je sens qu'il attend un faux pas de ma part. Ses tatouages sont vifs et éclatants et j'ai bien du mal à réfléchir. Il demande ensuite à Obel sa propre version des faits et cherche à comprendre pourquoi il nous a laissés seuls à la boutique et comment il a licencié Karl par la suite.

Il écrit en silence pendant quelques minutes puis me tend un papier.

— Pouvez-vous relire votre déclaration et me confirmer que tout a été consigné correctement ?

La lire de nouveau me donne l'impression de revivre ce moment et je me frotte la tête.

— Ça m'a l'air bien.

Je lui rends le papier en le faisant glisser sur la table.

— Bien ou vrai, mademoiselle Flint ? Il y a une différence.

Il le dit avec un grand sourire, mais c'est un genre de sourire que je qualifierais de démoniaque.

— C'est vrai, oui. C'est ce que j'ai écrit et c'est la vérité.

Il me tend un stylo et je signe ma déclaration après avoir discrètement interrogé Obel du regard.

— Merci.

Il fait signer Obel puis range nos témoignages dans son sac et observe l'arrière-boutique en s'étirant.

— Alors, comment ça se passe ici, mademoiselle Flint ? Tout va bien jusqu'à maintenant ?

— C'est super. Bon, à part ça, dis-je en désignant son sac d'un signe de tête. J'aime beaucoup ce que je fais.

— Et M. Whitworth ? (Il lève les yeux vers lui.) Tu es contente de lui, il te forme bien ?

— Il est excellent. Je suis très contente d'être ici.

Je ne compte rien dire de plus.

— Ravi de l'apprendre. Bon, vous me raccompagnez, monsieur Whitworth ?

Il ramasse son sac et je me détends un peu. Je le vois traverser le studio mais au lieu de rallier la porte, il s'arrête devant Obel.

— En fait, puisque je vois que vous n'êtes pas occupé pour le moment, peut-être que je pourrais avoir le tatouage dont nous avons parlé ?

Il tapote la chaise comme s'il était chez lui.

Je vois Obel se raidir. Ce n'est manifestement pas une question. M. Minnow pose son sac et, bouton par bouton, enlève son gilet de costume et sa chemise à manches courtes. Je ne me suis jamais sentie aussi agressée en lisant quelqu'un. L'assaut de violence et de rage de ses tatouages est renversant. Je voudrais m'enfuir, pleurer, lui dire que je peux lire en lui. Mais je garde le silence devant cette danse étrange et immobile entre lui et Obel.

Ce dernier brise le silence.

— Bien sûr. Ce serait un honneur, monsieur Minnow. (Il me regarde.) Une chouette, c'est ça ?

Minnow hoche brusquement la tête et ses épaules se redressent alors qu'il nous domine de toute sa taille.

Obel commence à poser ses questions habituelles, apparemment aussi calme que d'ordinaire. Il installe M. Minnow dans le fauteuil et je vais vite chercher le matériel. En revenant avec le plateau plein d'instruments, j'entends la fin de leur conversation.

— Un grand chasseur, oui. Sa vue et son ouïe sont incomparables. Sa proie pense pouvoir fuir assez vite, assez loin, et puis… hop ! avant même de l'entendre approcher, la chouette l'a eue. Imparable. Formidable.

Obel déglutit et se tourne vers moi.

— Merci, Leora.

Je me tourne pour parler, mais M. Minnow dit :

— En fait, pourquoi n'utilisez-vous pas ce tatouage comme un élément de son apprentissage ? J'aimerais que Leora me tatoue.

De toute évidence, le choc se lit sur mon visage. Est-il là pour me tester moi, ou pour tester Obel ?

— Vous avez déjà fait un tatouage, n'est-ce pas ? (Je hoche faiblement la tête.) Alors, ça ne devrait pas poser de problème. J'aimerais le faire ici, sur l'épaule. Il pourra surveiller ma famille, comme ça.

Les mains tremblantes, je mets tout en ordre et je lui pose quelques questions sur la façon dont il voit sa chouette, lui montre des dessins que j'ai faits. Heureusement qu'Obel m'a poussée à m'entraîner encore et encore. Je me sens un peu plus assurée. Je nettoie sa peau et rase ses poils noirs et clairsemés. Chaque fois que je le touche, ses tatouages me rugissent dessus. Rien à voir avec l'agréable picotement que je ressentais en tatouant la femme de l'autre jour ; on dirait une meute assoiffée de sang. Je ne sais pas si je pourrai le supporter, et encore moins pendant des heures. Je laisse mes yeux inquiets passer sur Obel, mais il sourit pour me rassurer.

— Tu peux le faire. Tu as un don, tu te souviens ? murmure-t-il doucement.

Je pose le transfert sur sa peau, tentant de bloquer la violence qui s'en échappe. Je lui tends un miroir pour qu'il vérifie que tout lui convient, et il hoche la tête. Je lui indique que je ferai juste les contours aujourd'hui. Il devra revenir pour les détails.

Tout en commençant le tatouage, je me laisse submerger par le bourdonnement familier de la machine. Mais chaque fois que je me relâche enfin, M. Minnow prend la parole. C'est comme être arraché à son lit quand on est sur le point de s'endormir. J'ai du mal à me concentrer sur ce qu'il dit et à lui répondre.

— Alors, quel était votre premier tatouage, Leora ?

— Une feuille, je réponds, distraite.

— Une feuille, vraiment ? À quel endroit ?

Je suis en train de faire les serres de la chouette et je repense à cette femme au cœur brisé. Je réponds sans réfléchir.

— Au pied de son arbre généalogique. Son bébé était mort.

Je remarque que ses muscles se tendent ; ça suffit à me réveiller un peu et à me mettre sur mes gardes.

— Oh ! Et elle voulait un tatouage pour son bébé ? N'était-il pas déjà sur son arbre ?

Je l'entends comme si elle était là, à côté de moi : « Mon mari pense que je devrais juste l'oublier, mais je ne peux pas. *Il n'avait que deux jours.* » Et je me souviens de l'avertissement d'Obel. Je ne peux pas le laisser tomber, alors je décide de mentir :

— Elle a fait une fausse couche.

Je reprends mon souffle et appuie volontairement l'aiguille un peu trop fort sur sa peau déjà à vif. Je l'entends haleter.

— Oh ! désolée, j'ai du mal à me concentrer quand je parle en même temps. Je suis encore en plein apprentissage, vous savez.

Je croise le regard d'Obel, qui sourit dans le dos de M. Minnow. À partir de ce moment, je n'entends plus que la machine, les inspirations que M. Minnow prend pour dissimuler sa douleur et le braillement de ses tatouages qui me hurlent leurs secrets.

Finalement, sa peau est tellement gonflée et irritée que je dois m'arrêter.

— Je pense qu'il faudra laisser votre peau cicatriser un peu avant de faire la suite, monsieur Minnow, dis-je en nettoyant le sang et en m'occupant de la magnifique et terrible blessure que je lui ai infligée sur l'épaule. Mais le résultat est correct, dis-je encore en retirant mes gants. On dirait que la chouette est sur le point de saisir sa proie. Ça chasse quoi, d'ailleurs, une chouette ? je demande le plus naturellement possible.

— Oh ! toutes sortes de petites créatures insignifiantes, je crois, répond-il. Mais il y a une chose que les chouettes chassent et que je trouve vraiment remarquable. Ça montre à quel point cet animal est fort et courageux.

— Ah oui ? Quoi donc ?

Mes mains sont occupées à enlever le plastique recouvrant le fauteuil.

— Les corbeaux. Les chouettes chassent les corbeaux, tard dans la nuit, quand ils sont nichés dans les arbres et se croient à l'abri.

Je jette le plastique et me lave les mains. J'essaie de sourire poliment en lui tendant sa chemise et en l'aidant à la passer par-dessus son bandage. C'est un chasseur.

Il me prend la main et fronce les sourcils devant ma cicatrice.

— Vous vous êtes coupée ? Il faudrait être plus prudente, mademoiselle Flint.

Je ne dis rien quand il me lâche la main. Il ne prend pas de rendez-vous mais dit qu'il reviendra. Alors qu'il est sur le point de partir, il se retourne vers moi, sort quelque chose de sa poche et me le tend comme s'il venait juste de s'en souvenir.

— Cela vous dit-il quelque chose, Leora ?

J'observe le dessin baveux et déglutis en reconnaissant une plume comme celle que la femme avait montrée à Obel. Je secoue la tête.

— Non. Ça ne me dit rien.

Enfin, il s'en va, et j'éprouve un instant de satisfaction quand je le vois grimacer en passant la lanière de son sac sur son épaule meurtrie.

Une fois complètement hors de vue, je ferme la porte à clé. Je vais dans l'arrière-boutique et me lave les mains, encore et encore, au point qu'elles deviennent rouges et douloureuses. Obel pose sa main sur mon épaule et je le laisse fermer le robinet.

— J'ai peur, Obel.

Et sa réponse achève de me terrifier :

— Moi aussi, Leora. Moi aussi.

# Chapitre 29

Cet après-midi-là, pendant qu'Obel est parti faire une course et que je travaille paisiblement, on frappe violemment à la porte de derrière. Je l'ouvre et je découvre Verity, à bout de souffle et visiblement paniquée.

— Ils les ont trouvées, halète-t-elle. Les preuves que cachait Connor Drew… c'était dans un coffre, dans un de ses ateliers. Je ne peux pas m'absenter longtemps ; c'est ma pause déjeuner. Mais Leora… (Elle s'arrête pour reprendre son souffle.) Ils ont déjà tout confisqué. Dès demain, ils vont les analyser. Tu n'as pas beaucoup de temps. Il faut absolument que tu retrouves la peau de ton père avant qu'ils mettent la main dessus.

Elle me passe un morceau de papier plié et une clé. Je lis la peur dans ses yeux écarquillés.

— Tiens, ça pourrait t'être utile. Tu dois agir ce soir. Sois prudente, Leora.

Et elle repart avant que j'aie pu lui dire au revoir ou la remercier.

J'espère qu'Oscar a eu mon message et qu'il viendra. Je lui ai proposé de nous retrouver au musée : il fait chaud et c'est gratuit. Il y a aussi assez de monde pour passer inaperçus.

Il m'attend dans l'entrée et nous passons sans un mot devant les livres de nos anciens dirigeants, dans l'atrium. Nous nous arrêtons çà et là pour regarder un tableau ou une découverte archéologique, mais nous nous contentons surtout de marcher.

Devant une vitrine, je lui glisse le papier que Verity m'a donné ; c'est un plan de bâtiment avec des instructions pour retrouver les preuves confisquées. Oscar le glisse dans sa veste et nous gardons le silence un moment en contemplant le verre. Mais il finit par se tourner vers moi.

Doucement, très doucement, il écarte les cheveux de mes yeux pour dévoiler la bosse sur mon front. Il fronce les sourcils en voyant la marque violacée.

— Tu es sûre que ça va ? demande-t-il à voix basse. Chaque fois que je te vois, tu as une nouvelle blessure. (Il me prend la main pour examiner la coupure et suit les lignes de mes tatouages d'âge du bout des doigts.) Tu crois que tu aurais besoin d'un garde du corps ?

Je ris en retirant ma main.

— Tu es candidat ?

— Eh bien, nous, les relieurs, nous sommes réputés pour notre physique intimidant, dit-il en riant. Quel souvenir veux-tu laisser de toi ? Qu'est-ce que tu vas choisir comme tatouage ?

Je fronce légèrement les sourcils. Je ne m'attendais pas à cette question, que je trouve morbide, déplacée.

Mais en relevant la tête, je vois qu'il est sérieux. Je ferme les yeux et je réfléchis. Qu'est-ce que je veux que mes enfants voient sur ma peau ? Pour quoi je voudrais que l'on se souvienne de moi pour l'éternité ? Qu'est-ce qui comptera assez pour ça ?

Je n'en ai aucune idée.

Je pense à des choses que j'aimerais faire : être une tatoueuse reconnue, me marier, avoir des enfants. C'est tellement banal ! Sur ma peau, ma vie n'aura pas l'air très différente de celle de n'importe qui d'autre, alors est-ce si important que quelqu'un s'en souvienne ?

Mais une pensée rebelle me vient alors à l'esprit. Peut-être que lire le livre de quelqu'un ne suffit pas pour le connaître. Pas vraiment. Je refoule cette pensée et me concentre sur Oscar.

— Je ne sais pas. Je crois que je n'y ai pas vraiment réfléchi. Et toi ?

— Sérieusement ? C'est le but de notre vie et tu n'y as pas vraiment réfléchi ?

Je hausse les épaules et il secoue la tête, exaspéré.

— Moi, j'ai un tatouage qui indique que j'ai terminé ma première année de formation de relieur. Et un autre sur mon dos qui supprime mon père. (Il hausse les épaules.) J'espère vivre assez longtemps pour avoir d'autres marques. (Sa voix faiblit.) Je crois que je ne veux rien de plus. Seulement l'occasion d'honorer le souvenir de mon père, que l'on se souvienne de moi assez pour nous deux.

Nous échangeons un regard et c'est là que l'évidence me frappe : je veux que l'on se souvienne de moi parce que je me suis battue pour mon père. Oscar et moi avons tous les deux les larmes aux yeux. Il pose son front contre le mien.

— Ça va aller, Leora.

Ma respiration tremble quand je relève la tête vers lui.

Un groupe de visiteurs guidés par un conservateur du musée passe devant nous, et nous nous écartons l'un de l'autre. Oscar me prend la main et nous franchissons la porte suivante sans réfléchir. Nous nous figeons en réalisant où nous sommes : c'est la pièce avec la porte verte, celle où flotte l'homme nu, la salle des Immaculés.

De tous les côtés, on trouve des dessins du passé, représentant ces gens à la peau vierge et leurs secrets. Certains d'entre eux ont le ventre gonflé comme si les mensonges et le mal en eux étaient prêts à jaillir. Ils ont tous des yeux qui en ont trop vu, qui en savent trop, qui en cachent trop.

La pièce tout entière me rappelle les tatouages de Jack Minnow. Le mal suinte des dessins et des écrits rassemblés ici, comme ces comptes rendus de l'horreur à laquelle des familles tourmentées par les Immaculés ont dû faire face. C'est bien trop facile de penser que cela n'est qu'un conte de fées : c'est réel, nous ne devons pas l'oublier.

Ils ont l'air de squelettes, non, de fantômes, dont le souvenir nous hante. Ils ont disparu. Nous sommes en sécurité. Alors pourquoi ai-je si peur ?

Je me tourne vers Oscar et chuchote :

— Je déteste cet endroit.

Il me serre la main et murmure quelque chose en désignant sa poche qui contient le plan fourni par Verity. Je ne suis pas certaine de ce que c'est, mais j'ai cru entendre : « Nous avons tous nos secrets. »

Maman m'interpelle quand je rentre.

— Leora ? Tu es là ? Je descends !

Elle tient un bout de papier et son visage affiche un mélange de peur et de soulagement.

— La lettre est arrivée aujourd'hui. Nous avons une date.

Elle me tend l'épaisse feuille de papier à en-tête officiel et je la lis. La cérémonie de mon père se tiendra dans quelques semaines.

Le temps presse.

# Chapitre 30

Quand j'avais sept ans, j'ai volé un biscuit.

Je l'ai volé à la boulangerie, celle où travaille Seb aujourd'hui. Je savais que si j'avais demandé à ma mère de me l'acheter, elle aurait refusé, comme d'habitude. Ils étaient empilés à ma hauteur, comme pour me narguer. C'était tellement tentant. Alors, j'ai attendu que le boulanger tourne le dos et que ma mère se penche en avant pour lui demander de trancher le pain pour glisser un biscuit rond, pâle et couvert de sucre dans la poche de mon manteau.

Je n'avais pas réfléchi à comment j'allais pouvoir le manger sans que mes parents le remarquent. Tout le reste de la journée, j'ai cherché un moyen de prendre mon manteau pour le suspendre à l'entrée sans éveiller les soupçons. J'étais rongée par la culpabilité et l'impatience. Finalement, au milieu de la nuit, j'ai descendu l'escalier en tremblant, dans le noir. J'ai trouvé mon manteau à tâtons et j'ai glissé ma main dans la poche, le cœur battant, partagée entre l'excitation et la peur de me faire prendre. Mais dans la poche, il n'y avait plus que des miettes.

J'étais terrifiée mais j'avais trop honte pour demander à ma mère ce qui s'était passé, le lendemain matin. L'avait-elle trouvé ? Ou peut-être était-il tombé sur le chemin du retour. Je n'ai jamais eu le courage de lui en parler. Mais je n'ai jamais rien volé depuis.

Jusqu'à ce soir.

Peut-être que ce n'est pas vraiment du vol. Après tout, c'est mon père. Son histoire m'appartient. Pourtant, pénétrer par effraction dans un bâtiment gouvernemental est une grave infraction. Et il y a Verity et Oscar, aussi ; ils prennent tant de risques pour moi. Si on se fait prendre, on pourrait tous recevoir un tatouage de corbeau. Mais c'est la seule solution. Si je ne tente pas de sauver mon père, je le regretterai toute ma vie. Je dois essayer.

Verity, cette incroyable Verity nous a dessiné une carte des lieux. Nous devons entrer par une fenêtre qui conduit à un entrepôt verrouillé dont elle m'a donné la clé, avant de rejoindre la pièce qui contient les affaires de Connor Drew. J'espère qu'elle a fait le nécessaire pour que personne ne puisse remonter jusqu'à elle.

Alors que je m'apprête à quitter discrètement la maison au cœur de la nuit, j'éprouve le même sentiment de peur et de culpabilité que quand j'avais sept ans. Il fait si froid, je donnerais cher pour retourner me blottir sous mes couvertures et oublier tout ça. Vêtue de mes vêtements les plus sombres, je suis distraite par les marques sur ma peau, la vergeture sur ma poitrine, plus sombre et plus découpée dans la pénombre. Je lace mes bottes et referme doucement la porte de devant en marchant sur la pointe des pieds. La clé que Verity m'a donnée est lourde dans ma poche.

La place est éclairée la nuit, Oscar et moi avons donc décidé de nous retrouver derrière le bâtiment, dans une rue sombre et déserte. Je manque de percuter l'une des grosses poubelles à l'angle et j'entends un rire étouffé.

— Quelle discrétion ! chuchote Oscar dont je ne vois que le reflet des lunettes devant moi.

Je tends la main pour me guider et tombe sur son manteau élimé. Je m'avance et il m'attire contre lui. Nous frissonnons tous les deux et je me mets sur la pointe des pieds pour chuchoter :

— Où se trouve cette fameuse fenêtre ?

Il me sourit et me fait signe de le suivre le long du bâtiment.

— Je crois qu'elle est juste ici.

Il s'arrête devant une fenêtre dépolie qui laisse passer assez de lumière pour que l'on aperçoive son loquet cassé. Il sera facile de le forcer avec un couteau. Mais c'est une règle en métal qu'Oscar sort de son sac.

— Je ne veux pas être pris avec une arme !

Il enfonce la règle à la jonction des deux parties de la fenêtre à guillotine et pousse. Des petits morceaux de peinture tombent. Je continue de regarder autour de nous, espérant que personne n'approche. Deux ou trois fois, le loquet s'ouvre presque avant de se refermer avec un « clac ». Oscar s'essuie les mains sur son pantalon, recommence, et enfin, le loquet cède.

— Où sont tes gants ? dis-je en lui donnant un petit coup de coude avant qu'il ne commence à ouvrir la fenêtre.

Il range la règle et sort une paire de gants de son sac. Il entrebâille la fenêtre et me tend la main pour me faire entrer. Je retombe à l'intérieur et trébuche sur un seau qui résonne dans un grand bruit métallique. J'espère que Verity était bien renseignée et qu'il n'y a pas de gardien de nuit, sinon on est fichus. Je me pousse pour faire de la place à Oscar et j'essaie la clé : la porte, qui donne sur le couloir, s'ouvre facilement. J'essaie de me rappeler les instructions de Verity. Devant nous, le couloir est désert, inquiétant. Je me souviens.

— Elle a dit de tourner à droite, puis à gauche au bout, puis ça devrait être le troisième couloir sur la gauche.

Oscar hoche la tête et nous nous engageons dans le couloir, lentement, silencieusement. L'odeur des lourdes portes en bois et du vernis me donne l'impression de traverser mon ancienne école. Le faible éclairage baigne le tout d'une teinte verdâtre.

Je m'attends à voir quelqu'un nous bondir dessus à tout moment.

Mais tout se déroule exactement comme l'a dit Verity. C'est presque trop facile. La porte est fermée mais pas verrouillée, et elle grince lourdement quand Oscar la pousse. La pièce est pleine de boîtes entassées dans tous les coins.

— Elle a dit qu'ils n'ont pas encore commencé à les analyser. (Nous déplaçons les boîtes une par une.) Souviens-toi de leur place, il faudra les remettre exactement au même endroit.

Oscar ouvre la boîte la plus proche de lui. Elles sont si nombreuses.

— Ton père a… modifié tous ces gens ?

— La plupart, répond-il doucement.

— Pourquoi avoir conservé tout ça ?

Cela fait deux ou trois jours que je me pose cette question. *Pourquoi ne s'est-il pas simplement débarrassé des preuves, pourquoi ne les a-t-il pas brûlées ?*

Oscar me jette un regard en coin.

— C'est toujours leur peau, Leora. Tu ne peux pas simplement t'en débarrasser. Cela fait partie de leur identité.

Je réfléchis. Il a raison. Aussi repoussant que soit le tatouage de Papa, je me sentirais encore plus dévastée de l'imaginer perdu pour toujours. Oscar se déplace de l'autre côté de la pièce et nous travaillons dans un silence total, seulement troublé par nos respirations et le bruissement des pages.

— Ici, dit Oscar, en feuilletant un dossier qu'il vient de sortir d'une boîte. C'est lui, non ?

Je lis le nom de mon père dessus : JOEL FLINT. J'ouvre doucement le dossier et un morceau de peau en glisse, que je saisis prudemment. Je frissonne, soulagée de l'avoir trouvé. Mais contrairement à la dernière fois, quand j'avais vu son livre entier, l'espoir et le plaisir sont remplacés par la nervosité et un sentiment d'horreur en voyant de nouveau ce tatouage. On voit exactement où son cuir chevelu a été découpé. La cicatrice de la blessure recousue par la mère de Verity forme une ligne pâle, mais le tatouage est bien là, avec ses ailes noires.

Oscar s'avance vers moi et pose une main sur mon épaule.

— Tu veux que je le prenne ?

Il tend la main et je lui donne le dossier contenant la peau de mon père. C'est ce que nous avions convenu : si jamais on suspecte un casse, les soupçons vont forcément se tourner vers moi.

— Il le mérite, Leora.

Nous rangeons rapidement les boîtes, toujours en silence. Je suis sûre que personne ne se doutera que nous sommes venus ici. *À moins que quelqu'un ne soit déjà au courant pour le tatouage*, chuchote une voix malveillante dans ma tête. Je la fais taire.

— Prêt ?

Je me tourne vers Oscar qui ferme son sac. Je suis sûre qu'il vient de glisser quelque chose dedans. Il surprend mon regard et pose un doigt sur ses lèvres.

— Ça ne faisait pas partie du plan.

Ma voix est forte dans le silence.

— Ce n'est rien.

Je tends la main vers son sac et il me repousse fermement. Ses yeux froids ont perdu toute trace d'humour. Je suis sur le point de réagir quand j'entends le bruit d'une porte que l'on referme doucement, le son de quelqu'un qui ne veut pas qu'on le remarque.

Sans un mot, nous remettons en place la dernière boîte et, hésitant entre marcher et courir, nous repartons dans les couloirs sombres. Une fois devant la fenêtre, je me retourne pour refermer la porte à clé, soulagée de voir que la fenêtre est toujours ouverte. Oscar la pousse. Il est sur le point de m'aider à monter quand nous entendons la poignée de la porte s'agiter.

Nous nous figeons et je ferme les yeux ; un réflexe d'enfant pour me rendre invisible. Mon cœur bat si vite et si fort que je crains de m'évanouir.

— Dépêche-toi ! me presse Oscar et je me jette par la fenêtre.

Je trébuche et me cogne le genou sur le sol. Oscar retombe légèrement à côté de moi avant de refermer la fenêtre avec soin.

Nous fonçons dans la ruelle mais, en atteignant la place, il me tire par le bras.

— Si quelqu'un nous voit traverser la place en courant, ça va paraître suspect.

— Qu'est-ce qu'on fait, alors ? dis-je d'un ton désespéré.

— Détends-toi et marche à côté de moi comme si nous étions juste sortis pour faire une promenade au clair de lune.

Il enlève son chapeau, ouvre un peu sa veste et adopte un pas décontracté. Il se retourne et me tend la main. Je secoue la tête, stupéfaite par son calme.

En nous séparant de l'autre côté de la place, je jette un coup d'œil au siège du gouvernement. Dans l'encadrement de l'une de ses fenêtres, une silhouette pâle nous observe. Je crois reconnaître de qui il s'agit.

Nous sommes traqués.

Mais certaines proies parviennent à s'échapper. Non ?

# Chapitre 31

*Dans mon rêve, j'ouvre la sacoche d'Oscar et elle est pleine de miettes. Je me retourne et je les vois tous les deux : ma mère et lui mangent la page que nous avons volée, lèchent des miettes restées collées sur leurs doigts. Je tente de les arrêter et, tout ce que je vois, c'est Oscar, un doigt sur les lèvres, en train de me sourire.*

Verity me rassure : elle n'a pas entendu parler de notre effraction. J'essaie de me montrer optimiste, on a peut-être réussi. Mais je n'arrive pas à oublier la silhouette derrière la fenêtre.

La vie a repris son cours normal, personne ne semble se soucier de la cérémonie à venir. Je rêvasse au salon, trop nerveuse pour dessiner correctement. Dès que j'ai un moment, je pense à mon père. Si on ne peut pas prouver qu'il a été tatoué comme oublié, le juge ne pourra pas décider de jeter son livre dans le feu. Sa peau montrera quel homme bon et digne il était.

En théorie…

Je n'ai plus que quelques jours à tenir. Ensuite, tout sera terminé et je n'aurai plus jamais à y repenser.

Ou à revoir Oscar.

Le problème, c'est qu'à la moindre occasion, mon esprit revit les moments que nous avons passés ensemble. Je me souviens de chaque mot, chaque sourire, chaque contact ; je me souviens de son regard froid. Qu'est-ce qu'il a bien pu mettre dans son sac ? J'aurais sans doute dû me montrer plus prudente dès le début. Mais je me répète que je peux lui faire confiance. Que je dois lui faire confiance. Et ensuite mon imagination se met à inventer des souvenirs de choses qui ne se sont pas passées mais que j'aimerais voir arriver… ou peut-être pas, d'ailleurs.

Depuis que nous connaissons la date de la cérémonie de mon père, les choses semblent avoir changé entre ma mère et moi ; nous parlons vraiment, pour la première fois depuis sa mort, de nos souvenirs de lui. C'est une sensation agréable, après avoir marché sur des œufs pendant des semaines, trop effrayées de perturber la guérison de nos blessures, de nous rendre compte que ce qui rendait l'une heureuse pouvait briser le cœur de l'autre. Mais nous faisons désormais un peu plus confiance à nos âmes blessées. Nous avons peur de ne jamais plus nous souvenir de lui si nous ne le faisons pas maintenant. Si jamais il est déclaré oublié lors de la cérémonie, nous n'aurons plus jamais le droit de parler de lui. Son nom sera enlevé de nos arbres, remplacé par des coucous picorant son cadavre.

Un soir, je note que le livre de mon grand-père, nettoyé, a été déplacé sur une étagère plus haute, hors de portée. Cette nuit-là, je demande à ma mère comment elle a rencontré mon père et pourquoi mon grand-père le détestait tellement. J'aimerais qu'elle me parle de la vie de mon père à Riverton, de ce qu'elle sait de sa vie avant nous, mais elle ne me dit rien. Je me rends compte que je cherche des indices ; une raison expliquant pourquoi un homme comme mon père a pu être condamné comme oublié.

Je me persuade que cela n'a pas d'importance. Je sais à quel point il était bon. Rien ne peut ébranler mes certitudes.

Cela fait longtemps que ma mère et moi n'avons pas participé à la cérémonie des noms. Verity nous rejoint, nous allumons des bougies pour ceux que nous allons nommer ce soir et demandons à nos ancêtres de veiller à ce que justice soit rendue pour mon père. Je suis déjà un peu fatiguée par le froid, alors qu'on n'est qu'au début de l'hiver. Cette saison ressemble beaucoup trop à un cimetière. Blême, froide et sans vie, mais les pousses vertes se préparent et me redonnent de l'espoir.

Il y a quelque chose d'étrange dans le fait de quitter la maison à l'heure où nous nous couchons habituellement ; dans le fait de marcher dans les ténèbres et d'entrer dans ce hall éclairé à la bougie, où le silence de la nuit est seulement troublé par nos voix qui résonnent dans le vide ; dans le fait de ne pas retourner travailler ou préparer le dîner après la cérémonie, mais d'aller dormir.

Ce soir, un nom de la liste m'est familier. J'écoute Verity et passe plusieurs minutes à tenter de retrouver de qui il s'agit, avant de me rendre compte que j'ai lu ce nom sur un livre au musée. Personne de spécial. Mais si, bien sûr qu'elle est spéciale. Pourtant, si plus personne ne la connaît, est-ce que cela compte encore comme un souvenir ? Mon esprit me chuchote des doutes alors même que je lis les noms. Et si cela ne marche pas ? Et si tout cela ne sert à rien et que le concept d'âme éternelle est faux ? Et si nous avons juste perdu notre temps ? Que tout cela n'a aucun sens mais que toutes nos vies reposent sur cette croyance ? Je tente de faire taire la voix dans ma tête en lisant chaque nom plus fort, plus clairement. Mais à chaque nom, la voix demande : *Qui ? Qui ? Qui ?*

Je jette un coup d'œil à ma mère qui lit calmement. Et je lui suis reconnaissante pour ce moment où nous sommes simplement mère et fille, où nous faisons ce que nous avons toujours fait, ensemble. Si je fais semblant, je peux imaginer que rien n'a changé.

# Chapitre 32

Depuis que Karl ne travaille plus au studio, je n'ai plus une minute à moi : je suis tellement occupée que je n'ai pas le temps de penser : je me laisse porter par la routine et parviens à me détendre. Mes nuits, en revanche, sont de plus en plus agitées à mesure que la cérémonie approche.

Le vendredi, je suis si nerveuse que je décide de passer voir Mel avant de rentrer chez moi. J'ai de la chance : elle est à son bureau, alors que la petite Isolda est assise par terre et lit un livre. Je remarque qu'elle n'a pas encore été tatouée. Je me demande quand on lui racontera sa première histoire.

Mel m'adresse son chaleureux sourire habituel et plisse les yeux de plaisir en me voyant.

— Je suis contente que tu sois là, j'avais le pressentiment que tu viendrais. (Elle se lève de sa chaise et se tourne vers la bibliothèque.) J'imagine que tu dois te faire du souci pour lundi.

— J'essaie de ne pas y penser, mais je suis prête à ce qu'il revienne chez nous.

Elle me regarde pensivement, avec bienveillance, et tend le bras pour saisir un livre en hauteur, relié de cuir bleu.

Je reconnais l'un des livres d'histoires que mon professeur avait l'habitude de lire quand j'étais petite.

— Tu devrais lire ce recueil avant la cérémonie, ça te changera les idées. En plus, il contient l'histoire que ton père a choisie. Je parie que cela fait des semaines que tu dors mal. Tu devrais te reposer, Leora.

Je lui accorde ce point d'un petit signe de tête et la remercie pour le livre. Alors que je m'apprête à partir, elle murmure une bénédiction. Malgré moi, je me sens réconfortée par ces mots de soutien.

Cette nuit encore, mes pensées rebondissent sous mon crâne, jusqu'à ce que je rallume ma lampe de chevet et remarque le livre que Mel m'a prêté. Je le prends et vois qu'elle y a laissé un marque-page sur lequel je reconnais son écriture.

*J'ai toujours aimé celle-ci quand j'étais petite. Tu ressembles plus à la belle au bois dormant que tu ne le penses. Bonne chance. Mel.*

# Chapitre 33

## *La princesse endormie*

*Dormir est un don merveilleux. Une bonne nuit de sommeil résout la majorité des problèmes, apaise la plupart des maux et adoucit bon nombre d'humeurs maussades. Mais ce don est fragile ; les nuits sont facilement dérangées par les pleurs des enfants, des voisins bruyants ou des pensées préoccupantes. Personne n'aurait jamais imaginé que dormir puisse être une malédiction.*

*Bien sûr, personne ne connaît le caractère précieux du sommeil mieux que les parents de nouveau-nés. Ils rêvent de dormir. Et quand ils arrivent à fermer l'œil un instant, ils rêvent qu'ils sont réveillés et qu'ils ont oublié de nourrir leur bébé ou de le mettre dans son berceau.*

*Il n'est donc pas étonnant d'apprendre que le roi et la reine, privés de sommeil à cause de leur premier enfant, oublièrent d'inviter une ou deux personnes au banquet célébrant cette naissance. La plupart des gens oubliés étaient beaucoup trop polis pour se plaindre : après tout, qui étaient-ils pour se faire inviter au palais ? Malheureusement, il faut toujours que l'une de ces personnes se croie supérieure aux autres, et c'est toujours cette personne que vous offensez malencontreusement.*

*Tandis que les invités présentaient leurs cadeaux au pied du berceau, personne ne remarqua la femme qui entra sans bruit, celle dont le nom n'était pas sur la liste des invités.*

*Le roi et la reine avaient la chance d'avoir des amis qui connaissaient les secrets de la magie et leur fille s'était vu accorder des qualités vertueuses dignes d'une princesse. L'un lui donna la beauté, l'autre le charme, une autre la richesse et une autre encore, l'intelligence. Alors que la dernière invitée s'approchait, on sentit tout à coup un vent glacé. L'assemblée murmura, sous la coupe d'une fascination troublée, alors que la femme s'avançait à grands pas.*

*— Je vois que je suis arrivée juste à temps pour les cadeaux, chantonna-t-elle alors que le roi et la reine s'agitaient, mal à l'aise, sur leurs trônes.*

*Il faut bien admettre que cette créature magique, vexée d'avoir été oubliée, avait décidé de s'assurer que le roi et la reine se souviendraient d'elle à jamais.*

*— Mon cadeau ne devra lui être offert que pour son seizième anniversaire, sourit la femme, dévoilant ses dents blanches. Le jour de ses seize ans, elle se piquera le doigt sur un rouet et mourra aussitôt.*

*La reine perdit connaissance et le roi supplia la femme de changer d'avis, mais celle-ci quitta le palais sans un regard en arrière… après s'être servi une part de gâteau.*

*Alors que les cris horrifiés retombaient, la dernière invitée, qui attendait toujours de donner son cadeau, prit la parole.*

*— Je ne peux pas annuler entièrement le sort, mais je peux le changer. Au lieu de mourir, votre enfant, tout comme le royaume entier, dormira pendant cent ans. Le baiser d'un prince pourra ensuite la réveiller.*

*Le roi, choqué et fatigué, remercia l'invitée, pensant secrètement que cent ans de sommeil représentaient le plus beau des cadeaux offerts cette nuit-là.*

*Il ordonna que tous les rouets et fuseaux du royaume soient détruits et sa fille grandit en paix et en sécurité. Personne ne sait pourquoi les gens ne furent pas plus attentifs durant la fête d'anniversaire de ses seize ans. Mais d'une façon ou d'une autre, elle réussit à se retrouver dans les couloirs d'une partie secrète du château. Elle y rencontra alors une femme qui tissait et se piqua le doigt avant de tomber dans un profond sommeil. Tout le monde dans le royaume s'endormit aussi à cet instant. Le temps s'était arrêté et ne reprendrait son cours que cent ans plus tard.*

*De nombreux princes tentèrent de retrouver la princesse, mais ce n'est qu'une fois le siècle écoulé qu'un jeune prince réussit à se frayer un chemin parmi les ronces entourant le château. Il trouva tout le monde aussi immobile que des statues et la princesse en train de ronfler doucement, à l'endroit même où elle était tombée. Il l'embrassa et elle se réveilla.*

*Au réveil, il est difficile de savoir combien de temps on a dormi. Mais il était clair pour la princesse qu'elle n'avait pas fait une simple sieste. Quand elle ouvrit les yeux et vit cet étranger penché au-dessus d'elle, elle s'enfuit, cherchant la salle du trône pour retrouver ses parents. En voyant tout le monde reprendre peu à peu vie, elle se demanda ce qui avait bien pu se passer. Rapidement, ses parents lui racontèrent toute l'histoire. La princesse se mit en colère. Pourquoi ne l'avait-on pas prévenue plus tôt ? Si elle avait su, elle n'aurait jamais été assez bête pour se piquer le doigt sur un rouet ! Se demandant si elle pourrait un jour leur faire de nouveau confiance, elle partit avec le prince. Elle lui dit qu'il ne devait pas embrasser les filles inconscientes et qu'elle réfléchirait à sa proposition de mariage dans quelques années.*

# Chapitre 34

Je survis au week-end tant bien que mal. Ma mère a l'air aussi tendue que moi, mais je me rends compte qu'elle a décidé de se montrer optimiste. Elle affiche un sourire calme mais forcé. Tard le dimanche soir, la veille de la cérémonie, on frappe à la porte. C'est Verity ; ses cheveux sont trempés et elle claque des dents sous la pluie.

— Entre ! Tu vas geler là-dehors ! Où est ton châle ?

Je suspends son manteau dégoulinant et lui passe une serviette pour ses cheveux. C'est seulement à ce moment-là que je remarque sa pâleur, ses yeux cernés. Quelque chose ne va pas. Quelque chose ne va *vraiment* pas.

— Qu'est-ce qui se passe ? Tout va bien ? (Elle secoue légèrement la tête, comme abasourdie.) Seb va bien ?

— Il va bien. Ce n'est pas Seb. (Elle me prend les mains.) J'ai entendu quelque chose vendredi au travail. J'aurais dû venir t'en parler plus tôt, mais au départ, ça ne m'a pas paru important.

Je lui donne une chaise et nous nous asseyons. Ma mère est à l'étage donc nous pouvons discuter sans retenue.

— Je t'écoute. Raconte-moi.

Elle essore le bout de ses longs cheveux avec la serviette.

— Ce n'est sans doute rien… C'est juste que j'ai croisé Karl. (Elle fait la grimace.) J'ai fait comme si je ne l'avais pas vu mais il m'a interpellée. Il a dit… Il a dit : « On se voit lundi, j'espère que tu es prête. » (Elle voit mon visage et rit d'une voix tremblante.) Je sais, tu vas dire que je dramatise. Mais j'ai trouvé ça vraiment bizarre.

— Tu crois qu'il compte venir à la cérémonie de mon père ? dis-je, incrédule.

Verity hausse les épaules.

— Je ne sais pas… Au début, j'ai cru qu'il essayait juste d'être sympa… Mais plus j'y pense, et plus je me demande s'il n'a pas découvert quelque chose. Son… son sourire était vraiment méchant.

— Impossible. Il n'est pas assez malin pour ça. Il aime juste contrarier les gens.

— Méfie-toi quand même. Il sait que nous sommes amies et que je travaille sur le cas de ton père. Tu feras attention ? Tu le connais, il pourrait tenter de ruiner la cérémonie.

Mon cœur se serre, mais je garde une voix légère.

— Il ne sait rien. Si ?

Verity secoue la tête.

— Je ne crois pas. Je pense avoir été suffisamment prudente pour que les gens ne fassent pas le lien, et le résumé du livre de ton père que j'ai écrit pour le juge devrait largement suffire. Mais je voulais quand même te prévenir.

— Merci. Ça va aller. J'ai un bon pressentiment, tout va bien se passer.

Elle sourit – son vieux sourire plein d'espoir.

— Tu as raison, je suis désolée, j'ai paniqué. C'est juste qu'il me rend nerveuse.

J'essuie les larmes sur ses joues et la prends dans mes bras.

— Écoute, il est tard et on a toutes les deux besoin de dormir. (Je lui donne mon manteau de rechange et un châle ; le sien est toujours trempé.) Tiens, prends ça. Rentre chez toi avant que ta mère s'inquiète.

Verity hoche la tête.

— Mes parents seront là demain. Tu sais que nous demanderons tous à nos ancêtres de faire respecter la justice. J'allumerai une bougie en souvenir de ton père avant de partir pour la cérémonie.

Nous pleurons toutes les deux maintenant, mais nous tentons de sourire et de nous reprendre en reniflant. J'ouvre la porte et le vent fait tournoyer le manteau et le châle autour de la mince silhouette de Verity. Elle met les mains dans les poches et en sort deux feuilles mortes. Elle fronce les sourcils et les laisse tomber sur le sol détrempé.

— Merci, Verity. Tu es la meilleure amie que j'aurais pu imaginer.

Je la regarde s'éloigner jusqu'à ce qu'elle disparaisse. Finalement, j'entends ma mère m'appeler :

— Il y a une fenêtre ouverte, Leora ? On gèle !

Et je ferme la porte.

# Chapitre 35

Ma mère et moi nous levons de bonne heure. Nous mangeons du pain grillé avec du beurre, dans un silence nerveux, brisé uniquement par le bruit de la cuillère dans ma tasse de thé quand je la remue. Nous sommes toutes les deux habillées de façon solennelle, avec nos châles les plus raffinés, prêts à nous envelopper de leur pouvoir protecteur.

Nous n'avons aucune idée de ce que nous sommes censées dire à nos ancêtres. Nous allumons des bougies pour chacun d'entre eux, et une pour mon père. Les livres n'expliquent pas comment gérer une cérémonie dont l'issue est incertaine. Il n'y a rien pour nous guider face à la perspective de voir un livre brûlé ou conservé, une vie sauvée ou perdue.

Alors, nous nous adressons à eux en chuchotant. J'aurais aimé que les ancêtres de mon père soient là, mais je dois faire confiance aux miens, me dire qu'ils seront bons, justes. Je demande même à mon grand-père de faire preuve de pitié et je réclame justice pour mon père.

Ma mère éteint les bougies, en pleurs. Quand elle arrive devant celle de mon père, elle secoue la tête et s'éloigne, une main sur la bouche, les épaules tremblantes, incapable de contenir ses sanglots. C'est à moi d'éteindre sa bougie. Je ne me suis jamais sentie aussi mal.

— On se voit plus tard, Papa.

Je souffle sur la flamme.

# Chapitre 36

Malgré le feu qui y brûle en continu, le hall du jugement me paraît froid. Les arches de pierre du chemin extérieur sont balayées par une brise glacée à cause des portes toujours ouvertes, pour nous rappeler que c'est là que nous finirons tous tôt ou tard.

Le banc où nous prenons place, ma mère et moi, est recouvert de coussins cousus main qui le rendent à peine plus confortable. Le tissu a absorbé le froid et je frissonne. Rien ici ne peut réconforter mon cœur tourmenté.

Deux hommes en robe de cuir traditionnelle entretiennent le feu, ajoutant des branches de cerisier et de pommier. Ce parfum d'encens se mêle à celui des bancs froids, de la pierre et des colonnes de métal. J'ai toujours cru que ma venue ici serait pleine d'espoir et de joie malgré le chagrin. Je n'aurais jamais imaginé avoir le moindre doute au sujet du verdict à venir.

J'ai lu une fois un conte sur trois hommes enfermés dans un fourneau pour trahison. Les spectateurs voyaient que les hommes ne brûlaient pas et qu'une silhouette mystérieuse s'était jointe à eux. Au final, on les libérait, sains et saufs. Ils ne sentaient même pas la fumée. Je prie pour que mes ancêtres veillent sur mon père et le protègent des flammes.

Nous avons fait tout notre possible. Il sera certainement sauvé.

Nos amis arrivent et prennent place sur les bancs en gradins disposés comme dans un amphithéâtre. Certains s'approchent pour nous toucher la main ou nous murmurer des paroles de réconfort. J'aimerais qu'ils se contentent d'aller s'asseoir. J'aperçois Simon et Julia, qui m'adressent des sourires encourageants. Julia nous envoie un baiser. Verity fera le trajet dans le cortège qui part du siège du gouvernement, avec le juge et le livre de mon père. Je remarque Obel de l'autre côté de la pièce, le visage pâle et figé.

Et puis il y a Oscar. Il tire sur sa chemise pour la défroisser tout en se passant une main dans les cheveux pour se coiffer. Il a l'air mal à l'aise et je me souviens qu'il a déjà vécu ça. Il sait ce que c'est.

Je ferme les yeux pour m'isoler du monde et tente de passer en revue le déroulement de la cérémonie. D'abord, le juge va prendre la parole, ensuite Mel racontera l'histoire choisie par mon père, puis tout le monde pourra raconter des anecdotes ou des souvenirs le concernant.

Et pour finir, ce sera le résumé. Verity s'est assurée de l'avoir écrit de façon suffisamment claire pour que le juge prenne la bonne décision. Il faut que l'on se souvienne de mon père.

Je tape mes orteils engourdis sur le sol de pierre pour les réveiller. Les gens continuent d'entrer et c'est là que je le remarque près de la porte.

Karl.

Il ne me quitte pas des yeux. Il ne peut pas me laisser tranquille, juste aujourd'hui ? Quand il voit que je l'ai vu, il me fait signe de le rejoindre.

Le juge n'est toujours pas là, pas plus que les autres agents du gouvernement, d'après ce que je peux voir.

J'hésite. Est-ce que je donne à Karl l'opportunité de me distraire et de me faire peur (ce qui est probablement son intention) ou bien je l'ignore ?

Mais je me souviens alors de la peur sur le visage de Verity la nuit dernière et je sais que je ne peux pas la laisser mettre en péril sa carrière pour moi. Elle en a assez fait comme ça. Alors, je me lève. Je dis à ma mère que je reviens tout de suite et je traverse la salle en me dirigeant vers la porte que Karl vient d'emprunter.

Il m'attend derrière. Je m'aperçois qu'il a l'air nerveux, inquiet, légèrement en sueur. Il me lance un petit sourire en coin et s'avance dans le couloir, jusqu'à une arche entre deux piliers, plongée dans l'ombre.

— Qu'est-ce que tu veux, Karl ?

Ma voix est froide.

Il soupire et ses épaules s'affaissent. Il semble différent de d'habitude et je me rends compte qu'il a peur.

— Écoute, je suis là pour t'aider. Et m'excuser, dit-il doucement. Je ne voulais pas te faire de mal l'autre jour. (Il fronce les sourcils.) C'est un tel bordel, dit-il, presque pour lui-même. Je suis désolé.

Il a l'air plus petit aujourd'hui, un peu recroquevillé.

— Ce n'est pas le moment, Karl. Le monde ne tourne pas autour de ta petite personne, tu sais ?

Mon instinct me dit de lui faire confiance, de le rassurer, mais je résiste : j'ai besoin de me concentrer sur mon père, pas de me laisser distraire.

— Je sais, je sais. (Sa voix est cassée et il joue avec les boutons de sa chemise.) Écoute, j'ai un truc à te dire…

Je suis à bout de patience. Je n'ai pas le temps de jouer aux devinettes. Je remarque une certaine agitation derrière moi, le juge doit être sur le point de faire son entrée.

— Je dois y aller.

Karl me retient par le poignet et je me retourne, furieuse.

— Ne me touche pas, dis-je d'une voix sifflante. Tu m'entends ? Ne pose plus jamais la main sur moi.

Il recule, comme sonné. Je rejoins la salle. Je n'aurais jamais dû venir le voir.

— Leora ! Fais… Fais attention à qui tu accordes ta confiance. (Je m'arrête, mais je ne me retourne pas.) Tout ce que tu as fait pour sauver ton père, ils sont au courant depuis le début, ils… ils jouent simplement avec toi. (Sa voix tremble.) Tu fais exactement ce qu'ils voulaient que tu fasses.

Je secoue la tête et me remets à marcher. Je l'entends grogner de frustration mais une petite voix chuchote dans mon esprit : *Comment peut-il être au courant si on ne lui a pas dit ?*

# Chapitre 37

Je suis sous le choc, comme si Karl venait à nouveau de m'agresser. Mais cette fois, je ne l'ai pas laissé faire. Je contourne un groupe de gens et retourne m'asseoir à côté de ma mère, qui me tapote le genou.

— Juste à temps, chuchote-t-elle.

Le juge entre à ce moment-là avec les représentants du gouvernement. Verity se trouve à l'arrière du cortège avec des papiers. Il y a aussi Mel, qui me jette un regard rassurant, et je tremble en reconnaissant la large silhouette de Jack Minnow. Le juge tient une boîte en bois. Il s'avance sur l'estrade et dépose son contenu à côté du lutrin. Il s'agit de la balance. Les plateaux couleur cuivre sont marqués par le temps. Il place un poids sur l'un des deux et le plateau tombe. L'autre est vide, attendant le livre de mon père.

Tout cela fait partie du rituel, du spectacle. À moins que la balance ne dise vraiment la vérité ? Je ne sais plus.

Tout s'embrouille dans ma tête. La voix du juge criaille mais je ne prête pas attention à ce qu'il dit. Après avoir attendu ce moment si longtemps, j'ai le sentiment de ne pas vraiment être là.

Quand le juge donne la parole à Mel, je me mords le pouce, espérant que la douleur me fera reprendre conscience.

C'est la partie sur le frère sournois qui m'intéresse le plus dans son histoire. Les mensonges finissent toujours par être dévoilés. Le bien triomphe toujours. Mais qui incarne le camp du bien, dans l'histoire de mon père ?

Les gens qui l'ont connu se lèvent et parlent de lui. Ma mère pleure et cherche à me prendre la main. Un père merveilleux, un mari aimant, un écorcheur talentueux.

Il y a ensuite une pause et le silence tombe quand plus personne ne se lève. Le juge entame donc son discours.

— C'est un cas inhabituel. Au premier coup d'œil, il est clair que Joel Flint est un citoyen modèle : un bon époux, un père aimant, un travailleur et un homme honnête. Mais certaines irrégularités nous ont interpellés lorsque nous préparions cette cérémonie.

Il s'éclaircit la gorge et Verity s'agite sur son siège. Je regarde la nuque d'Oscar et vois sa mâchoire se crisper.

Ma mère pose sa main sur mon genou.

— Nous avons fait le nécessaire. Nous avons fait tout ce que nous pouvions, ne t'en fais pas, chuchote-t-elle.

Je ne sais pas si elle dit ça pour me rassurer ou pour *se* rassurer. Ses doigts agrippent ma jambe comme des serres.

Le juge fait signe à l'un de ses assistants qui apporte la boîte contenant le livre de mon père. Le juge prend le livre et le pose doucement sur le plateau vide de la balance. Les deux plateaux oscillent pendant un moment et je me demande s'ils vont jamais s'arrêter. Enfin, ils s'immobilisent… l'équilibre est parfait.

J'ai un hoquet de surprise.

On va se souvenir de lui. Les gens se lèvent et applaudissent, poussent des cris de joie, se prennent dans leurs bras. Je me lève aussi et un sourire incertain apparaît sur mon visage. Ma mère met la main devant sa bouche et pleure de soulagement.

Mais le juge ne sourit pas. Un assistant frappe un coup de marteau pour réclamer le silence. La confusion règne. Nous avons vu le résultat, que dire de plus ?

Le juge s'éclaircit la gorge.

— Comme vous pouvez le constater, le livre de Joel Flint nous affirme que nous devons nous souvenir de lui. Mais il y a une chose dans l'histoire de cet homme qui n'a pas été racontée aujourd'hui.

Je vois Verity lever les yeux, apeurée, aux aguets. Ma poitrine me brûle. Je serre la main de ma mère.

— Je vais maintenant laisser la parole à notre estimé Jack Minnow.

Le visage de celui-ci rayonne d'un ressentiment serein. Il s'éclaircit la gorge et sa voix résonne dans le silence.

— Il est difficile de garder pour nous les secrets écrits sur notre corps. D'une façon ou d'une autre, ils finissent toujours par être découverts. (Il foudroie l'assistance du regard.) Certaines personnes tentent de s'immiscer dans notre vie pour la contaminer. Elles se font passer pour de bonnes personnes, mais les bonnes personnes n'ont rien à cacher.

M. Minnow redresse les épaules et les hyènes sur son crâne donnent l'impression d'aboyer avec délice. Il tapote le livre de mon père avec mépris et laisse les plateaux de la balance résonner dans le silence.

— Ce que nous avons ici, c'est un livre de mensonges.

La respiration de ma mère se fait rapide, irrégulière. Jack Minnow regarde sur sa gauche et hoche la tête ; un assistant quitte la salle et revient un instant plus tard avec un homme habillé d'un uniforme bleu.

— Je vous présente Tom Page, représentant du gouvernement de Riverton, où Joel Flint a vécu une partie de sa vie.

Ma mère pousse un soupir et je vois que ses yeux sont écarquillés. M. Page s'avance sur le devant de la scène et lit une feuille de papier :

— À la demande de M. Minnow, nous avons fouillé nos archives pour trouver des informations au sujet de ce Joel Flint, ancien président de Riverton. Cela a pris du temps, mais nous avons fini par trouver.

L'homme jette un coup d'œil à M. Minnow qui hoche la tête et croise les bras sur sa poitrine.

— Nos registres montrent qu'il y a des années, un homme correspondant à la description de M. Flint, alors appelé Joe Elliot, fut accusé de protéger une Immaculée. Elle avait été prise en train de voler et devait être exécutée. Mais Joe Elliot l'a aidée à s'échapper. (Des murmures montent et le feu semble plus brûlant que jamais.) Les registres indiquent qu'il a été capturé et marqué d'un corbeau, qui, comme vous le savez, signifie qu'il était un oublié.

Ma mère gémit et les ongles de sa main moite s'enfoncent dans la mienne. J'entends sa voix siffler :

— Non, non, non.

Le reste des spectateurs parlent, crient, pleurent, et le marteau résonne de nouveau.

— Non seulement il était un oublié, mais nos registres indiquent qu'il était de connivence avec les Immaculés depuis un certain temps déjà. On raconte qu'il a quitté Riverton pour les rejoindre, et même… qu'il a épousé l'une d'entre eux. (Il crache les mots avec un dégoût perceptible dans sa voix morne.) Des rumeurs non confirmées affirment qu'il a eu un enfant avec cette femme. À la mort de celle-ci, il aurait changé d'identité et se serait installé à Saintstone avec ce bébé bâtard. Pour vivre parmi nous. (Il relève la tête et me regarde droit dans les yeux. Toute la salle a la tête tournée vers moi.) Pour vivre comme l'un des nôtres.

*C'est impossible. Ça ne peut pas être vrai. Pas mon père. Il n'aurait pas pu.*

Ma mère garde le silence, les yeux vitreux. Je voudrais la secouer, la forcer à se lever pour prendre la parole. *Dis-leur que ce n'est pas vrai ; dis-leur que je suis ta fille. Dis-leur qu'il n'était pas l'homme qu'ils décrivent.*

C'est alors que je vois Verity se lever et s'avancer d'un pas ferme vers Jack Minnow. Il baisse la tête pour l'écouter. Simon et Julia se lèvent à leur tour, manifestement anxieux. Il se redresse et hausse légèrement les épaules, comme pour admettre que Verity a raison, quoi qu'elle ait bien pu lui dire. Il se tourne vers la foule et lève les mains pour la faire taire. Une fois le silence revenu et tout le monde de nouveau assis, il déclare :

— Mlle Kohl vient de me rappeler que, même si l'on peut fournir des preuves lors de cette cérémonie – des extraits de registres ou d'autres témoignages –, c'est le livre qui détient la clé du verdict. J'ai donc besoin de cette preuve : la peau de M. Flint, son tatouage d'oublié, dont l'absence saute aux yeux dans son livre. (Il jette un coup d'œil à Verity qui soutient calmement son regard.) Vous vous en doutez, je n'ai aucun désir de condamner injustement un homme. Et cette jeune fille a raison ; sans ce tatouage, nous n'avons aucune preuve de ses crimes.

Je regarde mon amie avec l'envie de courir la serrer dans mes bras. Je jette un coup d'œil à Oscar mais il n'est plus assis sur son banc. C'est alors que je le vois s'avancer vers l'estrade, un objet dans la main.

— Merci, monsieur Drew, je crois que c'est ce que nous cherchions, fait M. Minnow d'une voix douce.

La chaleur du feu rend la silhouette d'Oscar floue et brillante. Il parle au juge, qui hoche la tête. Ensuite, il tend la main et laisse tomber quelque chose dans la balance, sur le livre de mon père. Je sais déjà de quoi il s'agit.

Le poids qui vient d'être ajouté fait pencher la balance et le livre s'écrase.

Mes espoirs sont broyés par l'encre et la peau qui démontrent à la salle que mon père n'était pas l'homme que j'ai connu.

Jack Minnow se tourne vers moi.

— Leora Flint, je réclame votre intervention. Est-ce la peau de votre père ? (Ses yeux s'enfoncent dans les miens.) Reconnaissez-vous ce tatouage ?

*Mon père. Qui était mon père ?*

Je sens la chaleur brûlante et les craquements du bois qui se brise dans le feu. Un instant, je suis aveuglée par la lumière et la fumée. Je pense à mon père. Mon père chez les écorcheurs, qui m'apprend à dessiner, qui plaisante à la table du dîner, qui embrasse ma mère… Mon père sur le canapé avec un pansement sur la tête. Mon père qui meurt. Son corps sous le tissu des embaumeurs.

J'ouvre la bouche mais ma voix se brise dans ma gorge. J'essuie la sueur sur mon front brûlant et regarde le livre sur le plateau de la balance. Je m'éclaircis la gorge.

Qui était Joel Flint ? Mon père : le protecteur des Immaculés. Un traître. Un menteur.

Joe Elliot. Joel Flint.

Joel Flint, l'oublié.

Le père de Leora Flint, l'Immaculée.

Le dégoût et la haine me retournent l'estomac et, d'un hochement de tête imperceptible, je le condamne.

Toute la salle me regarde. Je soutiens le regard de M. Minnow sans trembler et prends finalement la parole.

— Brûlez-le.

J'ai conscience du cri désespéré de ma mère et de sa main s'arrachant à la mienne. Je vois Jack Minnow hocher la tête et le regarde s'avancer vers le bûcher alors que les gardiens du feu s'écartent. Avec toute la force de la haine qu'il éprouve pour mon père, il jette son livre dans les flammes. Je vois chaque page se recroqueviller, fondre et roussir. Je regarde mon père brûler.

Noyée dans les cris et les bousculades, je me repais de la lueur de la justice, me délecte de la chaleur du jugement brûlant de mon père. Je n'aurais jamais cru qu'il en soit ainsi. Les gens hurlent, crient mon nom, quelqu'un tente en vain de sauver le livre des flammes. La lumière du soleil brille à travers les vitraux multicolores, baignant la salle de sang.

Mais je ne peux que rester plantée là. Je hais toute cette sale affaire.

Et surtout, je hais mon père.

# Chapitre 38

Je parviens à échapper à cet enfer et rentre à la maison. Je prépare un sac en vitesse : je ne peux pas rester ici, mais je ne vois pas chez qui me réfugier. Peut-être que je n'ai besoin de personne ? C'est sans doute mieux, au moins, on ne risque pas de me trahir. Je ne veux plus ouvrir mon cœur. À personne.

Je prends mon manteau, mais avant que j'aie pu partir, la porte s'ouvre brusquement.

— Qu'est-ce que tu as fait ? Tu aurais pu le sauver. Un mot, un seul mot et tu aurais pu le protéger. Comment as-tu pu ?

Ma mère hurle, pleure, se rue sur moi comme si elle était prête à me tuer. Ses cheveux sont décoiffés et ses yeux, rouges.

Simon la retient. Ils sont tous là, prêts à me réduire en miettes, à me reprocher la chose horrible que je viens de faire. Ce hochement de tête qui a tout changé. J'imagine que je devrais me sentir mal, ou au moins triste, pour ceux que j'ai blessés. Mais je ne peux pas pleurer, je ne peux pas hurler ; je ne ressens plus rien.

— Tu savais tout, hein ? (Je hurle, ignorant les traces de larmes sur son visage.) Tu m'as manipulée, depuis le début.

Son sang est sur *tes* mains, pas les miennes. Tu es aussi coupable que lui.

Je tente de passer avec mon sac sur l'épaule mais elle me retient. Le père de Verity nous sépare et s'adresse à nous calmement.

— Leora, attends. Tu vas finir par regretter ce que tu viens de dire à ta mère. Je pense que tu devrais t'excuser, tu ne crois pas ?

Je pars d'un rire nerveux. Comment peut-il dire ça avec autant d'aplomb et de calme ?

— Non, je ne crois pas. Je ne crois pas que je vais m'excuser. Et de toute façon... (Je désigne d'un signe de tête la femme dépenaillée devant moi.) *Elle* n'est pas ma mère. Tu l'as entendu comme moi, non ? Ma vraie mère est une Immaculée.

Je quitte la maison et personne ne me demande de revenir.

Je vais au musée. Je me faufile dans la salle des histoires de Mel et, une fois la fermeture venue, je me cache parmi les rayonnages. Je dors, la tête sur mon sac, couvée par les gardiens des contes. Le lendemain matin, j'attends que l'endroit soit assez animé pour partir sans attirer l'attention et je me rends aux bureaux du gouvernement. Je n'ai aucune raison d'attendre plus longtemps.

Je signe les formulaires officiels et laisse le tatoueur du gouvernement effacer toute trace de mon père sur mon arbre généalogique. Je me retrouve avec un coucou perché dans mon dos. J'aurais voulu qu'il me débarrasse aussi du nom de ma mère (peut-être devrais-je simplement l'appeler

Sophie maintenant) mais pour ça, il avait besoin de le couvrir avec le nom de quelqu'un d'autre et je ne sais pas qui est – était – cette femme dont la place légitime est en haut de mon arbre. L'usurpatrice va devoir rester là un peu plus longtemps.

Le tatoueur reçoit un message pendant que je suis là : on lui demande de réaliser un deuxième tatouage. Je donne mon accord, et je reçois un aigle, pour montrer que je me suis battue pour la vérité, même quand cela signifie oublier sa propre famille. Il retouche aussi les tatouages abîmés par la cicatrice sur ma main.

En quittant le bâtiment, une voix familière m'interpelle. Je me retourne et vois Mel. Son visage est triste mais elle sourit et me tend les bras. Elle m'entraîne dans un bureau quelconque et me propose à boire, ce que j'accepte avec reconnaissance. Je n'ai encore rien avalé de la journée.

— J'ai entendu que tu étais là et je suis descendue. Comment vas-tu, Leora ?

Je ne peux pas lui répondre. Elle me tend une tasse de café fumante et je la prends en silence.

— Pas trop mal, j'espère ? (Elle regarde mes nouveaux tatouages.) J'ai vu le tatouage que tu as fait à Jack, il est magnifique. On dirait que ton instinct était bon. Tu as vraiment du talent.

Elle boit une gorgée et me regarde avec toute l'affection et l'inquiétude du monde.

C'est une sensation agréable. J'ai encore quelqu'un de mon côté. Quelqu'un qui sait, qui connaît la vérité, mais ne me hait pas.

— Ce qui ne m'empêche pas de penser que tu aurais été une incroyable écorcheuse.

J'entends le regret dans sa voix et je fronce les sourcils. Elle a l'air triste. Fatiguée.

— Où est Isolda ?

— Elle assiste à un cours. Il y a des choses que je ne peux pas enseigner moi-même. (Elle soupire et me regarde droit dans les yeux.) Tu as été courageuse hier, Leora.

Je hausse les épaules. Je ne me sens pas courageuse, mais en colère d'avoir été si naïve.

— Qu'est-ce que je pouvais faire d'autre ? Je n'étais au courant de rien.

Elle m'effleure le genou.

— Tu as fait ce qu'il fallait. Je savais que tu le ferais, tu te souviens ? C'est horrible de le découvrir de cette façon, mais tu as fait ce qu'il fallait.

Je lève les yeux sur elle.

— Vous étiez au courant, alors ? Pour mon père ?

Elle hoche la tête.

— Oui. Mais je ne pouvais pas te le dire. Je ne *devais* pas te le dire. Je savais que tu ferais le bon choix. Tu m'as impressionnée. Vraiment. Maintenant, je dois, moi aussi, te confesser quelque chose. (Je me force à prendre un air intrigué.) Le gouvernement s'intéresse à toi depuis tes résultats d'examen. Tu aurais pu choisir n'importe quel métier. En fait, je crois qu'il n'y a qu'une seule chose dont tu manques : de confiance en toi.

Elle rit en me voyant rougir et secoue la tête.

— Pourquoi le gouvernement se soucierait de moi ?

— Hmm, c'est vrai ça, pourquoi le gouvernement s'intéresserait à quelqu'un d'aussi talentueux ? Quelqu'un qui pourrait apporter tellement à notre communauté ? Réfléchis, Leora, ton potentiel est évident. La seule chose dont nous doutions, c'était de ta loyauté.

Je fronce les sourcils en prenant une gorgée de café.

— Eh oui, depuis le début, le gouvernement savait tout au sujet de ton père. Plus encore, même, que ce qui vient d'être révélé à tous. Il était sous surveillance depuis des années. Le temps qu'il a passé parmi les Immaculés semble avoir renforcé ses croyances illusoires. S'il est venu à Saintstone, ce n'est pas pour travailler et repartir de zéro, mais pour plaider la cause des Immaculés. Il a fait croire aux plus vulnérables qu'il se battait pour la liberté, la paix et l'égalité, alors qu'il ne voulait que la guerre. Tu sais que c'est ce que veulent les Immaculés, n'est-ce pas ? (Elle me regarde droit dans les yeux.) Donc, oui, Leora, nous étions au courant pour ton père. Et ta mère ; ta *vraie* mère.

Je resserre les doigts autour de ma tasse brûlante. J'ai besoin de tenir quelque chose de solide, de sentir quelque chose.

— Étant donné tes origines, nous n'avions pas la garantie que tu sois devouée à la société. Tu as du sang rebelle, Leora. (L'espace d'un instant, je lis le dégoût sur son visage.) Nous ne savions pas comment tu allais évoluer, alors nous avons attendu pour voir vers qui se tournerait ton allégeance.

— Nous ? Vous le saviez depuis le début ? Tout ça n'était qu'un test ?

Elle bouge sur son siège et se penche en arrière.

— J'ai joué les mentors pour toi. Je t'ai soutenue et je t'ai aidée.

Elle cherche une réponse sur mon visage.

— C'est pour ça que vous vouliez que je lise cette histoire ? La princesse endormie ?

Mel incline la tête.

— Parfois, les parents pensent agir pour le mieux. Mais certains secrets ne devraient pas demeurer cachés. (Elle sourit gentiment.) Je savais que tu comprendrais.

— Mel, j'ai tout perdu.

Ma voix tremble et je dois me rappeler mon vœu de protéger mon cœur : ne rien laisser entrer, ne rien laisser sortir.

— Je comprends ce sentiment, Leora, crois-moi. Je sais ce que c'est de n'avoir rien, si ce n'est la communauté. Mais ça vaut le coup. Je te le promets. Les gens ont si peur des Immaculés, tu sais, ils savent qu'ils se sont égarés. (Son regard ne quitte pas mon visage.) Ton père s'est battu pour tout ce que nous redoutons et méprisons. Mais les gens savent désormais envers qui tu es loyale et le gouvernement est prêt à t'offrir une place privilégiée dans notre société, un rôle sur mesure pour toi. Une fille à moitié Immaculée, pardonnée par le bienveillant maire Longsight, qui a tourné le dos à tout ce qui était mauvais en elle pour accueillir la bonté et la tolérance.

Je secoue la tête.

— Mais je ne veux pas travailler au gouvernement ! Je… je veux être tatoueuse ! Enfin… je voulais.

Mes rêves et mes ambitions ont l'air de faire partie d'une autre époque.

Mel rit comme si j'avais raconté une plaisanterie.

— Oh ! mais je ne te propose pas un travail de bureau ! Pour toi, eh bien… nous pourrions t'offrir un travail qui utilise tes nombreux talents de façon si adéquate que tu auras l'impression d'être née pour faire ça. (Elle penche la tête sur un côté.) C'est peut-être le cas, d'ailleurs.

# Chapitre 39

Alors que je marche dans les rues glacées, je tente de prendre une décision. Qu'est-ce que je suis devenue ? La représentante parfaite de la société, la candidate idéale pour porter ses valeurs ?

*Ton père s'est battu pour tout ce que nous redoutons et méprisons.* Je repense tout à coup à Obel : il m'a dit connaître mon père. Est-ce qu'il était au courant de tout ? Je voudrais aller au studio et tatouer le mot MENTEUR sur sa peau. Il m'a trompée depuis le début. Une colère sourde monte en moi et je change de direction.

Quand je franchis la porte du studio, Obel est en train de tatouer un client, comme d'habitude. Il lève les yeux un court instant avant de finir tranquillement la partie du motif sur laquelle il est en train de travailler. C'est la douche froide. Les minutes défilent. Il nettoie la peau du client et le renvoie chez lui. Tout ça sans me dire un mot. Il ôte ses gants et les jette dans la poubelle. Quand la cloche indique que le client est parti, il soupire et se met la tête dans les mains.

— À quoi tu pensais, jeune fille ? dit-il doucement. Ma parole, à quoi tu pensais ?

Il s'avance vers moi et je vois ses mains se plier. *Qu'est-ce qu'il va me faire ?* Mais il me serre dans ses bras. Je l'entends marmonner des jurons et sens ses larmes me tomber sur le crâne.

Il renifle.

— Vous saviez. (Je tente de crier contre sa poitrine. Toute ma colère s'envole, malgré moi.) Vous saviez tout !

Obel s'écarte en me regardant sérieusement dans les yeux.

— Tout ce que je savais sur ton père, c'était qu'il était un homme bien. Il n'aurait jamais dû…

— Être oublié ? Mais vous ne connaissiez pas toute l'histoire. Vous ne comprenez pas ? Il a protégé des Immaculés ! Il les a aidés. Il a même eu un enfant…

Ma voix se brise quand un autre sanglot me serre la gorge.

— Je crois qu'il est temps qu'on parle. (Obel se dirige vers l'arrière-boutique.) Viens. Je vais nous faire du thé. Le thé résout tous les problèmes, tu te souviens ?

Je m'assois à la table en bois familière et un soupçon de chagrin m'étreint quand je pense à tout ce que je vais devoir quitter. Ce studio, c'était mon chez-moi, je pouvais être moi-même, ici. On savait qui j'étais, je pouvais être aimée, en sécurité. Mais désormais je m'y sens comme une étrangère.

La porte de derrière s'ouvre. Oscar. Il a l'air aussi surpris que moi quand il me voit. Je ne sais pas quelle attitude adopter : le gifler ou le remercier ? Ce n'est pas comme si j'étais à une trahison près… En plus, justice a été rendue, non ?

À ma grande surprise, Obel passe une main dans les cheveux d'Oscar et lui fait signe de s'asseoir.

— Vous vous connaissez ?

Obel paraît légèrement honteux.

— Oui… désolé, jeune fille.

Oscar le repousse mais finit par s'asseoir aussi loin de moi que possible. Je n'arrive pas à savoir s'il se sent honteux ou en colère à mon égard.

— Si j'avais su qu'elle serait là, je ne serais jamais venu !

Obel prend une autre tasse sur l'étagère et soupire.

— Je ne savais pas non plus qu'elle viendrait. Je ne m'attendais vraiment pas à te voir débarquer ici, Leora. Mais tu es là, maintenant, alors profitons-en pour parler. L'occasion ne se présentera peut-être plus jamais.

Il sert le thé, renversant quelques gouttes au passage. Cette négligence ne lui ressemble pas du tout.

— Laissez-moi vous raconter une histoire.

Oscar et moi levons les yeux mais évitons de nous regarder.

— Il était une fois une femme qui n'avait aucun tatouage sur sa peau.

— Oui, on connaît déjà, Obel, soupire Oscar. Elle a été renvoyée par la princesse et on n'a plus jamais entendu parler d'elle. Bla, bla, bla. Je ne suis pas ici pour écouter des fables. Je suis ici pour entendre la vérité.

Obel sourit tristement.

— D'accord, peut-être que je n'aurais pas dû commencer comme ça. (Il boit une gorgée de thé.) Leora, ta mère, ta vraie mère, était très belle.

Ma chaise tombe alors que je me redresse d'un bond. Je peux à peine parler.

— Ne l'appelez *pas* ma mère. Elle n'était pas belle. C'était un monstre. Elle était maléfique. Répugnante.

Obel ne bouge pas ; il ne me regarde même pas.

— Elle n'était rien de tout ça, Leora. Ta mère était belle, en plus d'être exceptionnelle.

— Obel ! (Je hurle maintenant, ma gorge brûle.) Fermez-la. Fermez-la maintenant. C'était une Immaculée. Elle n'est rien pour moi.

J'entends Oscar soupirer. Je me tourne vers lui, tremblante de colère. Il baisse les yeux.

— Tu ne peux même pas me regarder, c'est ça ? (Je parle lentement pour exprimer l'horreur de ma situation.) Ma mère était une Immaculée. Mon père a épousé une Immaculée. (Le simple fait de le dire me donne la nausée.) Tu le savais ? C'est pour ça que tu m'as trahie ?

Oscar se lève. Je crois qu'il va partir, mais il se contente de prendre son sac.

— Ils m'ont fait chanter, dit-il, si doucement que je l'entends à peine. Ils sont venus dimanche soir. Ils m'ont dit qu'ils savaient tout ; au sujet de ton père, de notre entrée par effraction ; tout ce qu'on a fait. (Il me jette un bref coup d'œil.) Je n'avais pas le choix. Ils menaçaient de tuer mon père si je ne leur donnais pas la peau du tien.

Il plonge la main dans son sac et en sort quelque chose, avant de le glisser vers moi sur la table.

C'est la peau de mon père. Le tatouage, la cicatrice, tout est là.

— Comment c'est possible ?

— J'avais pris un morceau de rechange dans les archives, juste au cas où. (Il baisse les yeux sur ses mains.) C'est ça que je leur ai donné.

Je n'arrive pas à toucher la seule partie de lui qui existe encore. Je frappe la table du plat de la main.

Obel s'éclaircit la gorge.

— Leora, il y a encore quelque chose que je dois te montrer. Nous n'avons pas beaucoup de temps.

Je le vois attraper la flasque d'alcool que nous utilisons pour nettoyer la peau avant de tatouer. Il imbibe un chiffon avec le liquide et se frotte vigoureusement le bras.

Je vois une touche de couleur sur le chiffon blanc. Peu à peu, sous les magnifiques couches d'encre aux motifs si complexes, sa peau blanche apparaît.

Vierge.

Immaculée.

## Chapitre 40

— Voilà pourquoi je n'ai jamais pu vous lire.

Obel lève les yeux et sourit doucement.

— Eh oui…

— Combien de temps…

— Avant de venir ici. Je n'avais pas vraiment le choix.

— Alors vous êtes quoi ? une sorte d'espion ? Envoyé pour nous surveiller ?

Je frissonne – je n'ai jamais vu d'Immaculé de mes yeux. Et pourtant, j'ai travaillé avec l'un d'eux pendant des semaines. Ma tête se met à tourner. Je jette un coup d'œil à Oscar et je suis soulagée de voir qu'il a l'air tout aussi choqué que moi.

— Vous n'avez pas d'âme ?

— Leora, je t'en prie… Je suis exactement comme toi.

Je ris sombrement.

— Écoute-moi. Je voulais être quelque chose, avoir quelque chose à moi. Je voulais qu'on se souvienne de moi. (Il regarde mon visage tout sauf impressionné.) Les Immaculés aussi veulent ça, tu sais, jeune fille. Vous n'êtes pas les seuls à vouloir laisser une trace de votre existence. Je savais que je pouvais devenir un tatoueur de talent. Pourquoi aurais-je dû rester invisible juste parce que j'étais immaculé ?

— Mais pourquoi ne vous êtes-vous pas simplement fait tatouer, Obel ? Pourquoi prendre tous ces risques pour faire semblant, quand vous auriez pu simplement vous faire tatouer une bonne fois pour toutes ?

Oscar s'est approché d'Obel. Il touche sa peau, examine ses tatouages.

Obel tend l'autre bras pour qu'Oscar puisse voir.

— C'était un choix, et je l'assume. (Il nous sourit.) Oui, c'est difficile de faire semblant. Je me peins depuis des années, je fais des retouches tous les jours, c'est contraignant. Mais ton père avait besoin de moi. (Il me regarde.) Et le tien aussi, ajoute-t-il en désignant Oscar d'un signe de tête.

» Ils avaient tous les deux besoin que l'un de nous soit là, pour aider la cause. (Je serre les dents et secoue la tête.) Ils se battaient pour nous. Nous, les Immaculés, n'aurions pas pu survivre sans des gens comme eux pour nous aider. Ils se sont battus pour nous. Malgré ce que peut raconter le maire, nous n'avons jamais voulu faire la guerre, nous voulions juste réussir à vivre. J'étais un lien entre ces deux mondes ; leur contact.

Les larmes m'aveuglent et coulent sur mon visage. Je secoue la tête. Je ne peux pas le croire. Ce n'est pas possible.

— Qu'est-ce que vous voulez dire ? Que faisait mon père ? (Je me tourne vers Oscar.) Tu le savais ? C'est pour ça que tu m'as adressé la parole, ce jour-là, au musée ?

— Je ne savais pas ça, dit-il en désignant le bras d'Obel, mais je savais que nos pères se connaissaient. Pendant des années, ils se sont occupés des Immaculés. Sans eux, ils seraient morts de faim. (Je pouffe. Comme si cela m'importait.) Mon père voulait s'assurer que l'héritage ne soit pas perdu. Les Immaculés ont encore besoin de nous… de toi. Il m'a dit que la fille de Joel Flint serait une arme puissante, sans préciser pourquoi.

Son visage est dur, triste. Alors depuis toujours, tout le monde savait ?

Toutes les choses que l'on m'a apprises, tout ce en quoi j'ai cru m'a été arraché. Je ne peux pas le supporter. Je ne peux plus rien supporter.

Je les regarde tous les deux : Obel et son visage si calme, si triste ; Oscar, aussi confus que moi. Je me souviens de ses mains sur la mienne et de son sourire dans la pénombre, au musée.

Il y a eu trop de mensonges.

Je prends mes affaires et je pars. Ni Obel ni Oscar ne tentent de m'arrêter.

# Chapitre 41

Une fois chez moi (est-ce que c'est encore chez moi ?), je regarde par la fenêtre pour voir si elle est là. *Ma mère* – Sophie. Visiblement non, aucune lampe n'est allumée, je ne vois pas son manteau dans l'entrée, et la porte est fermée à clé. Quand j'entre, je dois faire face à toutes ces odeurs que je ne remarque pas d'ordinaire et qui devraient me réconforter. Pourtant, ça me retourne l'estomac.

Je monte récupérer des vêtements dans mon armoire et des bandages dans la salle de bains que je pourrai utiliser pour mes tatouages. Je ne dois pas non plus oublier mon carnet de dessin, caché sous mon lit. Alors que je suis allongée par terre, sous mon matelas, j'entends des bruits de pas dans l'escalier.

Quand elle entre dans ma chambre et me trouve là, j'ai l'impression de m'être fait surprendre par un ours dans sa tanière. *Elle va me tuer. Elle va me dévorer vivante.* Je sors de sous le lit en me tortillant. Tout ce que je vois, ce sont les vêtements dans mon sac ouvert, les bandages partout par terre. Et elle.

Il est trop tard pour fuir : l'ourse m'a attrapée. Elle s'avance dans un silence menaçant, les mains tendues vers moi, ses doigts sont comme des griffes. Je recule vers mon lit, mais je suis coincée. Elle m'attrape. Elle gronde. Ses mots mordent.

— Espèce d'idiote ! Ma pauvre fille, qu'est-ce que tu as fait ? Imbécile, va.

Je vacille et tente de me libérer mais elle est trop forte pour moi. Un instant, mon corps se raidit – je me prépare à être frappée.

Mais elle ne me dévore pas, elle me caresse. Elle ne gronde pas, elle pleure et chuchote. La fatigue m'assomme. Je ne peux pas combattre un ours et je ne peux pas la combattre, elle. Je me laisse faire. Les larmes montent, prêtes à me noyer. Mais elle m'enlace, me protège.

— Pauvre fille, pauvre petite fille, chuchote-t-elle avec tendresse. Je suis tellement désolée, ma petite lumière. Tellement désolée. J'aurais dû te le dire, j'aurais dû te faire confiance.

Elle me caresse les cheveux, comme si j'étais un chat de gouttière qui pourrait bondir n'importe quand et a besoin d'être calmé. Ce n'est pas très loin de la vérité.

Je m'écarte et j'allume la lampe de ma table de chevet. Nous plissons toutes les deux les yeux le temps de nous habituer à la luminosité.

— Attends ici, dit-elle en se relevant. Je vais juste chercher quelque chose. Je reviens tout de suite.

Une minute plus tard, elle me tend un paquet abîmé. Je dois utiliser mes dents pour desserrer les nœuds de la ficelle qui l'entoure. Finalement, elle cède et je la jette à côté de mon lit. L'objet est enveloppé d'un papier épais qui se déplie tout seul.

Il y a un livre à l'intérieur. Une sorte de livre. Ou plutôt un cahier. Il n'y a aucune inscription, ni sur la couverture ni sur le dos. Je ne sais pas dans quel sens le tenir. La texture évoquant le daim du vieux papier est douce sous mes doigts. J'ouvre le livre : rien. Je le retourne de l'autre côté.

Et je découvre la sorcière blanche. Je jette le livre.

— Je n'ai pas besoin d'un autre livre de contes, Maman. Qu'est-ce que tu veux que j'en fasse ?

J'aurais espéré que ce soit autre chose, n'importe quoi qui me permettrait de comprendre tout ça. Mais non, je suis là avec encore un autre livre sur la sorcière blanche.

— S'il te plaît, ma chérie, regarde juste, dit-elle doucement. Ce n'est pas un conte de fées.

Je me contente de regarder le livre à mes pieds, lui adressant silencieusement des messages haineux. Mais finalement, je le ramasse. Passé cette illustration de la sorcière blanche, il n'y a effectivement pas de conte. C'est un journal. Non, une lettre, un message.

— C'est à elle ? (Ma mère hoche la tête.) C'est à ça qu'elle ressemblait ?

Je lui montre le dessin en première page.

— Oui, c'est un dessin que ton père a fait et gardé. Lui aussi était un tatoueur talentueux, en plus d'un écorcheur. Il me l'a montré pour que je puisse voir la ressemblance entre vous. D'après lui, les Immaculés croient que ta mère était une descendante directe de Moriah et de la sorcière blanche. La ressemblance est frappante, non ? Mais ce n'est pas l'écriture de ton père, c'est la sienne à elle. (Elle jette un coup d'œil par-dessus mon épaule.) Je ne l'ai jamais lu. Je le gardais pour toi, pour quand le temps serait venu. (Elle soupire et replace une mèche de cheveux derrière mon oreille.) Mais ça ne semblait jamais être le bon moment.

Je tourne les pages couvertes d'une écriture manuscrite soignée.

— Je pense qu'elle l'a écrit quand elle était enceinte, Maman.

Je suis excitée malgré moi et lui montre le passage en question :

*Tu bouges tout le temps, petite. Tu grandis tellement ! J'aime poser les mains sur ma peau et te sentir sous mes doigts. Je crois que tu me sens toi aussi. Je suis si fatiguée maintenant, mais tu en vaux la peine.*

Quelques pages plus loin, une autre écriture remplace la sienne. Je ne sais pas qui a écrit la fin de son histoire, qui a comblé les blancs. J'aurais aimé la lire avant. Avant la mort de mon père, surtout. Je pense. Je ne sais pas ce que nous serons l'une pour l'autre désormais, mais la présence de ma mère a sans doute été nécessaire ces derniers mois.

Et de toute façon, ils (peu importe de qui il s'agit) ne connaissent pas la fin. Ce n'est pas là que je m'arrête, ce n'est pas la fin de mon histoire.

Je me demande ce que ma mère sait exactement au sujet de la femme qui m'a donné la vie. Impossible de le savoir en regardant son visage, elle semble juste fatiguée et inquiète. Triste, aussi. Elle semble terriblement, horriblement triste.

— Raconte-moi, Maman. Raconte-moi tout.

— C'est grâce à Julia que l'on s'est rencontrées, dit-elle. Elle avait pour mission de se débarrasser de toi. Il y avait des attaques régulières contre les bastions des Immaculés pour leur prendre les bébés. Tu étais considérée comme dangereuse.

— Tu veux dire que…

Elle affiche un sourire gêné.

— Mais elle n'en a pas été capable. Elle ne pouvait pas faire quelque chose d'aussi horrible. Elle est venue me trouver, Leora. À l'époque, je vivais en périphérie de la ville. Je l'ai trouvée sur le pas de ma porte avec toi cachée contre son propre ventre.

Je l'entends soupirer, soulagée de raconter son histoire sans plus avoir à mentir.

— Tu étais si belle. Si parfaite. Personne ne devait savoir d'où tu venais. S'ils avaient su qui était ta mère, ils ne t'auraient pas laissée vivre. Je devais donc te donner un nom pour que tu deviennes ma fille.

Elle me jette un coup d'œil et me caresse le bras. Je ne me tourne pas vers elle, mais je ne me dégage pas non plus.

— Quand j'ai enlevé tes couvertures et tes vêtements, je l'ai vu. Tu étais déjà tatouée, Leora. Mais ce n'était pas le tatouage noir habituel, c'était un motif pourpre. On m'avait dit que tu étais une Immaculée, mais tu étais née tatouée, déjà nommée. Tout comme Moriah. Tout comme Moriah…, répète-t-elle, pensive. Julia m'a aidée à faire recouvrir la marque par de l'encre noire pour que personne ne sache. Et tu es devenue ma petite fille.

Je la regarde. Est-ce vraiment possible ?

— Tu étais avec moi depuis six mois quand ton père est arrivé en demandant à te récupérer. Depuis tout ce temps, il te cherchait. (Elle frotte ses mains sur sa jupe et secoue la tête.) Pour moi, cet homme était pire qu'un Immaculé, il nous avait trahis et avait changé de camp. Il était souillé, à peine humain.

Elle pose doucement ma main sur ses genoux et joue avec mes doigts.

— Je ne comptais pas le dénoncer aux autorités, après tout, il était ton père. Pourtant, il était hors de question de le laisser t'approcher. Mais il a tellement insisté que j'ai fini par céder et le laisser entrer. J'imagine que tu devines la suite. Nous sommes tombés amoureux. J'ai accepté de vivre une nouvelle vie avec lui, à Saintstone. Je me suis portée garante pour lui aux yeux du gouvernement. Quand nous avons déménagé dans cette maison, nous n'étions qu'un couple marié parmi d'autres avec un adorable bébé. Personne ne savait, personne ne se doutait. Mon père, qui était lecteur, a soupçonné quelque chose d'étrange mais, comme je n'ai rien voulu lui dire, ma mère et lui m'ont reniée. (Elle affiche une expression triste.) Je ne crois pas qu'il nous l'ait jamais pardonné. Tu étais notre secret parfait. Tu étais même un secret pour toi-même.

Je tressaille et me tourne finalement vers elle.

— Alors cette histoire de maladie, de rencontre à la maternité avec Verity, vous avez tout inventé ?

Elle hoche la tête.

— Alors je n'ai pas juste quelques jours de plus qu'elle ?

Elle secoue la tête.

— Non, ma chérie. Tu as presque neuf mois de plus qu'elle. Mais nous ne connaissons pas ta date de naissance exacte.

— Donc je ne connais pas ma vraie mère, je ne sais pas où je suis née, et je ne connais même pas ma date de naissance ? Et ça ne vous a jamais paru cruel et horrible de me cacher tout ça ?

Ma mère tente de m'apaiser en me frottant l'épaule.

— Ma chérie, ç'a été la chose la plus dure et la plus horrible que j'aie eue à faire. Tous les jours, je voulais te le dire, le dire à tout le monde.

Je hausse un sourcil.

— Mais tu étais aussi la meilleure et la plus belle chose qui me soit jamais arrivée. Tu comprends, n'est-ce pas ? S'ils ont tatoué ton père pour avoir simplement aidé une Immaculée, imagine ce qu'ils t'auraient fait en découvrant que tu étais sa fille ? La descendante de la sorcière blanche ?

Elle pousse un profond soupir, chargé de larmes et de regrets.

— Je sais que c'est injuste, Leora. Mais ta vie était menacée et tous les jours je t'ai protégée. Je pense que Papa voulait te le dire. Je crois que c'est pour ça qu'il t'a donné ce pendentif, c'était son seul souvenir de sa période chez les Immaculés.

Je le sors pour l'examiner. Ce n'est pas une feuille, mais une plume.

— Pourquoi je n'ai jamais pu lire ça sur toi ?

— En fait, je me suis souvent posé la question. J'ai si souvent eu peur que nos tatouages nous trahissent. Ceux de ton père avaient été recouverts, évidemment. Je ne pensais pas que tu avais le don de lecture, je n'ai jamais osé espérer que tu me ressembles. Je dirais que… parfois, nous voyons ce que nous avons besoin de voir. Parfois, la vérité est trop complexe pour que l'on puisse la tirer au clair.

Je fronce les sourcils, tentant de digérer toutes ces révélations.

— Mais ce n'est pas un mensonge non plus, tu es sur mon arbre car tu es ma fille. Tu es peut-être arrivée dans ma vie de façon inhabituelle, mais je suis devenue ta mère dès l'instant où je t'ai tenue dans mes bras. Tu le sais, n'est-ce pas ? Je comprendrais que tu ne me voies plus ainsi, mais tu seras toujours ma fille, celle que j'ai adoptée, que j'ai élevée, que j'ai aimée. Je ferais encore n'importe quoi pour toi, même si je ne suis plus rien à tes yeux.

Il fait sombre maintenant. Ma tête me fait mal et je me glisse sous les couvertures. Je suis émotionnellement vidée, je ne sais plus comment répondre ou quoi ressentir.

Ma mère me laisse. Elle me borde comme elle avait l'habitude de le faire quand j'étais petite et quitte ma chambre. Je reste là, les yeux ouverts, à réfléchir à la suite. Je ne veux pas rester ici et faire comme si de rien n'était. Tout a changé. Tout le monde a fait de ma vie un secret que j'étais la seule à ne pas connaître. Maintenant, c'est à moi de décider ce que j'en fais.

*Mais ça ne sert à rien de partir au milieu de la nuit pour errer dans les rues alors que j'ai un lit douillet à disposition.*

Je prendrai une décision demain matin. Alors que je m'endors, les mots du cahier dérivent dans mes rêves.

*Je rêve d'un homme, marqué et banni de son propre peuple.*

*Je rêve d'une femme qui ressemble à la sorcière blanche, qui tombe amoureuse de l'homme tatoué.*

*Je rêve de la désapprobation de sa famille.*

*Je rêve de son ventre blanc qui grossit peu à peu.*

*Je rêve de son petit bébé et de son corps affaibli. Elle a mis ses dernières forces dans cette nouvelle vie offerte au monde.*

*Je rêve du bébé, marqué à la naissance.*

*Je rêve de la mort de la sorcière et des pleurs de l'homme tatoué.*

*Je rêve des hurlements du père et de l'enfant.*

*Je rêve de sa promenade dans les bois.*

*Je rêve d'une femme qui cache le bébé.*

*Je rêve de celle qui tient le bébé contre sa poitrine comme si son âme était maintenant complète.*

*Je ne rêve de rien, rien, rien.*

À mon réveil, ma mère est déjà partie travailler. Je ne sais pas trop quelle est désormais la nature de notre relation, mais j'y vois un peu plus clair, je comprends mieux. Je resterai ici en attendant d'avoir décidé de ce que je vais faire ; je vais commencer par me faire du thé. Le thé résout tous les problèmes, non ?

On frappe à la porte alors que je suis en train de me servir une seconde tasse.

— Sophie ? Tu es là ? J'ai une lettre pour Leora !

C'est Verity. Je prends une profonde inspiration, me lève et vais ouvrir.

S'il y a bien une personne que je n'avais pas envie de blesser, s'il y a bien une personne qui n'a rien à se reprocher, c'est Verity. Elle me regarde, bouche bée. Elle me fourre une lettre dans la main et s'en va, se retournant une fois pour me lancer un regard qui en dit plus long que n'importe quelle parole qu'elle aurait pu prononcer.

Et je ne m'élance pas derrière elle.

Je regarde ma meilleure amie quitter ma vie.

Je m'assois à la table en regardant le sceau du gouvernement sur l'enveloppe. J'écrase mon poing sur la table et hurle de tristesse, de colère et de frustration. J'avais tellement de choses à lui dire : je voulais m'excuser, savoir ce qui lui était arrivé depuis. Elle n'a pas dû perdre son travail, sinon elle n'apporterait pas des lettres du gouvernement. Mais est-ce qu'elle va bien ? Je pense que c'était plus facile avec Obel et ma mère : nous avons tous des secrets cachés, des choses à pardonner. Mais Verity n'était que générosité et courage, elle n'a fait que me soutenir. Je ne la mérite pas. Je l'ai trahie.

Je laisse la lettre sur la table et je garde un œil sur elle pendant que je vais verser le reste de mon thé dans l'évier (je ne peux plus rien avaler), comme s'il s'agissait d'un insecte venimeux qui pourrait s'enfuir d'un bond.

Parce qu'il y a pire que d'avoir un insecte venimeux sur la table : c'est de ne plus le voir et s'attendre à être piqué à tout moment. Je ne sais pas quoi espérer de cette lettre. J'ai appris des choses que j'aurais préféré ignorer, depuis la dernière fois que j'ai vu Mel. J'ai perdu plus que ce que je n'aurais jamais pu imaginer. Mais j'ai aussi fait des découvertes. Peut-être que cette lettre donnera un sens à tout ça, peut-être les choses commenceront-elles à se mettre en place.

Je m'avance vers la table et décachette l'enveloppe.

*Chère Leora.*

*As-tu pris une décision ?*

*Viens me voir demain à 10 h. Je t'ai pris un rendez-vous pour un test de vérité. Ensuite, nous pourrons parler.*

*Mel.*

# Chapitre 42

Ce n'est qu'une fois entrée à l'intérieur du siège du gouvernement surchauffé que je prends conscience du froid qu'il fait dehors. Je me souviens de la peur que j'ai ressentie, lors de mon premier test de vérité, en compagnie de mon père. Maintenant, il est mort et ce test n'a plus aucune importance. Je leur donnerai des réponses ; je laisserai l'alarme sonner et dévoiler les mensonges, si elle le peut.

Un homme vient me chercher dans la salle d'attente et me fait signe de m'asseoir sur la chaise devant son bureau en bois. Je place ma main sur le dôme de métal et prends une profonde inspiration en attendant la première question.

— Votre nom est-il Leora Flint ?

— Oui.

— Avez-vous déjà été en contact avec des Immaculés ?

*Toute ma vie.*

— Non.

— Avez-vous commis des crimes punis d'un tatouage ?

*Je suis entrée ici par effraction pour voler de la peau.*

— Non.

— Connaissez-vous des gens qui ne sont pas loyaux envers notre dirigeant ?

*Par qui commencer ?*

— Non.

— Les marques sur votre corps sont-elles une juste représentation de votre vie ?

*Elles ne sont que la partie visible de l'iceberg.*

— Oui.

À chaque réponse, à chaque mensonge, je m'attends à ce que la machine sonne, mais elle demeure silencieuse. Tout comme quand mon père avait fait le test. Je me rends compte que le système repose sur notre peur. Il faut avoir peur de la mort et d'être oublié pour obéir. Mais quand tout ça n'a plus d'importance, on ne peut plus nous atteindre.

C'est juste un spectacle.

Une fois le test terminé, je quitte cette section du bâtiment et me retrouve à la réception. La fille revêche de l'accueil me lance un coup d'œil méprisant mais je ne me laisse pas intimider : j'ignore son sourire suffisant et me contente de lui dire qui je suis venue voir.

— Elle est en réunion, dit-elle en vérifiant.

— Elle attend ma visite.

La fille s'éloigne en poussant un gros soupir mais quand elle revient, elle affiche un air penaud.

— Je suis si désolée de vous avoir fait attendre, mademoiselle Flint. Venez, la conteuse va vous recevoir.

— Comme c'est amusant, Leora, dit Mel alors que j'entre dans une petite salle de réunion meublée de fauteuils marron capitonnés.

Isolda est assise à côté d'elle et me regarde ; sa petite ombre.

— Nous étions justement en train de parler de toi. Le maire est très intéressé par ton cas.

— M. Longsight ? Il sait qui je suis ?

— Bien sûr, Leora. Et il est impatient de te rencontrer quand tu travailleras ici.

— *Si* je travaille ici.

Mel se contente de sourire. La porte s'ouvre et la lumière est presque bloquée par l'homme qui se découpe dans l'embrasure.

— Je ne te présente pas Jack Minnow ?

La chaleur environnante me fait transpirer. Je lui tends une main moite et j'ai l'impression que la pièce a rétréci.

Mel poursuit.

— Je t'ai tout dit, Leora. Le poste que le gouvernement est prêt à t'offrir est une occasion unique de montrer tes qualités exceptionnelles. Ils sont impatients d'utiliser tes incroyables capacités de lecture. Tu changeras des vies, tu offriras de l'espoir aux vivants comme aux morts. (Elle sourit.) Tu seras notre première réviseuse.

Surprise, je marque un temps de pause.

— Qu'est-ce qu'une réviseuse ?

— Comme son nom l'indique, la réviseuse a pour mission de modifier les tatouages. Mais cela demande plusieurs talents : lecture, tatouage, écorchage…

— Mais… n'est-ce pas trompeur ?

Mel sourit patiemment et ébouriffe les cheveux d'Isolda.

— J'oublie parfois à quel point tu es jeune. (Elle soulève Isolda pour la mettre sur ses genoux.) À ton âge, on voit encore le monde de façon manichéenne. Tout est forcément blanc ou noir, bien ou mal. En grandissant, tu découvriras une multitude de nuances. Les choses ne sont pas aussi simples.

— Alors, vous préférez le gris ? dis-je, tentant de dissimuler ma confusion.

Elle rit. Elle rit, vraiment.

— Oh, non, Leora ! J'aime le blanc et le noir. J'aime notre société. J'aime lutter pour la vérité, pour que nos histoires soient racontées. Mais parfois, les gens ont besoin d'un peu d'aide. Nous faisons tous des erreurs, Leora.

Je hoche la tête et je pense aux mensonges de ma mère, à la femme de mon père, à la peau d'Obel, au père d'Oscar. Je pense à moi lors de la cérémonie et je ne sais pas où me ranger : noir ou blanc ? Vrai ou faux ? Bien ou mal ?

— Il serait cruel de laisser ces erreurs dicter notre avenir, non ? Il y a certainement de la place dans notre société pour le pardon, l'espoir, la rédemption, tu ne crois pas ?

Je hoche la tête de nouveau, lentement.

— Alors, on peut recouvrir les erreurs des gens, pour laisser leur bonté apparaître ?

— *Exactement*. Et ce sera à toi de le faire ! Grâce à ton don, tu sais lire le cœur des gens : tu peux voir ce que leurs tatouages veulent vraiment dire, tu sauras s'ils méritent que l'on se souvienne d'eux, et si c'est le cas, nous pourrons faire une petite modification ici, une petite découpe là…

Le souvenir du père d'Oscar me frappe soudain. La cruauté et le caractère irréversible de son tatouage en public. Et lui ? Et mon père ? Il n'y a aucun espoir pour eux.

— Qui choisit ceux qui seront modifiés ? Comment le décider ?

— De toute évidence, le processus sera rigoureux. Il faut respecter les valeurs de la société. Mais nous devons être prêts à faire le nécessaire pour maintenir la paix et honorer les membres les plus méritants de notre communauté.

Il y aura toujours des gens qui n'ont rien à offrir. Il y aura toujours des oubliés.

— Et si je refuse ?

J'entends Jack Minnow remuer dans son coin et me souviens de la chouette.

— Cette décision, comme toutes les autres dans ta vie, sera tatouée sur ton corps. Qui sait quel poids elle aura au moment de la cérémonie de la pesée de ta propre âme ?

La menace est évidente.

— Et si j'accepte ?

— Eh bien, on peut ressusciter les morts, Leora. Il y a certaines choses que nous oublions seulement un moment avant de nous en souvenir de nouveau.

Je mets quelques secondes à comprendre.

— Mon père ?

— C'est si facile de faire passer un livre pour un autre… Lors de la cérémonie, tu as cru voir brûler celui de ton père mais ce n'était pas le cas.

Ont-ils jeté un autre livre dans les flammes ? Son âme peut-elle être encore sauvée ? On m'offre la chance de le faire ; si je le veux.

— Je te donne jusqu'à la fin du mois prochain pour prendre une décision. Cela te laisse un peu plus de quatre semaines. Je suis particulièrement généreuse. Réfléchis bien, d'accord ?

Cette fois, le froid me gifle et me fait pleurer. La chaleur du bâtiment du gouvernement m'a piégée. Je crois voir quelqu'un m'observer alors que je jette un dernier coup d'œil avant de me diriger vers le centre-ville. Et si c'était Verity ? Je voudrais tellement la voir… Je recule de quelques pas et crie son nom.

— Sais-tu seulement ce que Verity signifie ?

Jack Minnow apparaît. Mon cœur se serre sous le coup de la déception.

— La vérité. La véracité. Et regarde ce que tu as fait faire à ta pauvre amie. Elle a menti pour toi ; elle a caché la vérité pour toi. Et tu as jeté tout ça au feu.

Il s'approche de moi. Trop près. Sa main se referme sur mon poignet.

— Oh ! et ne sois pas trop dure avec Karl si tu le revois, Leora. Tout ce qu'il a fait, c'est dire la vérité. Et tu sais ce que l'on dit : la vérité te libérera.

# Chapitre 43

Je ne veux pas retourner au studio mais je sens qu'il le faut. Une dernière fois.

Je passe par la porte de derrière. En attendant qu'Obel ait terminé avec un client, je me dirige vers l'étagère où il a posé *L'Encyclopédie des contes*, le livre avec la magnifique illustration de la sorcière blanche.

Je suis si profondément plongée dans ma lecture que je sursaute quand Obel ouvre le robinet pour se remplir un verre d'eau. Il le vide en me regardant. J'ai le temps de remarquer qu'il a refait ses tatouages. Ils sont parfaits, muets.

— Je suis désolée pour hier.

Obel repose son verre vide dans l'évier sans me quitter des yeux.

— J'étais sous le choc. (Je referme doucement le livre.) C'est difficile de repousser ce en quoi on a cru toute sa vie, Obel. Mais je suis vraiment désolée.

Je m'approche de lui et il se contente de rester où il est. L'image de son bras nu apparaît dans mon esprit et je le revois, vierge, immaculé. Toutes mes croyances tourbillonnent dans mon esprit et me hurlent de partir, de me protéger de lui, de son espèce (*mon espèce ?*). Au lieu de fuir, je tends la main pour toucher sa magnifique peau blanche. Je laisse courir mes doigts sur les motifs factices.

Et finalement, finalement, il me sourit, me tient la main et mc serre contre lui d'une façon qui me rappelle tellement mon père que je ris et pleure en même temps.

Il finit par prendre la parole :

— Tu sais, Leora, les gens se souviennent encore de ton père.

— Eh bien, ils n'en ont plus le droit maintenant. Nous ne devrions même pas être en train de parler de lui.

— Tu ne peux pas contrôler ta mémoire, si, jeune fille ? Et de toute façon, nous ne vivons pas selon vos règles, nous, les Immaculés. Nous choisissons ce qui rend quelqu'un digne que l'on se souvienne de lui. Il était courageux, tu sais ? Il a tout quitté par amour, deux fois de suite. Il aimait vraiment Sophie aussi, tu sais.

— C'est vous qui avez mis une plume dans ma poche le premier jour ?

Obel hoche tristement la tête.

— C'était censé être un indice. Je me demandais ce que ton père avait pu te raconter ou pas alors je voulais t'envoyer un message si jamais tu étais déjà au courant. Je suis désolé si je t'ai fait peur.

— Bien sûr que j'ai peur, Obel, je suis terrifiée. Comment pouvez-vous supporter de vivre avec des gens que vous ne pouvez croire que sur parole, dont la méchanceté cachée peut surgir à tout moment ?

— Tu penses toujours que nous sommes mauvais, c'est ça ? Tu penses toujours que vous avez le monopole de ce qui est bon ?

— On est forcément noir ou blanc, méchant ou gentil, il n'y a pas d'entre-deux.

Obel hausse les sourcils.

— Tu sais quelle est la véritable alternative au blanc et au noir, n'est-ce pas ?

Je regarde Obel, confuse. Il s'approche du placard et sort les peintures que nous utilisons parfois pour concevoir les motifs de tatouages. Il fait un rapide croquis de moi, tout en lignes noires sur du papier blanc. C'est très réussi. Puis il étale de la peinture blanche dessus jusqu'à ce qu'il ne reste plus qu'une ombre grise.

— Leora. Les choses n'ont pas à être blanches, noires ou grises.

Il nettoie le pinceau et se met à peindre. C'est encore moi, mais cette fois, il ajoute tous les détails possibles, toutes les ombres, toutes les lignes. Toutes les nuances de couleur sont là, vives. Le dessin est si réaliste qu'on dirait qu'il respire.

— Nous avons tous un peu de mauvais en nous, Leora. Nous avons tous fait des choses dans nos vies qui provoquent la honte et le regret. Des choses qui ont blessé notre âme ou les gens que l'on aime. Mais nous sommes tous bons aussi. J'imagine que nous sommes avant tout bons, en fait. La vie consiste à tenter de trouver un équilibre entre ces bonnes et ces mauvaises choses, mais le résultat n'est pas gris. C'est ça, le résultat. (Il désigne son dessin.) Nous ne sommes pas seulement bons ou mauvais. Nous sommes aussi tout le reste. Par exemple, toi, tu es à la fois caractérielle, créative, amusante, et amoureuse d'Oscar.

Je lève les yeux devant cette dernière affirmation, bouche bée, prête à nier, mais il m'arrête d'un sourire et je me contente de secouer la tête.

— Comment vous pouvez savoir tout ça si ce n'est pas inscrit sur la peau de la personne que vous regardez ?

— Tu penses vraiment que tu n'es rien de plus que ce que disent tes tatouages ?

Je soupire.

— Je n'ai que des tatouages officiels.

— Et si chaque centimètre de ton corps était couvert d'encre et que chaque mot que tu as jamais prononcé était inscrit sur ta peau ? Est-ce que ça suffirait pour connaître tout de toi ?

Je ferme les yeux. Je repense à ce que j'ai fait ces dernières semaines, et une larme coule sur ma joue.

— Ce serait suffisant pour me condamner, je crois.

— C'est pareil pour tout le monde, tu sais ? (Il me frotte l'épaule.) Leora, on ne peut pas vivre en espérant qu'on ne fera jamais d'erreur. Nous ne sommes pas faits pour ce monde d'encre. Nous ne sommes pas faits pour un monde où l'on ne peut pas prendre de nouveau départ.

Confuse, je le regarde.

— Montre-moi ta cicatrice, dit-il en me prenant la main.

Il hausse les sourcils devant les corrections faites par le tatoueur du gouvernement.

— Tu as fait une erreur, n'est-ce pas ? (Je hoche la tête.) Cette cicatrice est là pour en témoigner, pour montrer que tu ne peux même pas te laver les mains sans te blesser.

Je ris et me frotte la main.

— Est-ce que tu t'es déjà cassé quelque chose ? (Je fais non de la tête. Obel lève le bras.) Moi, je me suis brisé le poignet à neuf ans. Ma mère m'avait dit de ne pas grimper à l'arbre, mais je l'ai fait. Et elle avait raison.

Il me sourit.

— Ça ne se voit plus, mais c'est bien là. Mon corps ne raconte pas d'histoires pour chacune de mes erreurs, Leora.

Nos corps guérissent, se réparent. Ta vie n'est pas définie par tes erreurs du passé. La rédemption existe. Elle est toujours là.

Je pleure. Les morceaux s'emboîtent peu à peu dans ma tête. Je crois savoir ce que je dois faire.

# Chapitre 44

— Combien de temps ça prendra ?

— Deux, peut-être trois sessions. En tenant compte du temps de cicatrisation entre chaque, ça peut être fini dans un mois.

— Alors, on ferait bien de s'y mettre tout de suite.

Dans les ténèbres, je quitte le studio et je l'entends appeler mon nom. Je crois rêver.

— Leora. Ne pars pas.

Je me retourne. C'est vraiment elle. Ses joues sont rosies par le froid, comme si elle m'attendait depuis un bon moment.

— Tu es passée aux bureaux du gouvernement, tout à l'heure ?

Je hoche la tête, ne sachant pas trop quoi dire pour être sûre de ne pas la faire fuir.

— Tu aurais pu venir me voir. Je travaille toujours là-bas, tu sais.

Elle se frotte les mains et les met dans ses poches. Je fais un pas en avant.

— Je ne pensais pas que tu voudrais me voir, Verity. Ma mère m'a conseillé de te laisser du temps.

Verity hausse les épaules.

— Tu veux marcher un peu ?

Elle pivote et je trottine pour la rattraper, tentant de rester à sa hauteur.

— Est-ce que tu as seulement pensé à moi, Leora ? Tout ce que j'ai fait, c'était pour toi. Tu t'en rends compte, n'est-ce pas ? (Je hoche la tête, mais elle ne me voit pas.) J'ai pris des risques insensés pour toi. Pour ton père.

Je tente de répondre, mais elle tourne au coin de la rue et mes mots s'envolent.

— J'étais prête à tout pour le sauver, je me serais battue jusqu'au bout. Et toi, lors de la cérémonie, tu… tu as abandonné.

Je l'interromps.

— Non, Verity. Je t'assure que…

— Si, tu les as laissés détruire tout ce pour quoi nous avions travaillé. (Elle s'arrête et se tourne vers moi, les mains toujours dans les poches, les joues roses et les yeux brillants de larmes de colère.) *Brûlez-le*, dit-elle en m'imitant. Tu aurais aussi bien pu brûler ma carrière ce jour-là. Tu t'en rends compte, au moins ?

Je tends la main vers elle, mais elle recule d'un pas.

— Tu as raison. Je n'ai pas pensé à toi. (Verity hausse les sourcils, me mettant au défi d'en dire plus.) Je n'ai pensé qu'à ce qu'il avait fait, à tous ses mensonges. Je suis désolée.

Elle se contente de me regarder froidement. Je suis en train de la perdre.

— J'ai fait du mal à tous ceux qui m'aiment et à tous ceux qui l'aimaient, Verity. Je l'ai regretté à l'instant où ils l'ont jeté dans les flammes, mais sur le moment, ça me semblait être la seule chose à faire. Vraiment. (Verity se remet à marcher.) Ils savaient, de toute façon. (Elle s'arrête sans se retourner.) Le gouvernement t'a donné des informations à me transmettre pour voir ce que j'allais faire. Ils savaient même que nous avions volé la peau.

Elle se tourne vers moi avec un sourire triste.

— Je sais. Ils me testaient, moi aussi. Bravo, tu as réussi. Moi, je suis juste passée pour une rebelle. Ils pensaient même que je savais que tu étais à moitié immaculée. (Sa bouche se tord de dégoût.) Tu as fini par faire ce qu'ils attendaient de toi. Tu es une héroïne. (Elle crache ce dernier mot comme si j'incarnais tout ce qui la rend malade.) Je suis en période de probation. J'ai été virée de mon bureau et je suis de nouveau avec les autres stagiaires.

— Je te dois tant. Je le sais. Je l'ai *toujours* su.

Un petit sourire surgit presque au coin des lèvres de Verity.

— Heureuse de te l'entendre dire… C'est vrai qu'on t'a proposé du travail ?

Je hoche la tête.

— Et alors ? Tu vas faire quoi ?

— Je ne sais pas encore. (Je pose la main sur son bras et elle ne recule pas.) Ça dépend de si je compte encore pour certaines personnes.

Elle fronce les sourcils.

— Tu as toujours compté pour moi, Leora, murmure-t-elle. Toujours. Mais toi ? Est-ce que tu es là pour moi ? Tu te battrais pour moi ?

Et elle reste là, ses mains glacées tendues vers moi.

— J'aimerais que tu me laisses une chance de te le prouver.

Verity ne dit rien mais elle me laisse la suivre jusque chez elle.

Les semaines suivantes passent à la fois lentement et incroyablement vite. Je reste beaucoup avec ma mère, qui répond à toutes mes questions. Julia passe nous voir et je l'interroge aussi. C'est elle qui m'a sauvée. Je lui dois la vie.

Je suis déterminée à réparer tout ce que j'ai détruit, à commencer par mes amitiés, même si je ne pourrai pas tout effacer. J'ai envie de ramener mon père d'entre les morts, mais est-ce que je veux vraiment connaître le vrai lui, celui avec un passé que je ne peux pas lire ? Je ne suis pas encore sûre de pouvoir lui pardonner. Parfois, j'aimerais pouvoir remonter le temps et tout refaire autrement. Mais il n'y a pas de retour en arrière possible. Alors charge à moi de transformer ces événements en quelque chose de beau pour l'avenir.

Ma peau me démange. Il est presque temps.

# Chapitre 45

***La boîte***

*Il était une fois une fille maudite par sa propre beauté. Elle avait été créée pour être irrésistible, pour ensorceler les hommes et les femmes par son physique. Quand vint le temps pour elle de se marier, la jeune femme ne manquait donc pas de soupirants ; ils faisaient la queue dans les rues, désespérés d'apercevoir son visage.*

*Elle les reçut un par un : tous étaient beaux et pleins de charme, mais elle savait à quel point la beauté pouvait être trompeuse. Elle cherchait quelqu'un de spécial. Elle cherchait l'amour.*

*Mais l'amour ne vint jamais frapper à sa porte. Les hommes qui venaient la trouver la voyaient comme un trophée à remporter, une forteresse à faire tomber ; personne ne remarqua le cœur tendre qu'elle était prête à donner à son grand amour. Par dépit, elle choisit celui qui semblait gentil, riche et honorable.*

*Elle épousa le roi et les gens se réjouirent.*

*Le jour de leur mariage, quand les festivités prirent fin, le roi chuchota à son épouse qu'il avait un cadeau pour elle. Il conduisit sa femme dans sa chambre et lui présenta une magnifique boîte. Elle la laissa sur ses genoux alors que les larmes lui montaient aux yeux. Peut-être pourrait-il l'aimer, finalement ? Peut-être avait-il vu autre chose que sa peau chaude ? Peut-être avait-il remarqué son âme tranquille et sauvage, son désir ardent d'amour ? Elle caressa la boîte et ses doigts jouèrent avec la serrure. Elle plongea son regard dans celui de son époux et sourit.*

*— La boîte est à toi à une condition. Tu dois jurer de ne jamais l'ouvrir.*

*Ses larmes de joie devinrent amères et elle comprit que son amour était comme le contenu de cette boîte ; hors de portée. Elle hocha la tête, le remercia pour son cadeau et verrouilla son cœur tout comme l'était la boîte.*

*Ils vécurent ensemble en bonne compagnie, mais sans amour. Car si le roi n'était pas cruel, sa façon de négliger sa jeune épouse brisa bientôt le cœur de cette dernière. Sa peau devint pâle, ses cheveux ternes, et son corps se voûta. De temps en temps, elle sortait le cadeau de son mari et contemplait ses gravures complexes. Bientôt, elle oublia la beauté de la boîte et ne vit plus que sa serrure interdite.*

*Quand le roi partit pour un nouveau voyage dans un pays lointain, elle conçut un plan. Elle entra dans sa chambre et chercha la clé, jusqu'à la trouver, cachée dans les profondeurs du feu qui brûlait en permanence dans la cheminée. Les braises roussirent sa robe, la clé lui brûla les mains et lui donna des cloques. Mais elle était si déterminée qu'elle l'emporta immédiatement pour l'insérer, encore fumante, dans la serrure de la boîte.*

*À peine fut-elle ouverte que tout ce qui était maléfique, malveillant, laid, vil et répugnant en jaillit aussitôt. Ces poisons s'échappèrent et dévorèrent tout ce qui était bon dans le monde. À cause d'une seule boîte, le monde entier fut souillé.*

*Il ne restait plus que l'espoir.*

# Chapitre 46

Je me prépare pour la cérémonie des noms comme s'il s'agissait du jour de mon mariage.

Je regarde mon nouveau tatouage, celui commencé par mon propre corps et terminé par Obel. J'enfile ma tenue traditionnelle. C'est la première fois que je la porte depuis la fête. Je frotte ma peau d'huile et me couvre d'orange et d'or. La robe, le manteau et le châle me dissimulent. Je ferme les yeux et me prépare pour la soirée. Ma mère et moi nous mettons en route dans un silence agréable, bras dessus, bras dessous. Le froid est suffisamment mordant pour engourdir nos lèvres et geler nos larmes.

La salle du souvenir est baignée de volutes d'encens. Les chandelles vacillent quand nous fermons la porte. Verity est déjà là. Elle ne nous a pas attendues, cette fois. Nous avançons dans la salle et vérifions que le livre est à la bonne page pour notre lecture du soir, avant d'allumer d'autres bougies. Je prends de l'eau pour chacune de nous, si jamais nos voix fatiguent.

Verity commence et je m'assois sur le côté de la salle, les yeux fermés en écoutant chaque nom, chaque syllabe. J'inhale l'encens, avec l'impression de respirer l'âme des défunts. J'ai envie de dormir ; je savoure la façon dont le sommeil m'attire dans la chaleur et la pénombre du hall. Quand je rouvre les yeux, je remarque deux ou trois silhouettes, mais personne de ma connaissance. Je me lève pour ne pas me rendormir : c'est important, surtout ce soir.

J'entends la voix douce mais claire de Verity scander des noms comme s'il s'agissait d'un cantique ou de poésie. J'ai le sentiment que nous recréons les contes d'autrefois en faisant revivre les morts pour un soir. Je les sens presque parmi nous ; nous sommes tous rassemblés, avec nos âmes entrelacées.

Les chandelles vacillent quand une autre personne fait son entrée. C'est Obel ; il me jette un coup d'œil et s'assoit. Ma mère va prendre la place de Verity et sa voix douce résonne dans la salle.

Je repense à la fille du conte. Celle avec la boîte. Elle porte un tel poids sur ses épaules : tout est sa faute, elle n'est qu'une fille idiote qui a cédé à la tentation. C'est elle qui a libéré le mal sur le monde. Mais elle ne l'a pas créé, n'est-ce pas ? Elle n'a pas demandé à recevoir ce cadeau, elle n'avait pas l'intention de tout changer. Parfois, le mal se contente d'attendre, sans se soucier de qui le libérera.

Qu'a-t-elle fait ensuite ? A-t-elle tenté de remettre le mal dans la boîte ? A-t-elle abandonné et accepté que la haine ait envahi le monde ? A-t-elle tenté de lutter ? S'est-elle contentée d'ouvrir une fenêtre, de laisser les ténèbres sortir en espérant que personne ne remarque rien, que personne ne se rende compte de son geste ?

J'aime penser qu'elle a gardé la boîte avec elle et que quand elle apercevait le mal qui se cachait dans un coin de sa vie, elle lui parlait doucement pour l'apprivoiser. J'aime imaginer qu'elle a réussi à repousser le mal dans la boîte et à s'occuper de son chagrin, qu'elle n'a pas abandonné, qu'elle n'a pas renoncé à l'espoir.

Je pousse un soupir tremblant et monte les marches. Je trouve le passage que je dois lire dans le livre. Les noms sont magnifiquement calligraphiés. Je bois une gorgée d'eau et commence ma lecture.

Je prends mon temps avant de tourner la page. Je lève les yeux en reprenant mon souffle, prenant conscience des gens partageant ces noms, ces instants, ces vies. Et je les vois : Oscar et Verity, Obel et Sophie, Mel et Jack Minnow. Mais je ne peux pas les regarder longtemps. Je dois me concentrer. Tout en lisant, je prends un morceau de papier dans ma poche. Je cache mes mains sous le pupitre et déplie la feuille. Voilà une nouvelle page pour le livre, qu'il est de mon devoir de lire.

*Connor Drew – le père d'Oscar.*
*Tanya Whitworth – la mère d'Obel.*
*Mel – conteuse.*
*Miranda Flint – ma mère biologique.*
*Joel Flint – mon père.*

Je lève les yeux et je les vois avec nous dans la salle. Tous sont assis, en train de me regarder, souriants. Et je lis tous les noms. Tous les noms des oubliés que Verity a trouvés à contrecœur dans les archives. Tous les noms des Immaculés décédés qu'Obel m'a fait parvenir. Tous les noms des morts que personne ne mentionne plus.

Je marque une pause. Un murmure enfle dans la salle. Les gens s'agitent, quelqu'un approche. Je prends une autre gorgée d'eau et j'ajoute un dernier nom à la liste.

*Leora Flint.*
*Nous nous souvenons de toi.*

Alors que Mel s'avance à grands pas, je referme le livre. Je ferme les yeux face au chaos naissant et ôte mon châle. J'enlève mon manteau et déboutonne ma robe.

Et je reste là, vêtue de ma jupe et de mon plastron. Je laisse mes robes et mon ancienne vie à mes pieds. J'entends des cris monter de tous côtés quand je descends l'allée centrale, dévoilant sur ma poitrine le tatouage d'Obel qui remonte sur mes épaules. Les serres au niveau de mes seins, le bout de ses ailes claquant sur mes bras.

Un corbeau. C'est un corbeau.

Je quitte le temple. La neige tombe, comme des plumes. Toute la ville est d'un blanc immaculé.

# REMERCIEMENTS

Je n'aurais jamais cru que cela arriverait un jour. Je suis l'auteure la plus heureuse du monde, et cela grâce à des gens incroyables.

Jo Unwin. Comment te remercier ? Tu m'as donné l'occasion de faire le métier de mes rêves. Tu m'as accordé ta confiance et nous as prouvé à tous que la gentillesse est la plus belle des qualités. Merci d'avoir cru en moi. Merci d'avoir rendu *Marqués* possible. Et merci à tous les excellents auteurs de JULA, les meilleurs des supporters. JE VOUS AIME.

Geneviève Herr. Mince, j'ai décroché le gros lot ! Je suis la plus chanceuse des auteures. Tu as une telle vision, une telle intensité, une telle habileté et une façon si douce de travailler. Tu as transformé ce livre avec tes suggestions si pertinentes. Tu as été patiente, généreuse et toujours encourageante. Tu mérites le meilleur, maintenant et à jamais. Je ne te remercierai jamais assez (et puis, ma peau n'a jamais été aussi belle !).

Il y a tant de gens charmants à remercier chez Scholastic. Je pense en particulier à :

Fi Evans, Olivia Horrox, Roisin O'Shea et l'équipe média, pour votre énergie et votre enthousiasme. Merci beaucoup.

Andrew Biscomb et l'équipe artistique : la couverture que vous avez conçue m'a comblée. Mon visage s'éclaire dès que je pose les yeux dessus.

Emily Landy : toi et ton équipe des droits êtes bioniques !

Pete Matthews et Emma Jobling (préparateurs de copie), pour votre talent et pour avoir réussi à ne pas me donner l'impression d'être une idiote quand vous m'avez demandé si j'avais voulu créer un mot alors que j'avais juste fait une faute de frappe.

Aimée Felone : merci de t'être occupée de moi en restant la personne la plus positive du monde. Tu es brillante.

Sheila Vaughan : tu es exceptionnelle. Merci de t'être occupée de moi, toi aussi. Ton influence est si apaisante ; je t'apprécie vraiment.

David Stevens : je pense que tu devrais être payé davantage pour ta gentillesse à l'égard des auteurs nerveux que tu réussis à faire rire. Ouf et merci, tu es vraiment sympa.

Je mesure ma chance de faire partie de Scholastic ; grâce à vous tous, cette expérience fut un vrai bonheur.

Dr Gemma Angel, votre travail m'a inspirée, je vous remercie pour votre sagesse et votre contribution. Merci d'avoir partagé avec moi votre créativité et votre esprit incroyable.

Emma Kierzek, d'*Aurora Tattoo Studio* à Lancaster, et Anthony et Matt, de *New Testament Tattoo Studio* à Leyland. Merci de m'avoir laissée regarder, apprendre et vous poser des questions totalement idiotes.

Je salue aussi le groupe d'amis qui ont lu la première version de ce texte et m'ont donné leur avis tout en restant amis avec moi. J'espère que vous savez à quel point je vous aime. Un merci tout particulier à Helen Copestake pour son retour détaillé et ses formidables encouragements. Un tatouage de groupe me paraît indispensable, maintenant, non ?

Tanya Marlow. Tu m'as inspirée de tant de façons sans même en avoir conscience. Merci d'être mon amie, ma thérapeute et ma sœur virtuelle. Je t'aimerai toujours.

Julia Holland. Oh ! Julia, te faire confiance en te donnant à lire les dix mille premiers mots de cette histoire fut la meilleure chose que j'aie jamais faite. Sans tes encouragements, rien de tout cela ne serait arrivé. Je te dois beaucoup. Comment ça se passe avec ton tatouage temporaire ? Qu'est-ce que tu dirais de fêter ça en allant boire un verre ?

J'embrasse aussi tous les membres du meilleur groupe de lecture du monde. Vous êtes tous de super amis. J'adore le troisième jeudi du mois.

Shona Minson et Steffy Bushell, vous êtes à la fois hilarantes et stimulantes. Je suis si chanceuse de vous compter parmi mes amies.

Shelley Harris. C'est toi qui as répondu à mon tweet qui disait : « Bon, quand on a une idée de livre, comment on en fait une histoire ? » Tes conseils incluaient des stylos de couleur et des encouragements permanents. La retraite que tu as organisée a augmenté ma confiance en moi comme jamais et je te dois beaucoup.

Anne Booth. Si je le pouvais, je remplirais le monde de gens comme toi. Merci pour tes conseils d'écriture et pour m'avoir poussée à avoir encore foi en Dieu et l'humanité.

Hayley Webster. Je me demande si tu sauras un jour à quel point tu m'es précieuse. Tu es merveilleuse.

Keris Stainton. Ton incroyable cours d'écriture m'a donné le courage de continuer à écrire. Merci d'être mon amie et de m'envoyer toujours plus de gifs de gars mignons.

Aux Broadway : Maman, Papa, Ruth et Hannah. Vous êtes les meilleurs, je vous aime tant. Impossible pour moi de ne pas être inspirée par vous, vous avez fait de moi un être pacifique. Je suis si heureuse de faire partie de cette super famille.

Oh ! et Maman : grâce à toi, j'ai appris que les livres pouvaient nous faire oublier le reste du monde et devenir au choix un abri sûr, ou une aventure dangereuse. Merci de m'avoir tant encouragée à lire et écrire quand j'étais petite. Merci pour ces longues discussions au téléphone sur l'orthographe et la grammaire. Je sais que je devrais savoir tout ça, à mon âge.

Les Buckley et les Brake : merci pour votre enthousiasme, vos encouragements et votre amour (en particulier Katherine du groupe de lecture). Vous êtes pas si mal*.

Merci, Robert Evans, mon incroyable professeur à l'université. Grâce à vous, j'ai cru être capable d'écrire. Quel cadeau : je le chéris précieusement.

BVC, en particulier James et Kirsty GT, ainsi que mon charmant groupe du lundi. Merci de m'avoir offert un refuge. Je vous aime.

Dave. Tu te souviens de la fois où tu m'as donné un nom de rappeur ? Tu aurais dû savoir alors que c'était un coup du destin. *Fatal & Danger 4eva.* Je t'aime, toi, tes rêves et ta gentillesse. Tu me fais toujours rire au point que je ne peux plus respirer. Merci de combattre ces horribles démons avec moi. C'est une joie de t'avoir à mes côtés. Les Buckley se serrent les coudes, yo.

Mikey, Dan et Jemina. Vous êtes les meilleurs enfants du monde. Grâce à vous, j'ai envie d'être plus courageuse,

* Je sais à quel point vous aimez les déclarations d'amour dégoulinantes de bons sentiments, alors je la joue profil bas. Mais je vous aime, vraiment.

plus forte et plus bébête. Je vous aime. Merci pour tout ce sommeil (ha ! Ha !).

Si j'ai oublié qui que ce soit (et c'est certainement le cas), pardonnez-moi, s'il vous plaît : je vous offrirai des bonbons.

Ouvrage composé par
PCA – 44400 Rezé

Imprimé en Allemagne
par GGP Media GmbH
S27732/01

PKJ• www.pocketjeunesse.fr
POCKET JEUNESSE

MIXTE
Papier issu de sources responsables
FSC® C003309
FSC
www.fsc.org

Pocket Jeunesse, une marque d'Univers Poche,
est un éditeur qui s'engage pour
la préservation de son environnement
et qui utilise du papier fabriqué à partir
de bois provenant de forêts gérées
de manière responsable.